O NOME DESTE LIVRO É SEGREDO

Pseudonymous
Bosch

O NOME DESTE LIVRO É SEGREDO

Tradução de
Rita Sussekind

galera
RECORD
RIO DE JANEIRO | 2010

CIP-Brasil. Catalogação na fonte
Sindicato Nacional dos Editores de Livros, RJ.

Bosch, Pseudonymous
B752t O nome deste livro é segredo / Pseudonymous Bosch; tradução Rita Sussekind. – Rio de Janeiro: Galera Record, 2010.

Tradução de: The name of this book is secret
ISBN 978-85-01-08604-4

1. Literatura infantojuvenil americana. I. Sussekind, Rita. II. Título.

10-4043 CDD: 028.5
CDU: 087.5

Composição de miolo: Abreu's System
Design de capa: Laboratório Secreto

Texto revisado segundo o novo Acordo Ortográfico da Língua Portuguesa.

Direitos exclusivos de publicação em língua portuguesa
somente para o Brasil adquiridos pela
EDITORA RECORD LTDA.
Rua Argentina, 171 – Rio de Janeiro, RJ – 20921-380 – Tel.: 2585-2000,
que se reserva a propriedade literária desta tradução.

Impresso no Brasil

ISBN 978-85-01-08604-4

PARA W.P. MAY

ALERTA:

Não Leia Além Desta Página

!

Ótimo.

Agora sei que posso confiar em você.

Você é curioso e corajoso. E não tem medo de levar uma vida de crimes.

Mas vamos esclarecer uma coisa: se, apesar do meu aviso, você insistir em ler este livro, não pode me responsabilizar pelas consequências.

E não se deixe enganar, este é um livro muito perigoso.

Não, ele não vai explodir no seu rosto. Ou arrancar sua cabeça. Ou cortá-lo em pedacinhos.

Ele provavelmente não irá te machucar. A não ser que alguém o jogue em você, o que é uma possibilidade que jamais deve ser descartada.

Em geral, livros não causam grandes danos. Exceto quando você os lê. Neste caso, eles trazem todo tipo de problema.

Livros podem, por exemplo, lhe dar ideias. Eu não sei se você já teve alguma ideia antes, mas, se já tiver tido, sabe em quantas encrencas uma ideia pode te meter.

Livros também podem provocar emoções. E emoções às vezes são mais complicadas do que ideias. Emoções já levaram pessoas a situações das quais mais tarde se arrependem — como, por exemplo, jogar um livro em alguém.

Mas o principal motivo por este livro ser perigoso é o fato de envolver um segredo.

Um grande segredo.

É engraçado o jeito que os segredos funcionam. Se você não sabe sobre um segredo, ele não te incomoda. Você segue a sua vida sem qualquer preocupação.

Lá, lá, lá, você canta. Tudo é tranquilo e perfeito (talvez você não cante "lá lá lá", mas deu para entender).

Mas assim que descobre que há um segredo, ele começa a te incomodar. Que segredo é esse?, você pensa. Por que eu não posso saber? Por que é tão importante?

De repente, você está morrendo de vontade de descobrir qual é o segredo.

Você implora. Suplica. Faz ameaças. Adula. Promete não contar a ninguém. Você tenta tudo e qualquer coisa. Revira os pertences do guardião do segredo. Você puxa o cabelo dele ou dela. E, quando nada dá certo, você puxa o próprio cabelo.

Não conhecer um segredo é a pior coisa do mundo.

Não, eu sei de uma coisa pior.

Conhecer um segredo.

Continue a ler, se não tiver outro jeito.

Mas lembre-se, eu avisei.

CAPÍTULO UM

Xxxx xxxx x xxxx, xxxxx xxx x xxx xxx x xxxx. Xxxx xxxx xxxx x xxxxx xxxx xx Xxxxxxx. Xxxx xxxxx xxxxx Xxxxxxxxx xxx Xxx-Xxxxxx. Xxxxx xxxxx xxxxxxxx xxxxx xxx. Xxxxx xxxxxxxxxx, xx x xxxxxxxxx.

Xxxxxx xxxxxxxx xxxxxxxx x Xxxx xx xxxxxx xxx. Xxxx x xxxxxxx. Xxxxxx xxxxxxxx xxxxxx xx Xxxxxx Xxxxxxxxxxxxxxx? Xxxxxxxxxxx. Xxxxxxxxxxx. X xxxx xxxx xxxx xxxxxx xxx xx xxxxx. Xxxxxxx xxxxxx, xxxxxxx xxxxxxxx x xxxxxxxxxx. Xxxxx xxxxx. Xxxxx.

Xxxxxxx xx, xxxx xxxxx, xxxxx xx xxx.

Xxxx?, xxx xxx.

Xxxx xxxxxxxxxx xxxxxxxx... Xxxxx xxxxxxx Xxxxxxxx xxxxxx xxxxxxxxxx xxx xxxxxxxxxxx xx, xxxxxxxx xxxxxxxx xxxxxxxxxxx xxxxxx xxxx xxxx x xxxxxxxxxxx... Xxxxx xxxxxx xxx xx xxxxx xxx xxxx xxxx xxx Xxxx.

— Xxxx — Xxxxxxxxx xxxxx. — Xxx xxxxxx?

— Xx! — Xxx-Xxxxxxx xxxx.

Xxxxxx xxxxxxxx xxxxxxx; x xxxx xx xxxxxx xxx. Xxxx x xxxxxxx. Xxxxxx xxxxxxxx Xxxxxx, xx xxxxxx, xxxxxxxxxxxxxxx? Xxxx xxxxxxxxx. Xxxxxxxxxxxxx (xxxxxx xxx xxx xxxxxxx xxxx xxxxxx). Xxxx, Xxx-Xxxxxxx xxxxxxxx xxxx xxxxx xx x x xxxxxx xx xxxx. Xxxxxxx xxxxxxxxxxxxx xxxxxxxx x xxxxxxxxxx. Xxxxx xxxxx, Xxxxx. Xxxx x xxxx, xxxxx.

Xxxxxxx, xx xxxxxxxx xxxxx. Xxxxx xx xxxxx, xxxx xxxx x xxxxx xxx xxxx. Xxxxxxxxx, Xxxxxx xxxxxxxxxx xxxxxxxxxxx xxx, xxxxx xxxxxx xxxxxxxxxxx xxxx xxxx xxxxxxxxxx xxxxxx xxxx xxxx x xxxxx xxxxxx...

XxxxxxxxxxxxxXxxxxxxxxxxxxx, xxxxxxxxxxxxxxxx? Xxxx xxxxxxxxxx. Xxxxxxxxxxx? Xxx xxxx xxx xxx xxxxxxx xxxx xxxxxx.

Xxxx, xxxxxxxx xxxx xxxxx xx x x xxxxxx xx xxxx. (Xxxxxx xx xxxxxxxx xxxxxxxx x xxxxx xxxxx). X xxxxxx xxxx Xxxxx xx xxxxx xxx x xxxxxxx.

— Xxxx — Xxxx xxxx. — Xxxxxxxx!!!!

Xxxxxxx xx x xxxxxxx x Xxx-Xxxxxx xxx, xxxxx xxx xxxx x xxxxxx xxx xxxxx xx xxxxxxxxxxx.

Xxxx, xxxx, xxx xxxxxx, xxxx xxxx xxxxxxx.

Xxxxxx xxxxxxxx xxxxxxx x xxxx xx Xxxxxx xxx. Xxxx x xxxxxxx. Xxxxxx xxxxxxxx xxxxxxx xx xxxxxx xxxxxxxxxxxxxx? Xxxxxxxxxxxxxx. Xxx xxxxxxxxxxx. Xx xxxxxx xxxxxx, Xxx-Xxxxxx xxxxxxxx x xxxxxxxxxx. Xxxxx xxxxx! Xxxxx!

Xxxx Xxxxx xxxxxx x xxxxxxxx.

X xxxxxxx xxx x xxxxxxxx x xxxx xxxx, Xxxxxxxxx xxx Xxx-Xxxxxxx xxxx x xxxxxx xxx x xxxxx xx xxxx xxxxxxxx.

Xxx xxx xxxxx.

X xxxxx.

Xxxx?

Xxx, Xxxx.

Xxx xx xxxxxx xxx xxxxx...

CAPÍTULO UM E MEIO
ESCUSA*

* Uma escusa, caso você esteja imaginando, não é uma espécie de inseto. Também não é um tipo de tumor cancerígeno. É um pedido de desculpas. Em outras palavras, não vale o papel em que é escrita.

Desculpe-me por não ter permitido que você lesse o Capítulo Um.

Lá você teria descoberto os nomes dos personagens desta história. Também teria descoberto onde ela se passa. E quando. Você teria descoberto todas as coisas que geralmente se descobre no começo de um livro.

Infelizmente, não posso contar nenhuma dessas coisas.

Sim, esta é uma história *sobre* um segredo, mas também é uma *história secreta.*

Eu nem deveria estar contando que não deveria estar contando a história. Para você ver o quão secreta ela é.

Não só não posso revelar os nomes das pessoas envolvidas como sequer posso contar o que fizeram, ou por quê.

Não posso falar que espécie de animais de estimação eles têm. Ou quantos irmãozinhos mais novos irritantes. Ou quantas irmãs mais velhas mandonas. Ou se eles gostam de sorvete puro ou com cobertura.

Não posso falar sobre suas escolas, amigos, ou programas de tevê favoritos. Ou se andam de skate. Ou se são campeões de xadrez. Ou se competem em torneios de esgrima. Ou mesmo se usam aparelho.

Em suma, não posso falar nada que possa ajudar a identificar as pessoas envolvidas nesta história, caso você pudesse encontrar alguma delas no consultório do dentista. (Dentes, como você pode ter aprendido assistindo televisão, são muito úteis quando detetives estão investigando cadáveres.)

É para sua própria segurança, e para a minha também. E para a segurança de seus amigos. E até de seus inimigos (você sabe, aqueles que você diz que quer matar, mas que no fim das contas prefere manter vivos).

Mesmo assim, você deve achar o meu silêncio frustrante.

Como pode acompanhar uma história sem saber sobre quem ela é? *Alguém* tem que estar se perdendo no bosque, ou matando dragões, ou viajando no tempo, ou seja lá o que for que aconteça na história.

Farei o seguinte — farei um acordo com você.

Para ajudá-lo a seguir a história, vou quebrar minha própria regra — já! — e darei nomes e rostos aos personagens. Mas lembre-se de que estes não são os nomes e rostos verdadeiros. São como codinomes, ou identidades disfarçadas, como um espião ou um criminoso teriam.

Se você não gostar de algum nome que eu escrever, troque-o. Se eu escrever "*Tim* adorava colocar o dedo no nariz" e você preferir o nome Tom a Tim, então leia como se fosse "*Tom* adorava colocar o dedo no nariz", não vou me ofender. Você pode fazer isso com todos os nomes do livro se quiser.

Ou mantenha os meus nomes. A decisão é sua.

Bem, assim como é difícil ler uma história sem saber sobre quem ela é, também é muito difícil ler uma narrativa sem saber onde ela se passa. Mesmo que você estivesse lendo sobre extraterrestres de outra dimensão, você gostaria de imaginar sobre seus arredores. Como por exemplo, que eles moravam em um miasma verde-escuro. Ou em algum lugar muito quente.

Apesar da verdadeira localização dessa história permanecer um mistério, para facilitar para todos nós, que tal dizermos que a história se passa em *um lugar que você conhece muito bem*?

Chamaremos de Sua Cidade Natal.

Quando ler sobre a cidade onde moram os personagens, pense na cidade em que você mora. A cidade é grande ou pequena? Perto do mar ou perto de um lago? Ou é toda feita de asfalto e shoppings? Você é quem decide.

Quando estiver lendo sobre a escola dos personagens, pense na Sua Escola. É em um prédio antigo com uma única sala ou em um monte de trailers ambulantes? Você decide.

Quando eles forem para casa, imagine que moram na Sua Rua, talvez em uma casa em frente à sua.

Quem sabe, de repente a sua rua é realmente onde a história se passa. Eu não contaria se fosse. Mas não posso garantir que não seja.

Em troca de toda a liberdade que estou te dando, peço um único favor. Se eu der alguma escorregada e revelar alguma coisa que não devo — e com certeza o farei! — por favor, esqueça o que falei o mais rápido possível.

Aliás, quando estiver lendo este livro, é uma boa ideia esquecer tudo que leu assim que terminar. Se você for uma daquelas pessoas que consegue ler com os olhos fechados, recomendo que o faça. E se for cego e estiver lendo isso em braile, tire as mãos da página!

Por que escrevo sob circunstâncias tão ruins? Não seria melhor abandonar este livro e fazer outra coisa?

Bem, eu poderia apresentar mil razões.

Poderia dizer que estou escrevendo este livro para que você aprenda com os erros dos outros. Poderia dizer que por mais perigoso que seja escrever este livro, seria ainda mais perigoso não escrevê-lo.

Mas o verdadeiro motivo não tem nada de tão glorioso. É muito simples.

Eu não consigo guardar segredos. Nunca consegui.

Espero que você tenha mais sorte.

CAPÍTULO DOIS

UMA QUARTA-FEIRA

É bem verdade que não posso dizer em que ano essa história começa ou em que mês. Mas não vejo mal em dizer o dia.

Foi em uma quarta-feira.

Um dia simples e sem destaque. O filho do meio da família dos dias da semana. Uma quarta-feira tem que trabalhar duro para ser notada. A maioria das pessoas deixa todas as quartas-feiras passarem sem qualquer comentário.

Mas não a heroína da nossa história. Ela é o tipo de menina que nota coisas que os outros não.

Apresento-lhes Cassandra.

Quarta-feira é seu dia preferido. Ela acredita que é quando você menos espera que alguma coisa turbulenta aconteça.

De acordo com a mitologia grega, a Cassandra original era uma princesa na antiga Troia. Ela era muito bonita, e Apolo, o deus do sol, se apaixonou por ela.

Quando ela o rejeitou, Apolo ficou tão bravo que a amaldiçoou: deu-lhe o poder de prever o futuro, mas também garantiu que ninguém acreditasse em suas previsões. Imagine só, saber que o mundo inteiro está prestes a ser destruído por um tornado ou um tufão, e em seguida ninguém acreditar em você. Que horror!

Ao contrário da Cassandra da mitologia, a menina que figura nossa história não é profetisa. Ela não consegue enxergar o futuro. Nem foi amaldiçoada por um deus, pelo menos não que eu saiba. Mas ela se assemelha a uma profetisa no sentido de que sempre prevê desastres. Terremotos, furacões, pragas — ela é especialista em coisas horríveis e enxerga indícios das mesmas em todo lugar.

É por isso que vou chamá-la de Cassandra — ou Cass.

Conforme você sabe, não posso descrevê-la detalhadamente. Mas vou contar o seguinte: por fora, Cass parece uma típica menina de 11 anos. Seu traço físico mais distintivo é que ela tem orelhas razoavelmente grandes e pontudas. E antes que você diga que eu não deveria ter lhe contado sobre as orelhas, deixe-me explicar que ela quase sempre as cobre com os cabelos ou um chapéu. Então, você provavelmente nunca vai vê-las.

Apesar de fisicamente parecer com outras meninas, em outros aspectos Cass é uma pessoa bem diferente. Ela não brinca com jogos envolvendo o sobrenatural, não pula corda ou elástico, nem nada parecido. Ela nem sequer assiste televisão com frequência. Não tem botas de camurça alinhadas com velo. Ela nem sequer iria querer um par, a não ser que fossem a prova d'água e pudessem protegê-la durante uma nevasca.

Como você pode perceber, Cass é muito prática; ela não tem tempo para questões triviais.

Seu lema: *estar preparada*.

Sua missão: garantir que ela, seus amigos e sua família sobrevivam a todos os desastres que caírem sobre eles.

Cass é uma *sobrevivóloga*.

Estas são coisas que ela carrega todos os dias em sua mochila:

Lanterna

Bússola

Cobertor metálico espacial — surpreendentemente quente, caso você ainda não tenha experimentado; também tem propriedades reflexivas extremamente úteis.

Suco de caixinha — geralmente de uva, que rende muito mais.
Chiclete — por suas propriedades colantes, e porque mastigar ajuda na concentração.
Mix "super-chip" patenteado da Cass — chocolate, pasta de amendoim, banana e batata chips (sem passas, nunca!)
Mapas topográficos — de todos os desertos e montanhas próximas, assim como da Micronésia e das Ilhas Galápagos.
Corda
Kit de ferramentas
Kit de primeiros socorros
Máscara para proteger de poeira
Pares extras de meias e sapatos — em casos de enchente ou outras condições molhadas de tempo.
Fósforos — teoricamente proibidos na escola.
Faca de plástico — porque canivete é *realmente* proibido.
Livros de escola e deveres de casa — quando ela se lembra, o que não acontece sempre (ela sempre esquece de colocar "material escolar" em sua lista de suprimentos).

Baseando-se nos itens da mochila de Cass, você pode concluir que ela levava uma vida cheia de aventuras. A verdade é que até o momento em que essa história começou, Cass não havia sido atingida por nenhuma das tragédias que previa. Não havia tido nenhum terremoto na escola — pelo menos nada forte o suficiente para quebrar uma janela. O bolor no chuveiro de sua mãe foi apenas isso — não o mofo assassino que Cass havia imaginado. E aquele menino girando na grama não tinha a doença da vaca louca — ele só estava se divertindo.

Cass não se importava com o fato de que suas previsões não se concretizavam. Afinal de contas, ela não *desejava* que houvesse desastres. Mas não podia deixar de querer que as pessoas levassem suas preocupações mais a sério.

Ao invés disso, todos falavam sobre o menino que gritava "lobo". Naturalmente interpretavam que o menino não deveria ter gritado "lobo" quando não havia lobos. Mas Cass conhecia a verdadeira moral da história: que o menino tinha razão, realmente *havia* lobos na área, e no fim das contas eles te pegariam se você não prestasse atenção.

Era melhor gritar "lobo" incessantemente do que nunca gritar.

De todas as pessoas do mundo, só duas prestavam atenção às previsões de Cass: vovô Larry e vovô Wayne.

Larry e Wayne não eram os verdadeiros avôs biológicos de Cass. Eram seus avôs *substitutos*. Larry havia sido professor de história da mãe de Cass no colégio, e eles continuavam amigos desde então. Como nenhum dos avôs originais de Cass estava presente, a mãe dela pediu para que Larry e Wayne preenchessem as vagas.

Larry e Wayne viviam na esquina de Cass em um velho Corpo de Bombeiros abandonado. O andar térreo, onde ficavam os carros de bombeiro, havia sido convertido em uma loja de antiguidades e ferragens. Os aposentos onde moravam situavam-se no andar superior, onde antigamente os bombeiros dormiam entre um incêndio e outro.

Toda quarta-feira depois da aula, Cass tinha que trabalhar na loja até sua mãe chamá-la para o jantar. Mas, na verdade, pouco trabalho era feito no Corpo de Bombeiros que virou loja.

— Chegou bem a tempo de tomar chá — dizia o vovô Larry toda vez que ela o visitava.

Vovô Larry não era britânico, mas havia passado um tempo na Inglaterra enquanto servia ao exército e desenvolveu o hábito de tomar chá. Ela achava os rituais de chá de Larry um pouco tolos, mas adorava os biscoitos que ele fazia (ele os chamava de "biscoitinhos") e as histórias que contava enquanto o chá era preparado. A essa altura, Cass suspeitava que a maioria das histórias fosse recheada de exageros, se não fossem inteiramente inventadas, mas sempre incluíam informações úteis — por exemplo, como levantar uma barraca em uma tempestade de areia, ou como ordenhar um camelo.

Na quarta-feira em que essa história começa, Larry estava mostrando a Cass como fazer uma bússola colocando camurça em uma vasilha de água.* A bússola estava quase pronta, e a camurça prestes a apontar para o norte, quando Sebastian, o basset hound de seus avôs, começou a latir tão alto que a água da vasilha tremeu.

Sebastian era cego, e agora que estava ficando velho estava quase surdo também. Mas ele tinha o faro mais aguçado da cidade — todos o chamavam de "Sebastian, o cão-guia para quem não tem olfato" — e ele sempre sabia quando visitantes estavam prestes a entrar na loja.

— Simulação de incêndio! — gritou o vovô Wayne lá de baixo. Esse era o código para quando um cliente chegava.

— Acho que a bússola vai ter que esperar — resmungou o vovô Larry. — Agora desça. Quando a fumaça sobe, a melhor maneira de continuar respirando é manter-se abaixado.

* Para a receita de bússola do vovô Larry, vá para o apêndice. A propósito, fica no final do livro, não no seu corpo.

Ele e Cass se agacharam e colocaram as blusas por cima do nariz, como se a sala estivesse se enchendo de fumaça. Larry apontou para o antigo poste de bronze do Corpo de Bombeiros:

— Primeiro as damas.

Cass agarrou o poste e pisou para fora da abertura no chão.

— Espere — disse Larry. — Promete que não vai contar para sua mãe?

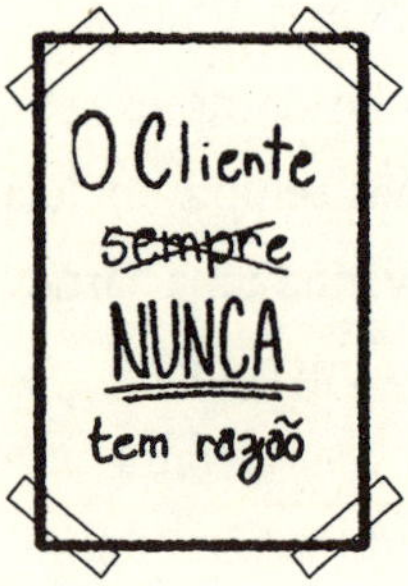

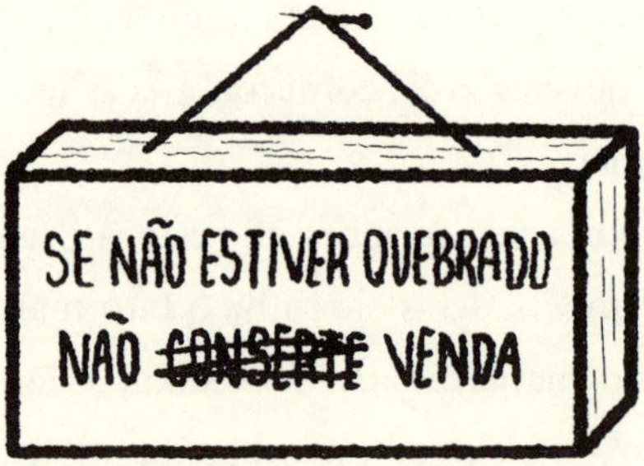

— Prometo — disse ela, começando a deslizar.

Apesar de ser o trabalho deles, os avôs de Cass não aguentavam vender nada; eles gostavam muito de tudo que tinham.

Como resultado a loja era apertada e parecia um grande labirinto com paredes de mobília. Todas as superfícies eram cobertas por coisas que colecionavam — de pinturas de palhaços a macacos mecânicos, máquinas de escrever quebradas e coisas impossíveis de serem descritas.

Quando Larry e Cass acabaram de passar, a porta da frente estava se abrindo para revelar um par de pernas curtas cambaleando sob o peso de uma enorme caixa de papelão.

Assim que viu a caixa, Larry correu para a entrada e lançou os braços em torno da mesma, bloqueando o caminho.

— Não, não, não! Não, Glória! — disse com severidade, como se tivesse falando com um cachorro, e não com uma pessoa atrás de uma caixa. — Eu te disse da última vez, não traga mais coisas. Olhe em volta. Estamos entupidos de coisas.

— Ao menos me deixe colocar isso no chão um pouquinho — reclamou a voz da mulher escondida.

Com pena, Larry pegou a caixa e colocou-a na entrada. Uma mulher pequena e redonda com um terninho amarelo brilhante franziu o rosto para ele. Esta era Glória Fortune.

— Você não quer nem saber de onde vêm? — perguntou ela, com a face ainda avermelhada e ofegante sob seu penteado de colmeia de abelha. — Coisas tão fascinantes... bem, deixa para lá! — disse alegremente. — Tem um lixão no fundo?

Larry quase engasgou.

— Não! Quero dizer, sim, tem um lixão, mas... você não vai... você não... jogaria a caixa fora? — perguntou ele, como se Glória estivesse ameaçando cometer um assassinato.

Glória sorriu enquanto amarrava um cacho de seu cabelo que havia soltado.

— Desculpe, Larry. Você é meu último recurso. *Eu* certamente não tenho espaço.

Larry hesitou.

— Nesse caso, por que você não entra para tomar uma xícara de chá, e eu dou uma olhadinha, antes que você tome alguma atitude precipitada...

Glória sorriu vitoriosa.

— Você não vai se arrepender — disse ela, entrando na loja.

Envergonhado, Larry pegou a caixa e entrou atrás de Glória.

— Desculpe — ele sussurrou para Cass. — Isso só deve demorar um segundo, bem, minuto, quero dizer, cinco, bem, dez... vinte minutos no máximo...

Glória, conforme Cass descobriu em sua terceira — ou seria a quarta? — xícara de chá, era corretora de imóveis, uma "especialista em homologar", o que significava que ela vendia casas depois que seus donos faleciam. Ela era, na verdade, corretora dos mortos.

Glória adorava fofocar, e Larry estava sempre pronto a ouvir contos fantasmagóricos sobre seus clientes mortos (Wayne, que era um mecânico aposentado, sempre deixava para consertar alguma coisa quando Glória estava presente). Quanto à caixa de coisas que havia acabado de trazer, vinha da casa de um "homem estranho e reservado — uma espécie de mágico ou coisa do tipo. O que eu chamo de um grande velho galeão", disse Glória.

— Cuidado, Glória — disse o vovô Larry. — Alguns de nós também são bem galeões!

— O mágico — continuou Glória, ignorando o comentário de Larry — morreu meses atrás, repentinamente em um incêndio na cozinha, cuja causa nunca foi determinada. Ele não tinha relações conhecidas, e não deixou descendentes. Nenhum amigo, coitado.

Como a casa do mágico era tão "afastada de tudo", sua morte poderia nunca ter sido descoberta se o seu jardineiro não tivesse investigado o terrível cheiro que vinha da cozinha.

Cass fez que sim com a cabeça com conhecimento de causa ao ouvir esta informação.

— O cheiro de carne em decomposição pode ser muito forte — disse ela, tentando demonstrar que conhecia casos semelhantes (apesar de, vou logo avisando, seu conhecimento sobre cadáveres não incluir nenhuma experiência em primeira mão).

— É verdade — fungou Glória. — Mas, na verdade, o cheiro que o jardineiro sentiu era de outra coisa. Sulfuroso, ele descreveu. Como *huevos podridos*.

— Isso quer dizer "ovos podres" em espanhol — disse Cass, que estudava a língua na escola.

Cass considerou sábio não dizer mais nada, e pediu licença para fazer alguns deveres de casa, fingindo não estar mais interessada na história do mágico morto. Mas continuou ouvindo, ou como você poderia chamar, bisbilhotando, enquanto Glória acabava de contar o caso.

Aliás, não sobrou quase nada do corpo do mágico — malcheiroso ou não. O fogo havia sido tão intenso que apenas alguns de seus dentes sobraram. (Viu, não falei que dentes eram importantes?) Curiosamente, apesar de a cozinha do mágico estar incinerada, o resto da casa não havia sofrido nenhum dano, como se o fogo tivesse se apagado tão rápido quanto se acendera.

Segundo Glória, a fonte do cheiro nunca foi detectada, e seus traços permaneciam. Ela esperava que isso não prejudicasse a venda da casa, que já seria suficientemente difícil graças a seu aspecto "relativamente estranho e peculiar".

Glória pronunciou estas palavras como se elas fossem de mau gosto, mas Cass, que não sabia exatamente o que significavam, achou que pareciam simplesmente grandiosas. Ela resolveu que se algum dia fosse comprar uma casa, seria igual a do mágico.

Depois que Glória foi embora, Wayne se juntou novamente aos outros para bisbilhotar os pertences do mágico. A maioria das coisas era decepcionante. O que Glória havia dito ser um equipamento para misturar poções se revelou um material normal de cozinha. E o que ela imaginou ser "algo para fazer objetos desaparecerem" se tratava de um aparelho de ginástica.

Eles acharam que já tinham extraído tudo que era possível quando Sebastian começou a latir animadamente. O cachorro cego correu em volta da caixa, farejando-a, como se ali dentro houvesse alguma coisa que quisesse muito. Ou que o assustasse muito. Ou os dois.

Cass retirou os últimos restos de jornal do fundo e viu algo que não haviam percebido antes: outra caixa. Os latidos de Sebastian aumentaram enquanto ela retirava-a.

A caixa era reta, mais ou menos do tamanho e do formato de uma pasta, e emoldurada com dobradiças de bronze e fechos. Era feita de madeira escura e avermelhada, e esculpida com desenhos de vinhas e flores cercando um rosto em alto relevo. O rosto estava de perfil, inalando o que parecia fumaça curvilínea.

— Jacarandá — disse Wayne, pegando a caixa de Cass para poder examiná-la melhor. — Grande demais para ser uma caixa de charutos... talvez um estojo de cutelaria?

Larry fez que sim com a cabeça.

— Provavelmente... Estilo Art Nouveau. Fabricada há mais ou menos cem anos. Francesa?* — Ele pegou a caixa de Wayne e a levantou para olhar a parte de baixo. — Sem marcações. Parece uma peça única.

— Posso abrir? — perguntou Cass. Ela sabia por experiência própria que eles ficariam falando durante horas se não os interrompesse.

Wayne acenou para Larry, que entregou a caixa para Cass.

— Vá em frente — disse, apesar de, sem dúvida, gostar de abri-la pessoalmente.

Com um avô substituto olhando por cima de cada ombro, Cass cuidadosamente abriu o fecho e levantou a tampa. Pelas exclamações dos avôs, Cass pôde perceber que eles jamais haviam visto nada parecido. Ela certamente não tinha.

O interior da caixa era forrado de veludo roxo. Aninhadas no veludo, arranjadas em quatro semicírculos concêntricos, havia dúzias de frascos de cristais brilhantes. A maioria destes frascos (mais tarde Cass contou 99 deles) continha líquidos de cores variadas: água cor de lavanda, óleo cor de âmbar, álcool em um tom assombroso de verde. Outros frascos eram preenchidos com pós de diversos graus de espessura; outros com pétalas de rosas, folhas, ervas e temperos, farpas de madeira e cascas, e até sujeira. Um dos frascos continha um único fio de cabelo.

— O que é isso, uma espécie de kit de alquimia? — Cass pensou em voz alta.

— Hummm, pode ser — disse Larry. — Você sabia que na Inglaterra os farmacêuticos são chamados de químicos?

* Art Nouveau significa "arte nova" em francês, mas como você pode perceber pela caixa é um estilo muito velho. Se você algum dia for a Paris, e espero que você vá, vai perceber que algumas entradas do metrô são construídas como se fossem vinhas crescendo da calçada — uma selva em Art Nouveau.

Ao tocar o veludo pela primeira vez, Cass notou algo escondido ao lado de uma dobra: uma pequena placa de bronze com as seguintes palavras gravadas:

A Sinfonia de Cheiros

A Sinfonia de Cheiros?

— Talvez seja um kit de perfumaria — sugeriu Wayne.

Cass pegou um frasco e o abriu. Um forte aroma cítrico foi liberado no ar.

— Limão? — indagou a menina.

Ela entregou o frasco a Wayne e pegou outro. Eles passaram os minutos seguintes abrindo frascos e adivinhando os cheiros: menta, lima, cevada ("sassafrás", Larry havia chamado), lã molhada, meias velhas, grama recém-cortada.

— Acho que é uma espécie de jogo de cheiros — disse Cass, que estava adorando aquilo tudo. — Para treinar o olfato. Como se você fosse um detetive. Para saber o que está cheirando em uma emergência. Ou na cena de um crime.

— Seja o que for, meu nariz está ficando muito cansado — disse Larry.

— Só mais um — disse Cass, pegando um frasco no final da segunda fileira. Havia uma rachadura da espessura de um fio de cabelo no frasco, que estava praticamente vazio, a não ser por uma pequena quantidade de pó amarelo. Ela o abriu — e reconheceu o cheiro imediatamente.

Era o cheiro de *huevos podridos*. Ovos podres.

CAPÍTULO TRÊS

E AGORA APRESENTANDO... MAX ERNESTO

PERGUNTA: O QUE NÃO É SUFICIENTE PARA UM, PERFEITO PARA DOIS E DEMAIS PARA TRÊS?
RESPOSTA: UM SEGREDO.

Max Ernesto, um aspirante a comediante de 11 anos de idade, havia lido a piada — a charada, se quiser ser técnico — em um livro de piadas, e agora estava perguntando a cada um de seus 26 colegas de turma alternadamente.

Nenhum dos colegas riu. Ou nem sequer sorriu.

A maioria deles estava tão cansada dessas brincadeiras que nem mesmo respondiam. Os que respondiam diziam coisas como "a-hã", ou "não importa", ou "quanta tolice", ou "chega de piadas, é tão irritante, Max Ernesto!" ou "Por que você não pode ter um nome só, como uma pessoa normal?".

Eu ou você provavelmente cairíamos no choro se nossas piadas fossem recebidas de forma tão negativa, mas Max Ernesto já estava acostumado. Ele jamais permitia que os comentários alheios o incomodassem.

Ele ia ser o melhor e mais engraçado comediante de todos os tempos. Só precisava praticar.

Max Ernesto procurou pelo pátio da escola por algum aluno que ainda não tivesse escutado sua piada. Só havia uma menina. Ela estava abaixada ao lado do campo de futebol, e no chão, ao seu lado, havia um boné.

Ele não a conhecia, pois não tinham nenhuma aula juntos. Mas ele a reconheceu graças a um de seus atributos físicos: orelhas grandes e pontudas.

* * *

Já que cometi o erro de descrever o traço mais marcante de Cass (sim, as orelhas! Achei que ela nunca as deixava expostas, mas pelo visto me enganei), não vejo problema em descrever nosso outro herói, Max Ernesto. Mas lembre-se do que eu disse sobre esquecer as coisas. Tente apagar a imagem de Max Ernesto da sua cabeça o quanto antes — para sua própria segurança.

Além da baixa estatura, a primeira coisa que você teria notado em Max Ernesto seria o cabelo. Cada fio era arrepiado, como se ele fosse personagem de um desenho animado e tivesse acabado de colocar o dedo na tomada.

Seu estilo de cabelo não era uma escolha estética; era uma escolha filosófica. Max Ernesto cortava todos os fios do cabelo do mesmo tamanho porque não gostava de favorecer um ou outro. Fios de cabelo poderiam ser feitos de células mortas, ele sabia, mas ainda assim cresciam, e cada um merecia receber tratamento justo. (Se você acha que essa opinião é um pouco estranha ou excêntrica, bem, sou obrigado a concordar.)

Que o cabelo é morto e mesmo assim cresce é o que se chama de um paradoxo: algo que parece impossível, mas acontece. Max Ernesto adorava paradoxos, assim como enigmas, quebra-cabeças e jogos de palavras.

Ele também gostava de matemática. E história. E ciências. E todas as matérias que você possa imaginar.

Apesar da baixa estatura, Max Ernesto atraía atenção onde quer que fosse. Ele não podia evitar. Conforme você descobrirá em breve, Max Ernesto era falante. Muito falante. Falava o tempo todo. Até durante o sono.

Seu "problema", como seus pais chamavam, era tão grave que eles o haviam levado a diversos especialistas na esperança de encontrar um diagnóstico.

O primeiro especialista disse que ele tinha déficit de atenção. O segundo disse que o primeiro era maluco. Um especialista disse que ele era autista, outro que ele era artista. Um disse que ele tinha síndrome de Tourette. Outro disse síndrome de Asperger. Outro disse que o problema eram os pais, que tinham síndrome de Munchausen.

E ainda teve um que disse que ele precisava de uma boa surra.

Davam-lhe remédios e exercícios. Mas, quanto mais as pessoas tentavam curá-lo, pior se tornava o problema. Em vez de parar de falar, cada tratamento lhe dava mais um assunto para discutir.

No fim das contas, os especialistas não conseguiram entrar em acordo na hora de dar um nome para o problema de Max Ernesto, assim como seus pais não conseguiram entrar em acordo na hora de dar um nome a *ele*.

Como Max Ernesto Se Tornou Max Ernesto
Um conto

Max Ernesto era prematuro. Quero dizer, nasceu prematuramente — cerca de seis semanas antes do tempo previsto.

Antes de chegar ao mundo, os pais não haviam feito nada para se preparar para a chegada dele. Não tinham carrinho, berço, brinquedinhos musicais irritantes, lencinhos umedecidos ou fraldas. Ainda havia diversas coisas perigosas e afiadas pela casa.

E não tinham escolhido um nome para o bebê.

Enquanto aquele montinho rosa que se tornaria Max Ernesto estava na incubadora do hospital, como um pequeno franguinho (ou talvez um coelho?) assando em um forno de vidro, seus pais discutiam sobre como batizá-lo.

Sua mãe queria homenagear o próprio pai, com o nome dele, Max, mas seu pai queria homenagear o pai *dele*, Ernesto. Nenhum dos dois aceitava ceder. A mãe de Max Ernesto disse que preferia ter um filho sem nome a um filho com um nome como Ernesto. E o pai disse que preferia nem ter um filho a ter um que tivesse um mini-nome como Max.

Com poucos dias de vida, Max Ernesto não poderia dizer a seus pais que nome preferiria. Mas isso não os freou. Quando chorava, a mãe dizia que era prova de que ele detestava o nome Ernesto e queria se chamar Max. Quando cuspia, o pai dizia que era um sinal de que ele odiava o nome Max e queria ser chamado de Ernesto.

Finalmente, uma enfermeira ameaçou colocar o bebê para adoção se eles não chegassem a um acordo. Então os pais de Max Ernesto resolveram esquecer as diferenças e registrar ambos os nomes na certidão. Mas a briga os deixou tão bravos e amargurados que se divorciaram assim que deixaram o hospital com o bebê.

Agora aos 11 anos, Max Ernesto já fala com clareza há um bom tempo. Mas toda vez que seus pais perguntam qual dos nomes ele prefere, o que fazem todo ano em seu aniversário, ele fica mudo. Ele sabe que escolher um dos *nomes* significa escolher um dos *pais*, e, como todas as crianças, ele prefere qualquer coisa a ter que fazer *isso.*

Então Max Ernesto tem dois nomes até hoje, e provavelmente os terá até o fim da vida. Fim.

No exato instante em que Max Ernesto a encarou do outro lado do pátio da escola, Cassandra estava cavando na lama com as próprias mãos. Não parava de entrar sujeira sob suas unhas, e ela resmungou para si mesma que deveria estar utilizando luvas de proteção. Não era do feitio dela estar despreparada desse jeito.

Ela olhou a alguns centímetros de distância para um ponto sob as arquibancadas, onde uma coisa pequena, cinza e peluda encontrava-se na grama: um rato morto.

Claro, talvez o rato tivesse morrido de causas naturais, pensou Cass. Mas então por que estava sentindo cheiro de ovos podres novamente? E se o rato tivesse morrido do mesmo jeito que o mágico? E se a cidade inteira fosse construída sobre um depósito de lixo tóxico? Se ela não fizesse nada a respeito, todas as pessoas que conhecia iriam perecer!

Ou será que deveria permitir? Talvez não merecessem viver.

Caso ainda não tenha percebido, Cass estava tendo um dia ruim.

Naquela manhã, ela havia dito à diretora da escola, a Sra. Johnson, que tinha motivos para suspeitar que a escola estava construída sobre um depósito de lixo tóxico. Cass deu a sensata sugestão de que ela evacuasse a escola e ordenasse uma escavação.

A Sra. Johnson, que era uma pessoa extremamente rigorosa ("uma diretora com princípios", ela dizia), lançou um olhar frio a Cass.

— Qual é a palavra mágica, Cassandra? Independentemente de estar pedindo uma evacuação ou um copo d'água?

— *Por favor*, evacue a escola — disse Cass, impaciente.

— Muito bem. Mas a resposta é "não" assim mesmo. O que foi que eu te disse sobre o menino que gritava "lobo"?

A partir daí, o dia só piorou.

— Você está com cara de que está precisando de um batonzinho.

Amber pegou Cass na saída da sala da diretora e não houve escapatória. Escapar de Amber era impossível.

Amber era a menina mais simpática da escola, e a terceira mais bonita.*

Seu único defeito, e era mais um hábito charmoso do que um defeito propriamente dito, era ser "totalmente viciada", como ela mesma dizia, em uma marca específica de protetor labial chamada Lábios Doces e Petulantes de Romi e Montana. (Romi e Montana Skelton, também conhecidas como irmãs Skelton, eram herdeiras e estrelas de televisão adolescentes que controlavam seu próprio império de cosméticos; Amber "super idolatrava-as".) Toda semana ela comprava um batonzinho novo de um sabor diferente e dava para alguém o da semana anterior. A maioria das crianças da escola considerava uma honra ganhar os batons usados de Amber, e exibiam-nos orgulhosamen-

* Ninguém sabia como estas classificações haviam sido estabelecidas; eram simplesmente fatos, como a gravidade, ou os chapéus da senhora Johnson.

te, como se fossem medalhas olímpicas. Mas Cass sabia que a única razão pela qual Amber lhe dava tantos era por sentir pena.

Cass *detestava* que sentissem pena dela.

Toda vez que aceitava um batom, Cass prometia a si mesma que recusaria o próximo, mas Amber sempre a pegava desprevenida. Antes que pudesse evitar, ela se via agradecendo e guardando mais um batom no bolso.

Naquela manhã, Amber estava acompanhada por Verônica, a segunda menina mais bonita da escola (e não era sequer a quarta ou quinta mais simpática). Depois que Verônica resmungou qualquer coisa sobre como Amber era gentil por dar a Cass seu batonzinho de Explosão de Melancia (como se fosse uma boa ação extra-boa dá-lo a Cass ao invés de outra pessoa), Cass tentou fazê-las apoiar sua causa de descoberta de lixo tóxico. Ela concluiu que se conseguisse trazer Amber e Verônica para o seu lado, logo a escola inteira se manifestaria em favor da causa.

Cass disse a elas que sabia que havia lixo tóxico porque a grama do campo de futebol se tornara amarela. E porque todos os cachorros da vizinhança ficavam nervosos e coçando a orelha quando se aproximavam da escola.

Mas tudo o que Amber disse foi:

— Uau, você é muito inteligente, Cass. — E saiu com Verônica, sem sequer se incomodar em responder ao pedido de ajuda de Cass.

Quando acharam que Cass estava fora do alcance de escuta, Verônica começou a rir.

— É por isso que ela tem essas orelhas. Para captar sons perigosos. Como um cachorro.

— Não seja malvada, Vê — Cass ouviu Amber dizendo.

Mas ela ouviu Amber rindo também.

Cobrindo a boca com o colarinho da blusa, e as mãos com as mangas, Cass começou a cavar com vigor renovado. Ela não iria permitir que a Sra. Johnson, Amber ou qualquer outra pessoa a fizesse parar. E depois, quando todos agradecessem por ter salvado suas vidas e implorassem por perdão — bem, então ela decidiria o que fazer.

De repente, ouviu uma voz atrás de sua cabeça.

— Olá. Você é Cassandra. Eu sou Max Ernesto. Nós não nos conhecemos. Mas eu sei quem você é e você provavelmente sabe quem eu sou. Bem, agora você sabe com certeza. Mas disse que você provavelmente já sabia porque todo mundo aqui sabe quem todo mundo é. Mesmo que nunca tenham se conhecido. Não é estranho que você possa conhecer e não conhecer alguém ao mesmo tempo? O que você acha disso?

Cass olhou para cima e viu um menino baixo — uma pessoa maldosa poderia dizer "franzino" — olhando para ela. Era verdade, ela sabia que ele se chamava Max Ernesto — mas só porque já tinha ouvido outras pessoas reclamarem dele. Dava para perceber a razão pela qual ele as irritava tanto.

— Então, quer ouvir uma piada? — perguntou Max Ernesto.

Cass colocou o chapéu de volta na cabeça.

— Se for sobre as minhas orelhas, já ouvi todas possíveis — respondeu em um tom não muito receptivo.

Max Ernesto engoliu em seco, nervoso.

— Na verdade, acho suas orelhas legais. Elas fazem com que pareça uma elfa. Digo, no bom sentido. Acho legal, pois os elfos são meus humanoides fictícios favoritos. Bem, depois dos orcs. Não que eu quisesse encontrar um orc. Além disso, você não se parece em nada com um orc. Talvez eu já devesse ter parado de falar, certo?

Ele parou para respirar. Quando ela não aproveitou a oportunidade para gritar com ele, Max Ernesto continuou:

— Ei, você acha que eu falo demais? Todo mundo acha. Quero dizer, todo mundo acha que eu falo demais. Até meus pais. Eles acham que tenho algum problema. Meus pais são psicólogos. Isso quer dizer que eles são médicos que curam as pessoas conversando. Mas meu problema é conversar demais e eles não sabem como me curar! Que tal isso?

Cass não sabia o que dizer, então perguntou:

— Qual era a piada?

— Ah, quase esqueci! O que não é suficiente para um, bom para dois e demais para três?

— O quê?

— Um segredo.

Ela não riu mais do que as outras pessoas haviam rido.

— Não entendi.

— Bem — Max Ernesto explicou pacientemente —, você não pode ter um segredo com você mesma. Precisa de mais alguém para dividir o segredo. São duas pessoas. Mas deixa de ser um segredo se três pessoas souberem.

Cass pensou a respeito.

— Mas isso não faz o menor sentido. Uma pessoa pode ter um segredo. Três pessoas podem ter um segredo. Não importa quantas pessoas tenham um segredo, desde que não contem para mais ninguém.

Max Ernesto a encarou, surpreso.

Ele estava acostumado a ser provocado e ridicularizado, a levar cuspes e ter seu dinheiro do almoço roubado. Mas nunca alguém havia lhe dito que o que ele falava não fazia sentido. Ele tinha orgulho de sua mente lógica.

— Não, não, você está errada! — rebateu ele. — Se você tem algum segredo de alguém, são duas pessoas!

Cass deu de ombros.

— Bem, que seja, não importa, pois não é engraçado se você tiver que explicar.

— O que você quer dizer? Por quê?

— Não sei porque uma piada deve ser entendida. Não é para ser lógica.

— Então como você sabe se uma piada é engraçada ou não? — perguntou Max Ernesto, inteiramente confuso.

— Você simplesmente sabe. Talvez não tenha um bom senso de humor — disse Cass, tentando ajudar.

— Ah.

Pela primeira vez desde que o havia conhecido, Max Ernesto parecia não saber o que dizer. Ele parecia tão triste e derrotado que Cass ficou com pena.

— Ou talvez você apenas ainda não tenha encontrado a piada certa — acrescentou ela.

— É, talvez.

Ela não sabia que ele vinha tentando uma piada nova todos os dias havia meses.

Ele ficou em silêncio por mais um segundo. Mas só um segundo. Então apontou para o buraco no chão.

— O que está procurando? Um tesouro enterrado? Porque tesouros enterrados não existem apenas em livros, espero que saiba. Existem tesouros enterrados de verdade. Como em navios naufragados. Você sabia que o *Titanic* era...

— Estou procurando lixo tóxico — disse Cass, cortando antes que ele saísse em uma tangente sobre o *Titanic*.

Max Ernesto acenou com a cabeça com conhecimento de causa.

— É, já ouvi dizer que sempre constroem escolas sobre depósitos de lixo tóxico. Porque o terreno é muito barato. E depois não contam a ninguém. E depois todos ficam doentes. Você quer ajuda? Ei, eles têm luvas de borracha no laboratório de ciências. Talvez devêssemos pegar algumas. Exposição a lixo tóxico pode nos deixar com problemas de pele.

Cass sorriu. Talvez Max Ernesto não fosse tão ruim.

CAPÍTULO QUATRO
UMA MENSAGEM PARA OS VENTOS

Depois de sua experiência com Amber e Verônica, Cass havia jurado nunca mais discutir suas previsões com ninguém. Mas abriu uma exceção para Max Ernesto porque ele parecia entender sobre lixo tóxico. Quando voltaram ao campo de futebol com as luvas de borracha, Cass já havia lhe contado tudo sobre o mágico morto, o rato morto e o misterioso cheiro sulfuroso.

Max Ernesto tapou o nariz.

— Não estou sentindo cheiro de ovo podre. Tem certeza de que é o mesmo cheiro?

Ele sugeriu que pegassem o frasco da Sinfonia de Cheiros para comparar com o cheiro do campo de futebol. Cass ficou ligeiramente incomodada com o fato de não ter pensado nisso antes. Mesmo assim, pegou a caixa de madeira da mochila para mostrar a ele.*

Quando ela abriu o pequeno frasco empoeirado, foi obrigada a concordar que o cheiro não era tão parecido com o do campo de futebol da escola. Talvez tivesse tirado conclusões precipitadamente.

Max Ernesto baixou a cabeça e respirou fundo.

— Acho que a grama cheira mais a você sabe o quê...

— Não, o quê?

— Você sabe, número dois! — disse Max Ernesto enrubescendo.

Cass revirou os olhos. Mas quando ela própria cheirou o chão, foi obrigada a concordar com ele.

Então percebeu uma coisa que não tinha visto antes: a apenas três passos do rato, havia uma pilha de fertilizante. O que eles estavam cheirando era esterco!

E tinha mais uma coisa: uma caixa com uma foto de um rato dentro de um círculo vermelho riscado. Veneno de rato. Era

* Por que a Sinfonia de Cheiros estava em sua mochila e não na loja, onde era seu lugar? Temo que não possa explicar sem deixar Cass mal. Mas — hipoteticamente — pegá-la seria tão ruim assim, se ela acreditasse que estava salvando vidas?

isso que havia matado o bicho. Ela decidiu que não era necessário contar isso a Max Ernesto. Se ele percebesse sozinho, tudo bem. Se não, bem, então não perceberia. Não via nenhuma vantagem em deixá-lo convencido.

Mesmo assim, isso não queria dizer que não havia lixo tóxico. Não necessariamente.

Enquanto isso, Max Ernesto havia começado a inspecionar a Sinfonia de Cheiros com mais atenção.

— Você viu que a parte de trás sai? — perguntou ele.

Cass não tinha percebido, mas não disse nada. Ela não sabia quantas descobertas de Max Ernesto ainda poderia tolerar.

Max Ernesto puxou uma divisória de veludo de dentro da tampa da caixa e um monte de papéis caiu no chão.

Cass começou a examiná-los.

— Beethoven... Mozart... Fran Liszt... Quem é?

— Beethoven e Mozart são compositores de música clássica, de muito tempo atrás — disse Max Ernesto. — Talvez Fran Liszt também seja.

— Eu sei quem Beethoven e Mozart são! Só não sabia quem era Liszt — disse Cass. — De qualquer forma, parecem receitas... Está vendo? Sinfonia Número 9, zimbro, chocolate, pimenta da Jamaica... Sonata Número 12, menta, alecrim, lavanda... Acho que são versões de cheiros das músicas? Tipo raspe e cheire?

— Duvido muito. Como poderia haver uma versão de cheiros de música? — perguntou Max Ernesto, que, conforme você sabe, era sempre muito lógico. — A música é feita de sons.

— Eu sei! Não estou dizendo que seja música. É só uma ideia legal, como, não sei... elfos e orcs. Aqui, veja...

Ela segurou um esquema desenhado a mão e começou a er em voz alta.

— Primeiro violino: gengibre. Viola: bordo. Violoncelo: baunilha.

— É uma orquestra?

— Isso mesmo, a Sinfonia dos Cheiros. Aqui está o oboé. É o instrumento que eu toco. É licopódio.

— Hã — disse Max Ernesto, tentando estabelecer mentalmente uma conexão entre oboé e licopódio. — Por que você acha que é licopódio? Você gosta de licopódio?

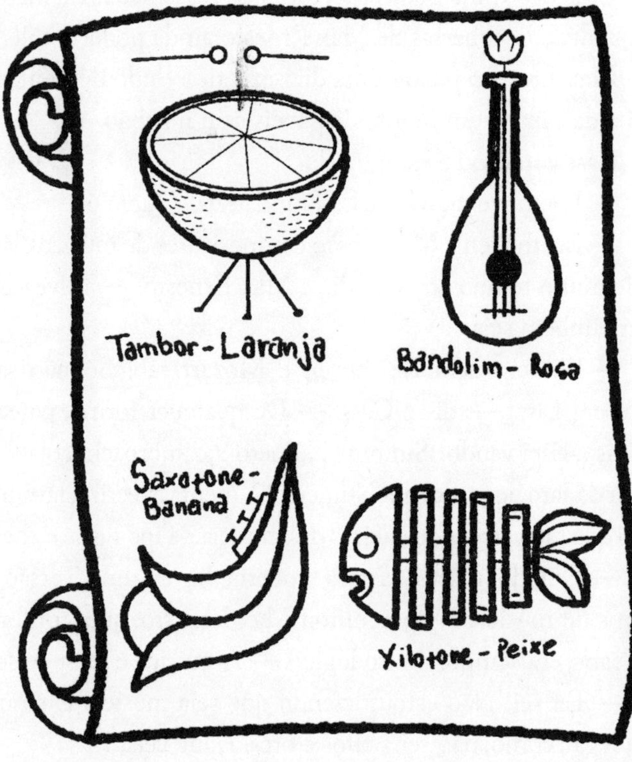

— Do escuro, não. Mas eu também não gosto tanto assim de oboé.

— Eu continuo não entendendo como um cheiro pode ser música — disse Max Ernesto.

— Talvez devêssemos tocar uma delas — disse Cass, apontando para a folha de música. — Ou cheirar, quero dizer.

Utilizando o esquema para localizar os "instrumentos musicais", eles tentaram cheirar Beethoven, depois Mozart, em seguida uma sinfonia de Franz Liszt. Todas as músicas cheiravam bem, exceto a de Liszt, mas, eventualmente, a própria Cass teve que admitir que não conseguia perceber o que havia de musical nos cheiros.

Ao colocarem a partitura de volta no estojo, um pedaço rasgado de papel começou a voar pela brisa. Cass pegou o papel logo antes dele pousar no esterco. Estava manchado, enrugado e chamuscado nas pontas, mas ela ainda conseguia ler as palavras ali escritas.

— "*Uma mensagem para os ventos.*" — Ela leu em voz alta. — "*Para recitar, você precisa primeiro cheirar.*" — Abaixo deste bilhete, os nomes de quatro instrumentos musicais haviam sido escritos, um abaixo do outro:

Clarineta
Flauta
Oboé
Fagote

— Você acha que é alguma espécie de mensagem codificada? — perguntou Cass.

Max Ernesto fez que sim com a cabeça.

— Definitivamente! Dá para perceber pelas instruções. Aposto que a única coisa que precisamos fazer é transformar os instrumentos em cheiros.

Utilizando o esquema, eles escreveram o nome do cheiro correspondente a cada instrumento. E o resultado obtido foi:

Heliotrópio
Equinácea
Licopódio
Pasta de amendoim

Animados, pegaram os frascos corretos e os cheiraram em ordem. Depois olharam ansiosos um para o outro, como se tivessem acabado de lançar um feitiço e estivessem esperando por um fantasma ou uma visão.

Nada aconteceu.

Eles tentaram cheirar todos os frascos de uma vez, mas isso só serviu para confundi-los ainda mais.

— Acho que nossos narizes não são fortes o suficiente — disse Max Ernesto.

— Ou talvez não fosse uma mensagem codificada — disse Cass, colocando o papel de volta na caixa.

Max Ernesto pegou o papel novamente e ficou olhando para ele.

— Sabe como diz "*primeiro* cheirar"? — perguntou ele.

— A-hã...?

— Bem, veja as iniciais: heliotrópio, equinácea, licopódio, pasta de amendoim. H-E-L-P. Ou seja, "help"! Socorro!

— Tem razão! — disse Cass, impressionada, apesar de tudo. — Mas você errou em uma parte.

— Qual?

— Não *soletra* "help", *cheira* "help"!

Max Ernesto riu. Então, foi a vez dele se chatear. Por que era engraçado quando *ela* fazia uma piada?

— Ei, Max Ernesto — disse Cass repentinamente.

— O quê?

— E se for verdadeira?

— O que quer dizer?

— A mensagem. Você acha que é do mágico? Olha só a ponta do papel, parece que estava em um incêndio. E se ele realmente quisesse ajuda?

Seus olhares se encontraram, o mesmo arrepio passava pelas espinhas de ambos.

— Bem, não seria a melhor maneira de conseguir ajuda, seria? — perguntou Max Ernesto, um pouco mais devagar que o normal. — Quero dizer, ele podia ter simplesmente chamado alguém, como a polícia. Ou os bombeiros. Mas talvez ele não quisesse que todos ficassem sabendo. Como se fosse especificamente para uma única pessoa...

— Seja para quem fosse, fomos nós que lemos — ressaltou Cass. — Isso quer dizer que *nós* temos que ajudá-lo.

— Mas ele está morto!

— Não temos certeza disso...

— Isso é verdade — disse Max Ernesto, considerando a possibilidade. — E mesmo que esteja, acho que seria bom descobrir...

— Shhhh! — Cass pôs o dedo sobre os lábios, interrompendo-o. — Veja, Benjamin Blake...

Um menino pálido com olhos grandes e fixos — Benjamin Blake — estava ao sul deles, com o nariz para cima, muito concentrado.

— Você acha que ele está sentindo o cheiro de licopódio ou de pasta de amendoim? — sussurrou Cass.

— Como sabe? — Max Ernesto sussurrou de volta.

— Eu não sei, como você sabe qualquer coisa sobre Benjamin Blake?

Benjamin Blake era uma fonte de constante confusão para Cass, aliás, para todos os colegas de classe. Se ele tivesse sido incluído nas classificações, teria sido eleito o mais *avoado* ou o mais *estranho*. Porém, o mais estranho de tudo era a maneira como os adultos o bajulavam.

Benjamin havia ganhado um prêmio de arte recentemente. Nenhum dos outros alunos podia acreditar; a julgar pela obra de arte exposta no corredor da escola, ele não conseguia nem desenhar em linha reta. Mesmo assim, havia uma foto dele no jornal e a Sra. Johnson havia feito um anúncio no alto-falante como se o prêmio fosse um grande evento histórico. Benjamin pôde pintar um mural na prefeitura da cidade, e até foi a Washington para uma cerimônia de premiação. Depois disso todos os professores passaram a tratá-lo como se ele fosse um astro do cinema, ou tivesse sido eleito presidente.

Quando Benjamin percebeu que Cass e Max Ernesto estavam olhando para ele, ele enrubesceu e sussurrou alguma coisa para si próprio.

— O que ele disse? — perguntou Cass. — Alguma coisa sobre um rebanho de búfalos?

— Acho que ele disse que ouviu um oboé — disse Max Ernesto.

— Você está brincando, certo?

Max Ernesto balançou a cabeça.

— Não.

— Que estranho. Ele deveria estar nos espiando quando lemos a lista. Não acredito que alguém tão avoado possa ser tão enxerido.

Por um segundo, pareceu que Benjamin queria dizer mais alguma coisa. Mas quando Cass fechou o estojo da Sinfonia de Cheiros, ele se virou e foi embora.

CAPÍTULO CINCO

MENTINDO

Por mais que discordassem um do outro, Cass e Max Ernesto tinham algo em comum: nenhum dos dois mentia. Isso não era bom. Conforme você já deve saber, mentir é uma habilidade muito importante de se ter.

É extremamente importante, por exemplo, quando você quer visitar o local de um desaparecimento misterioso, ou possível assassinato, e acha que seus pais não vão deixá-lo ir se souberem para onde.

Cass decidiu treinar mentir sobre algo sem importância.

Às sextas-feiras sua mãe sempre trazia comida do Thai Village, o restaurante tailandês do bairro. A culinária tailandesa era a preferida de Cass; ela gostava principalmente do macarrão tailandês (exceto pelos ovos) e do espetinho de carne com molho de amendoim. Naquela sexta-feira, enquanto comia seu espetinho, cuidadosamente, Cass disse:

— Hoje na aula da Srta. Stohl aprendi por que a carne vem em um espeto.

— Cass, achei que tínhamos feito um acordo quanto à sua mochila — disse sua mãe, que, ou não tinha ouvido o que Cass tinha dito, ou estava ignorando-a. — Note que ainda não disse nada sobre esse novo buraco no joelho esquerdo da sua calça jeans.

O acordo era que se Cass parasse de usar a mochila dentro de casa, sua mãe pararia de incomodá-la no que se referia às condições de suas roupas. Normalmente Cass teria dito que dizer que não tinha dito nada sobre o buraco era a mesma coisa que se tivesse dito. Contudo, hoje Cass tinha uma mentira para contar, então ela não discutiu.

Ao invés disso, Cass colocou a mochila no chão e tentou novamente.

— Então, você sabe por que o espetinho de carne vem em um espeto?

— Não — disse sua mãe. — Por quê?

— Porque na Tailândia não tem pratos — disse Cass.

Isso não era verdade. Afinal, existem pratos na Tailândia. Além disso, a senhorita Stohl sequer havia discutido a Tailândia naquele dia.

Apesar de insignificante, era a primeira mentira que Cass havia contado à mãe e ela podia sentir o coração acelerando no peito — e o sangue subindo até as orelhas.

Sua mãe não pareceu notar.

— Sério? Deve ter algum prato — ela disse. — E o macarrão?

— Bem, tem vasilhas. E pratos grandes para servir as coisas — acrescentou Cass, caso sua mentira tivesse sido extrema demais. — Mas não tem pratos normais.

— Bem, então acho melhor levar seu prato embora — brincou a mãe de Cass. — E você pode comer em cima da mesa. Pode ser que você goste disso.

— Há-há. Muito engraçado, Mel — disse Cass, aliviada por sua mãe parecer pronta a acreditar nela sem fazer maiores perguntas (o nome da mãe de Cass era Melanie, mas todo mundo a chamava de Mel — até Cass, quando queria argumentar alguma coisa, ou simplesmente queria soar adulta).

Já que seu treino com mentiras tinha ido tão bem, Cass decidiu ir em frente e tentar uma mentira de verdade. Ela começou contando a verdade à sua mãe, pois concluiu que se metade do que dissesse fosse verdade, ela só estaria mentindo um pouco.*

* Não posso dizer que concordo com Cass, não moralmente. Por outro lado, misturar um pouco de verdade a uma mentira é sempre uma técnica eficaz.

— Tenho que ir até a casa do Max Ernesto amanhã — ela disse. — É um menino da escola. Você nunca me ouviu falar dele porque ele é da turma do Sr. Golding, e não da Srta. Stohl. Além disso, Max Ernesto é um pouco hiperativo.

Isso era verdade. Depois veio a parte da mentira.

— Temos que fazer um projeto de ciências — disse rapidamente. — É uma daquelas experiências de fazer seu próprio vulcão, mas temos que construir a montanha primeiro. Todo mundo forma dupla com alguém da outra turma, e precisamos trabalhar juntos.

Cass podia perceber que sua mãe não estava prestando muita atenção.

— Amanhã? — ela perguntou.

— É para segunda-feira.

— Ah, bem, então se você não vai estar em casa, talvez eu vá fazer yoga. Posso te dar uma carona.

— Ele mora perto daqui. Posso ir andando.

— Não precisa. Eu posso te levar.

A conversa não estava seguindo o rumo que deveria. Se sua mãe a levasse, ela iria querer conhecer os pais de Max Ernesto e discutir o que seus filhos fariam durante o dia. E os planos de Cass seriam arruinados.

— Cass, suas orelhas estão ficando vermelhas, você está chateada com alguma coisa?

— Não, bem, não sei...

Era hora de utilizar o que ela chamava de "grandes armas" — aqueles argumentos especiais que você guarda para emergências. Cass controlou o nervosismo e começou:

— É que... lembra quando você disse que ia parar de ser superprotetora? Você disse que era porque se sentia mal por ter que trabalhar tanto e não podia estar presente o tempo todo, e por isso você queria que alguém cuidasse de mim o tempo todo, mas você concordou que não era justo fazer com que eu me sentisse presa só porque você estava trabalhando? E agora está parecendo de novo que sou uma prisioneira! E você nem está trabalhando... além disso, vou levar Sebastian, ele pode me proteger. Eu já pedi para Larry e Wayne e eles disseram que eu podia ficar com Sebastian no sábado.

— Aquele cachorro velho e cego? E quem vai protegê-lo?

— Ele enxerga, só que com o nariz. Ele é um cão-guia para quem não tem olfato, lembra?

— Tudo bem, tudo bem, se você quer realmente ir andando, pode ir. Apenas... tome cuidado, 'tá bom? Sem desastres!

E esse foi o fim da história. Cass sentiu uma pontinha de culpa por enganar sua mãe desse jeito e fazer chantagem emocional, mas logo conseguiu superar. De uma maneira geral, sua primeira experiência com mentiras tinha ido muito bem — ainda que quase tivesse sido denunciada por suas orelhas.

Para Max Ernesto, a experiência de mentir se provou mais complicada. Apesar de que a parte que seus pais não acreditaram era de fato a verdadeira.

— Você tem uma amiga nova? — perguntou sua mãe.

— Desde quando meninas falam com você? — perguntou seu pai.

Eles não estavam tentando ser tão cruéis quanto parecia. Mas estavam realmente surpresos; Max Ernesto nunca tinha tido um amigo antes.

A única coisa que os convenceu de que a situação havia mudado foi o aparecimento de Cass.

Quando chegou no sábado pela manhã com Sebastian, Cass imediatamente percebeu alguma coisa estranha a respeito da casa de Max Ernesto. Aliás, seria difícil não notar, mesmo a longas distâncias. A casa era dividida ao meio. Metade era branca e geométrica; uma corretora de imóveis como Glória diria que tinha um design "suave e moderno". A outra metade era escura e de madeira; Glória descreveria como "rústica e aconchegante". O lado moderno era da mãe de Max Ernesto. O de madeira era do pai.

Quando a porta se abriu, Cass viu que a personalidade dividida continuava no interior. Nenhum dos pais poderia atravessar para o lado do outro — algo que Cass percebeu quando tentou apertar a mão do pai de Max Ernesto enquanto estava no lado da casa pertencente à mãe do menino. Cass quase caiu, pois esperava que ele fosse esticar a mão para cumprimentá-la, coisa que não aconteceu.

— Olá, Cass, ouvi muito a seu respeito — ele disse, sorrindo, mas sem sair de sua parte da casa.

— Cass, seja bem-vinda! Max Ernesto me falou muito sobre você — disse a mãe do menino, como se o pai dele não tivesse acabado de dizer a mesma coisa.

Para ela, aparentemente, o pai de Max Ernesto não existia. E vice-versa. Era uma situação no mínimo estranha.

Quando Cass comentou que jamais havia visto uma casa como a deles, Max Ernesto explicou que apesar de seus pais terem se divorciado, eles acreditavam que toda criança deveria ser criada por dois pais presentes. Aliás, era o único ponto de concordância entre eles. O resultado era que viviam juntos — mas mantinham todos os aspectos de suas vidas separados, inclusive a decoração da casa.

— Bem, eu só tenho um dos meus pais, a minha mãe — disse Cass. — Então a nossa casa só tem um estilo — ela ia acrescentar que gostava assim, mas decidiu ficar quieta; não queria começar uma briga quando ela e Max Ernesto estavam prestes a embarcarem em uma importante missão secreta.

Apesar da estranheza, Cass achou os pais de Max Ernesto bastante simpáticos. Eles estavam muito satisfeitos em conhecer a primeira amiga do filho, e a trataram como se ela fosse da realeza. Permitiram que levasse Sebastian para dentro da casa, cada um deles deu uma vasilha de água para o cachorro imediatamente (o que confundiu o pobre animal cego, que só estava acostumado a receber uma vasilha de água de cada vez). E nem reclamaram quando Cass se recusou a tirar a mochila.

— Sou uma sobrevivóloga — explicou Cass. — Tenho que ficar com a mochila o tempo todo.

— Que ótimo — disse a mãe de Max Ernesto. — É importante estar sempre preparada para emergências.

— Isso é muito bom — disse o pai de Max Ernesto. — Estar preparada para emergências é muito importante.

Cada um dos pais insistiu em preparar café da manhã para Cass: o pai de Max Ernesto ofereceu panquecas. Depois a mãe ofereceu waffles. Depois cada um ofereceu o que o outro havia oferecido. Cass já tinha comido, mas ela sabia que seria grosseiro não aceitar nada. Então pediu torrada, achando que seria mais rápido. Num piscar de olhos, a mãe de Max Ernesto lhe entregou um pedaço de pão francês torrado com bastante manteiga.

Quase tão depressa, o pai de Max Ernesto lhe deu um pedaço de pão integral torrado com geleia de framboesa.

Antes que Cass pudesse acabar um dos pedaços de torrada, muito menos dois, Max Ernesto disse que precisavam ir. Cass já tinha preparado uma história sobre terem que ir ao parque recolher materiais para o projeto de ciências, mas os pais de Max Ernesto estavam tão empolgados por seu filho ter uma amiga que nem sequer lhes ocorreu de perguntarem onde estavam indo.

— O que aconteceu com o seu pai? — perguntou Max Ernesto, depois que a porta fechou atrás deles.

— Como assim? Quem disse que alguma coisa aconteceu? — perguntou Cass, afastando-se rapidamente da casa de Max Ernesto.

— Bem, você disse que só tinha mãe.

— Sim, e daí?

— Então você nunca teve pai?

Cass hesitou, evitando o olhar de Max Ernesto.

— Bem, na verdade eu tive, sim — disse depois de um instante. — Ele morreu quando eu tinha três anos. Ele foi eletrocutado.

— Eletrocutado? Uau! — disse Max Ernesto, claramente impressionado. — Como numa cadeira elétrica? Ele matou alguém?

— Não! Foi atingido por um raio, tolinho. Ele estava acampando. Teve uma tempestade. E ele estava amarrando a comida em uma árvore, você sabe, para os ursos não pegarem? E de repente um raio caiu na árvore.

— Ah. Que falta de sorte, hein?

— É, muita. Bem, é uma espécie de segredo. Quero dizer, não é um segredo de verdade. Só que... eu não gosto de falar sobre isso.

— Por quê? Se ele não matou ninguém, qual é o problema?

— Eu não gosto que as pessoas fiquem com pena de mim. Quero dizer, eu quase não lembro dele.

— Tudo bem, então não vou falar sobre isso. Mas...

— Nada de "mas". Temos que telefonar e descobrir onde era a casa do mágico. Vamos...

Sem dizer mais nada, ela foi em direção à cabine telefônica na estrada, com Sebastian correndo logo atrás e Max Ernesto também.

CAPÍTULO SEIS

A CASA DO MÁGICO

A casa de um mágico é simplesmente impossível de ser encontrada. Pelo menos era isso que Cass estava começando a concluir.

— Você tem *certeza* de que essa é a rua certa? — perguntou ela.

— Como eu poderia ter certeza? Nunca estive aqui antes — ressaltou Max Ernesto.

— Então você *acha* que é a rua certa?

— Bem, a placa dizia...

Espere! Pare! Aguente firme!

Acabei de perceber que quase revelei o nome da rua do mágico. Isso teria sido um erro gravíssimo. Uma coisa é Cass e Max Ernesto fazerem uma viagem tão arriscada; eu jamais poderia aguentar se você também se colocasse na mesma situação de perigo deles.

Deixe-me começar outra vez. Agora prometo que vou prestar mais atenção:

A casa de um mágico é simplesmente impossível de ser encontrada. Pelo menos era isso que Cass estava começando a concluir.

— Você tem *certeza* de que essa é a rua certa? — perguntou ela.

— Como eu poderia ter certeza? Nunca estive aqui antes — ressaltou Max Ernesto.

— Então você *acha* que é a rua certa?

(Veja isso: bolei uma nova maneira de esconder o nome da rua. Vou deixar em branco).

— Bem, a placa dizia rua ________________ — continuou Max Ernesto. — E o endereço que a corretora nos deu era na rua ______________. Mas talvez ela tenha descoberto que não éramos adultos quando ligamos e tenha nos dito a rua errada de propósito. Ou talvez alguém tenha colocado uma placa errada. Ou talvez existam duas ruas ______________. Ou talvez o mágico tenha se mudado. Antes de morrer, é claro. E por algum motivo eles ainda tinham o endereço antigo. E estavam tentando vender a casa errada. Mas nesse caso acho que seria a rua certa da casa errada...

— Deixa para lá! Vamos andar mais um pouco.

— Mais um pouco quan...

— Ahhhh! Por que eu perco tempo falando com você?

Cass estava perdendo a paciência com o raciocínio excessivamente lógico de Max Ernesto. Ele fazia com que ela se lembrasse do programa de inteligência artificial que havia testado na escola; ele só dava a resposta que você queria se você perguntasse da maneira certa. A diferença era: você podia desligar o programa de inteligência artificial. A opção de desligar Max Ernesto não existia.

Eles estavam caminhando por uma rua sinuosa, daquelas que sobem sem que você perceba, e agora já estavam no alto de uma colina arborizada. Não passavam por nenhuma casa há mais ou menos 40 minutos, e não enxergavam nenhuma à frente.

Até Sebastian parecia cansado. Como a maioria dos bassets velhos, ele tinha problemas de coluna, e era uma caminhada muito longa. Ele latia de um jeito que parecia dizer "quando vamos chegar?".

Quando Cass estava a ponto de desistir, Sebastian começou a puxá-la.

— Acho que ele está farejando alguma coisa. Talvez a casa seja naquela esquina — disse Cass. — Se não for, damos a volta e retornamos.

— Quer dizer que, se não for nessa curva...

Ela lançou um olhar de aviso a Max Ernesto e ele parou no meio da indagação.

Assim que dobraram a curva que Cass havia indicado, encontraram uma enorme placa de **À VENDA** presa a uma barricada na lateral da rua. A placa era amarela e decorada com balões, então era impossível não notá-la. Abaixo das palavras havia uma foto de Glória, sorrindo cheia de dentes. Uma enorme seta apontava para um caminho que, em outras circunstâncias, teria passado despercebido, pois o mato estava muito grande.

Depois de uma pequena caminhada cheia de espinhos, chegaram a uma clareira que deveria ser o quintal da casa do mágico.

Cass olhou fixamente. Max Ernesto olhou fixamente (Sebastian teria olhado fixamente também, mas ele era cego). Eles não podiam acreditar que estavam em frente à casa certa. Uma casa "relativamente estranha e peculiar" era assim? Parecia tão *normal*. Nada sugeria que um mágico poderia ter morado lá. Era uma casa branca com cortinas pretas. O único fator que distinguia a casa do mágico de qualquer outra era seu tamanho. A casa era muito, muito pequena; parecia ser composta somente de um cômodo.

Eles tentaram espiar pelas janelas, mas as cortinas estavam bem fechadas. Reunindo toda a coragem possível, Cass bateu na porta.

Ninguém respondeu.

— Vamos ter que arrombar — disse, esforçando-se para parecer que fazia esse tipo de coisa o tempo todo.

— Sério? — perguntou Max Ernesto, alarmado. Ele não havia considerado a possibilidade de arrombamento.

— De que outro jeito a gente vai conseguir entrar? — perguntou Cass, pegando uma chave de fenda na mochila. — Bem, não é exatamente um arrombamento, porque estamos ajudando o mágico, e essa é a casa dele.

— Acho que isso não faz muito sentido...

— Vamos. Vamos ver se conseguimos abrir alguma dessas janelas.

Tentando não deixar que ele percebesse o quão nervosa ela estava, Cass começou a puxar as janelas, tentando descobrir a mais solta.

Max Ernesto estava à porta, hesitante. Despretensiosamente, ele tentou a maçaneta. Girou.

— Ei, está aberta! — ele disse.

— Bem, por que você não disse antes? — perguntou Cass, aliviada, mas também um pouco frustrada porque não teria a chance de praticar sua técnica de abertura de janelas.

Assim que entraram, perceberam que a casa não era tão normal quanto parecia. Ao invés de uma sala, ou mesmo um hall de entrada, estavam em uma pequena sala de madeira mais ou menos do tamanho e do formato de um guarda-casacos. Não havia janelas, nem mesmo portas além da que tinham utilizado para entrar.

— Você acha que tem alguma porta secreta? — perguntou Cass, examinando os painéis de madeira. Não parecia haver nenhuma maçaneta ou dobradiças escondidas.

— Não parece — disse Max Ernesto. — Ei...

Sem qualquer aviso, uma brisa fechou a porta atrás deles. E agora outra porta estava se fechando em frente àquela. Eles estavam presos.

— E agora? — indagou Max Ernesto.

— Eu não sei, nunca fiquei presa desse jeito — admitiu Cass relutantemente.

Então ela notou os dois botões em um painel de madeira no canto da sala.

— Olhe! É um elevador!

Cass apertou um dos botões, depois o outro. Nada aconteceu.

— Como você acha que funciona? — ela perguntou.

Max Ernesto apontou para uma plaquinha acima de um alto-falante. Dizia "*Qual é a palavra mágica?*".

— Abracadabra! — disse Cass.

Nada aconteceu.

— Abre-te Sésamo! — disse Max Ernesto.

Nada aconteceu.

— Hocus Pocus! — disse Cass.

Nada aconteceu.

— Sinsalabim! — disse Max Ernesto.

Nada aconteceu.

— Espere, eu já sei! — disse Cass. — Sei qual é a palavra mágica. — Ela olhou diretamente para o alto-falante e pronunciou cuidadosamente. — Por favor.

Como se tivesse ouvido, o elevador roncou e começou a descer. Silenciosamente, Cass agradeceu a Sra. Johnson por ser tão rigorosa.

— Detesto bons modos — disse Max Ernesto.

— Acho que é para ser engraçado — disse Cass. — Sabe como as pessoas sempre dizem "qual é a palavra mágica?". Mas dessa vez é mágica mesmo.

— Não é magia de verdade, é eletrônico. É ativação por voz.

— Eu sei! É só uma piada.

— Ah. Certo. Há! — disse Max Ernesto, não entendendo muito bem.

Quando saíram do elevador se encontraram em uma típica casa do dia a dia. Tinha uma sala de estar, uma sala de jantar, um quarto, um banheiro, uma lavanderia e uma cozinha. Tinha todas as coisas que a maioria das casas tem. Com uma pequena diferença, porém crítica: a casa do mágico era inteiramente subterrânea.

E estava vazia.

— Glória deve ter se livrado de tudo. Ela é aquela corretora — sussurrou Cass.

— Por que você está sussurrando? — sussurrou Max Ernesto.

— Eu não sei... Olá? Tem alguém aqui? — perguntou Cass, ainda não muito alto. Nenhuma resposta. Ela repetiu a pergunta, forçando-se a gritar. Mas a única resposta que obteve foi um eco mais alto.

Não havia um único livro ou foto, ou móvel, ou nada pessoal na casa. Mesmo assim, enquanto andavam, Cass conseguia sentir a personalidade do mágico morto. Os tacos de madeira eram gastos nos lugares em que ele havia andado repetidamente. Os armários traziam suas impressões digitais. E as paredes cheias de painéis de madeira pareciam ter um brilho especial onde os ombros do mágico passavam.

— Acho que ele era um homem simpático — disse Cass.

— Como você sabe? — perguntou Max Ernesto.

— Eu simplesmente sei.

— Isso não faz nenhum sentido.

O único lugar que não mostrava qualquer sinal do mágico era a cozinha, onde tudo era novinho ou recém-pintado. Seria impossível perceber que a cozinha já tinha sido usada, quanto mais que já tinha sido incendiada. Sebastian, no entanto, parecia achar a cozinha particularmente interessante. Ele ficava levantando a cabeça e farejando, como se o recinto fosse assombrado por aromas do passado.

Cass tentou farejar na mesma direção.

— Acho que estou sentindo o cheiro, você está?

— Cheiro de quê? De tinta? — perguntou Max Ernesto.

— O cheiro sulfuroso!

— Ah, sim. Talvez. Bem, na verdade não. Mas meu nariz está um pouco entupido. Eu tenho desvio de septo.

— Existe alguma coisa que você não tenha? — perguntou Cass de maneira sarcástica. — Vamos, não há nada aqui. Talvez haja alguma pista em algum outro lugar da casa.

— Que tipo de pista estamos procurando?

— Eu te digo quando encontrar.

Ao retornarem à sala, o cachorro se soltou da mão de Cass e foi para uma estante no canto.

— Para quem ele está rosnando? — Max Ernesto perguntou nervoso.

— Provavelmente é só um inseto.

— Você acha que é uma dessas prateleiras mágicas, e tem alguma porta secreta atrás delas?

— Isso só acontece nos filmes — disse Cass confiante.

Eles olharam sob a prateleira, mas não conseguiram ver nada.

Quando se levantaram, Cass olhou curiosa para Max Ernesto. Ele estava inquieto e cerrando os punhos.

— Eu acho que eu... eu preciso ir ao banheiro — gaguejou ele.

— Bem, então vá.

— Você acha que tem problema?

— Claro que não, por quê? Você sabe que se houver uma guerra nuclear e todos tivermos que morar em um abrigo subterrâneo você não pode ser tão envergonhado. Todo mundo precisa ir ao banheiro de vez em quando.

Cass esperou enquanto Max Ernesto se trancava no banheiro. Ela tentou não ouvir, mas todos os sons na casa do mágico eram aumentados. Além disso, meninos sempre faziam barulho quando urinavam.

Finalmente, ela ouviu o barulho da descarga.

Depois ouviu dois gritos. Um parecia Max Ernesto. O outro não parecia ninguém — ninguém humano, quero dizer.

CAPÍTULO SETE

UM CASAL AVASSALADOR

Por cerca de um segundo e meio, Cass ficou congelada. Depois correu.

Quando chegou ao banheiro, a porta estava se abrindo e um velho gato magricela saiu correndo (foi o gato, Cass percebeu aliviada, a fonte do segundo grito).

Max Ernesto estava ao lado da privada, ofegante e apontando. Ao seu lado uma parede havia se aberto, revelando uma enorme sala secreta.

— Simplesmente... aconteceu quando eu dei a descarga — ele disse. — Tinha uma espécie de porta escondida.

Determinada a não se deixar assustar por outro gato ou qualquer outro bicho, Cass corajosamente entrou pela abertura. Max Ernesto a seguiu cuidadosamente.

A sala secreta era dominada por uma enorme mesa de madeira e estava completamente lotada pelas coisas do mágico.

— Sua sala de trabalho! — disse Cass, que se lembrou instantaneamente da loja de antiguidades de seus avôs e se sentiu muito confortável. — Acho que Glória não sabe a respeito desta sala, por isso ainda tem tantas coisas. Tem que haver alguma coisa para nós aqui.

Max Ernesto, que ainda não havia se recuperado do choque, apontou para o pratinho vazio do gato e para a caixa de areia não tão vazia.

— Você acha que o gato está aí desde a morte do mágico?

Cass fez que sim com a cabeça.

— Certo, você começa por uma ponta. Eu começo pela outra.

— Então, agora você tem que admitir que eu estava certo, *havia* uma sala secreta. Que tal isso?

Cass não respondeu. Ela simplesmente começou a examinar caixas.

— Está fedendo — resmungou Max Ernesto. Mas ele começou a olhar em volta assim mesmo.

Eles estavam meio impressionados e desapontados pelo que tinham encontrado. Não havia nenhum dos objetos que você normalmente encontra no escritório de um mágico: nenhuma varinha mágica, caixa para serrar uma assistente ao meio, cartola para esconder coelhos, ou indício de truque de qualquer espécie.

Ao invés disso, havia os tipos de coisas que você vê com mais frequência no estúdio de um professor maluco: uma balança de latão quebrada e uma enorme lente de aumento completamente empoeirada; um microscópio com uma lâmina vazia, um telescópio apontado para um ponto no teto, e até mesmo um estetoscópio apoiado em uma cadeira; havia um furão empalhado, uma coleção de pedras e cristais, todos incandescentes, luminescentes ou opalescentes, e centenas de borboletas pregadas a um quadro com as asas congeladas em sinal de uma última tentativa de voar; e livros e papéis por todos os lados.

Mas não havia nada mágico. Ou sulfuroso. Ou, de algum jeito, letal.

Enquanto isso, Sebastian estava farejando uma gaveta embaixo da escrivaninha do mágico. Seguindo os instintos do cachorro, Cass abriu a gaveta e pegou um grande caderno com capa de couro.

— O que é isso? — perguntou Max Ernesto.

Cass colocou o dedo sobre os lábios. Sebastian havia se afastado da escrivaninha e ido em direção à parede externa e estava tremendo de um jeito nervoso — um sinal indiscutível de perigo.

O som do elevador ecoou pela casa.

Max Ernesto abriu a boca para dizer alguma coisa, mas Cass imediatamente a tapou com a mão e segurou firme. Ele parecia furioso, mas não podia remover a mão por mais que tentasse; ela era forte demais.

Depois eles ouviram a porta do elevador se abrir e uma voz — indubitavelmente de Glória — sair de dentro dele. Ela falava em um tom tão alto e tão agudo que eles podiam ouvir todas as palavras.

— Recém-casados? Que maravilha! Vocês formam um casal avassalador! Vejam, eu também tenho algumas casas não subterrâneas que podem agradá-los um pouco mais... Ah, vocês sempre quiseram uma casa subterrânea? Ótimo!

Cass apontou com a mão livre para uma grade que dava para o canto da biblioteca, onde Sebastian estava rosnando antes (deve ter sido culpa do gato). Ela e Max Ernesto observaram pela grade enquanto Glória saía do elevador e caminhava em direção a eles.

Por sorte Sebastian ficou quieto. Era como se ele soubesse que não queriam ser encontrados.

— Eu tinha uma sensação quanto a essa casa — continuou Glória — de que o casal certo simplesmente se apaixonaria por ela. Tão romântica, não é, doutor....?

— Dr. L — disse uma voz grave com um daqueles sotaques esquisitos que você não consegue identificar de jeito nenhum.

— Ah, L de quê? — perguntou Glória.

— Só L — respondeu com o tom convencido de quem acabou de ganhar uma discussão.

— Entendo — disse Glória, que claramente não entendia nada. — E isso faz de você a senhora...

— É *senhorita* Mauvais — respondeu uma mulher, evidentemente a Srta. Mauvais. Sua voz fina deveria ter soado leve e sonora, mas ao invés disso soou fria e desagradável.

— Ah, então você não assumiu o nome, ou melhor, a inicial de seu marido?

— Aparentemente não — disse a Srta. Mauvais, quando ela e o Dr. L finalmente entraram no campo visual, muito mais altos que a corretora.

Cass pressionou o rosto contra a grade para observar melhor esses caçadores de casa recém-casados.

Glória não estava exagerando quando disse que eles formavam um casal "avassalador".

O Dr. L era alto e bronzeado, e tinha os dentes mais brancos que Cass já vira. Ele usava um terno cinza com uma gravata prateada, tinha cabelos prateados que pareciam esvoaçantes; e, no entanto, seus cabelos não se moviam. Apesar da cor do cabelo, não tinha nenhuma ruga no rosto. Ele era tão bonito que parecia estar longe mesmo quando estava perto.

E a Srta. Mauvais era ainda mais impressionante, e não só porque estava cheia de joias de ouro. Ela era quase tão alta quanto o Dr. L e tinha uma cintura fininha — como uma Barbie trazida à vida. Tinha cabelo louro como as bonecas, voltados para trás, formando um penteado perfeito, sem um fio fora do lugar. Tinha olhos azuis como uma Barbie, grandes, redondos e que nunca pareciam piscar. Sua pele também era macia e perfeita como a de uma boneca. Nenhuma parte de seu rosto se movia, nem mesmo quando ela falava.

Era como se ela e o Dr. L tivessem tirado fotografias de si mesmos nos momentos mais perfeitos, quando estavam absolutamente deslumbrantes, e depois tivessem lançado um feitiço para que ficassem eternamente como as fotos.

Havia outra coisa estranha neles: ambos usavam luvas. Apesar do dia estar quente.

Eram assustadores. Pelo menos para Cass.

Max Ernesto, por outro lado, estava hipnotizado.

— Essa é a mulher mais bonita que já vi — ele sussurrou assim que Cass tirou a mão.

— Você está louco? — Cass sussurrou de volta. — Ela parece um zumbi. Os dois parecem.

A Srta. Mauvais estava olhando na direção deles, com uma expressão intrigada no rosto. Por um segundo eles acharam que ela os tivesse escutado, mas talvez ela sempre fosse assim. Em seguida ela se voltou novamente para Glória.

— Vejo que você retirou todos os pertences do antigo dono — disse a Srta. Mauvais. — Um mágico, você disse?

— Isso, bem, não, acho que não tinha mencionado. Ou devo ter mencionado! — Glória riu. — De que outro jeito você saberia?

— De fato — disse a Srta. Mauvais enquanto olhava para o Dr. L. — Ele devia possuir muitas coisas interessantes. Dava para desvendar um pouco da personalidade do mágico através de seus pertences?

— Ah, não — disse Glória. — Era apenas um monte de lixo... Vocês gostariam de ver os outros cômodos?

— E onde está todo esse "lixo" agora? — insistiu a Srta. Mauvais, ignorando a sugestão de Glória.

— Bem, eu doei tudo.

— Entendi. E para quem a senhora doou? — continuou a Srta. Mauvais, tão casualmente quanto se estivesse falando sobre o tempo.

Quando ouviu essa última pergunta, Cass se flagrou balançando a cabeça em negativa, silenciosamente desejando que Glória não respondesse. Por algum motivo — talvez fosse a reação de Sebastian a eles, ou simplesmente o som de suas vozes? — ela não acreditava que o Dr. L e a Srta. Mauvais estivessem à procura de uma casa. A única certeza que ela tinha era de que não queria que o casal sequer passasse perto da loja de antiguidades de seus avôs.

— Não lembro. Acho que joguei tudo fora — disse Glória, talvez com a mesma impressão.

Cass suspirou aliviada.

O Dr. L deu um passo em direção a Glória.

— Então, esse tal mágico, ele não deixou nenhum arquivo, ou papel que nos dissesse algo a seu respeito?

Glória balançou a cabeça de forma nervosa e deu um passo para trás.

— Não, nada desse tipo.

O Dr. L a olhou de forma penetrante, como um promotor interrogando uma testemunha.

— Um caderno de couro, talvez? — perguntou ele.

Quando Max Ernesto ouviu isso, ele tossiu e lançou a cabeça para trás, derrubando uma pilha de caixas.

É difícil dizer o que aconteceu na comoção que se seguiu. Mais tarde Cass se lembraria disso: quando ela, Max Ernesto e Sebastian saíram do banheiro, ela olhou diretamente para o Dr. L e a Srta. Mauvais e disse:

— Acho que o caderno que você está procurando está ali dentro.

Quando os dois adultos entraram atônitos no banheiro, Cass fechou a porta e foi em direção ao elevador. Glória os encarou, surpresa.

— O que vocês estão fazendo aqui?! — perguntou firmemente. — Vocês estão invadindo. Isso é uma propriedade privada... ei, eu conheço você — acrescentou Glória, olhando para Cass. — Você é aquela garotinha barulhenta da casa de Larry e Wayne.

— Corram! — gritou Cass, empurrando Sebastian para o elevador aberto.

— Volte aqui agora! — gritou Glória. — E o que é isso na sua mão?!

— Hum, para cima! — disse Cass, assim que estavam no elevador.

Nada aconteceu.

— Quero dizer, por favor! — O elevador começou a se mover.

— Pare! Ladrões! — gritou Glória, correndo para o elevador, mas era tarde demais.

Quanto ao Dr. L e a Srta. Mauvais, eles conseguiram sair da sala do mágico bem a tempo de ver o elevador fechando com Cass e Max Ernesto dentro.

E de ver Cass segurando firmemente o caderno do mágico.

CAPÍTULO OITO

O NOME DESTE CAPÍTULO É TÃO ALARMANTE QUE RESOLVI NÃO INCLUÍ-LO

Também resolvi não repetir as terríveis ameaças que o Dr. L e a Srta. Mauvais gritaram quando perceberam que Cass estava segurando o caderno do mágico, pois isso só faria com que você tivesse pesadelos. Nem vou descrever como aquele casal assustador vasculhou a vizinhança por mais de uma hora enquanto Cass e Max Ernesto se escondiam aterrorizados no mato — mas vou contar que teve um momento especialmente assustador quando o Dr. L e a Srta. Mauvais ficaram a poucos centímetros de Cass e Max Ernesto.

Sebastian quase os entregou quando rosnou para o gato do mágico, que estava se escondendo ali por perto. Mas o gato acabou fugindo, o que fez com que a Srta. Mauvais pulasse para trás com o susto. E fez com que o Dr. L risse dela (sua risada também tinha um sotaque estranho, como a sua voz). O que fez com que a Srta. Mauvais o insultasse com muitos nomes feios. O que fez com que os dois se afastassem do mato.

No fim das contas, basta dizer que nossos heróis agiram com muita coragem, ou, no mínimo, com muita paciência, e resistiram mais do que seus perseguidores. Também relato com grande alegria que nem Cass nem Max Ernesto cogitaram abrir mão do caderno em nenhum momento — apesar de nenhum dos dois conseguir justificar essa atitude caso alguém perguntasse.

Quando chegaram à casa de Max Ernesto, os pais do menino ficaram naturalmente perturbados ao verem as roupas de seu filho sujas e rasgadas, sem falar nos arranhões pelos braços e pernas. Mas estavam tão desacostumados a essa situação que não sabiam como reagir.

— É assim que as crianças ficam depois que saem? — perguntou a mãe.

— Crianças são assim mesmo, não são, crianças? — perguntou o pai.

— Sim, mãe. Isso mesmo, pai — disse Max Ernesto, certificando-se de que respondia a cada um dos pais separadamente.

Cass deixou Sebastian com as duas vasilhas de água, depois seguiu Max Ernesto para o andar de cima. Assim que Max Ernesto fechou a porta do quarto — o quarto era estrategicamente posicionado para que fosse dividido igualmente entre as metades da casa — Cass sentou-se no chão e puxou o caderno de dentro da mochila.

— O que você acha que pode ter aqui que eles queiram tanto?

— Papel? Geralmente é o que tem dentro dos cadernos — ressaltou Max Ernesto.

Cass revirou os olhos.

— Deve ser alguma coisa que o mágico escreveu. Dã!

Ela abriu o caderno no chão e passou as páginas para que ambos pudessem ver o que havia dentro.

— Só isso? — disse Max Ernesto.

Cass deu de ombros. Ela teve que concordar que era um pouco decepcionante. Todas as páginas estavam em branco, exceto pela primeira.

Cass leu as linhas que diziam:

Por favor, ACALME-SE vá a CASA LEME.
Eu sou o MESTRE
mas sei que não TREMES com isso.
Assim como em ROMA é fácil encontrar
AMOR,

E até uma DEUSA pode ter que dar ADEUS,
você vai descobrir que PEDRO
tem muito PODER.
Se você quiser ler a minha história, apenas olhe...
BAIXO-ME.

Cass franziu o rosto.

— O que quer dizer "baixo-me"?

— Bem, eu acho que... Não sei — admitiu Max Ernesto. — Acho que quer dizer "se abaixe"? Ou talvez "não levante"?

— Esse caderno está em branco. Não dá para ler mesmo.

— Como você sabe? Talvez só esteja escondido em algum lugar. Ou talvez esteja escrito em tinta invisível. Ou talvez o poema seja outro código secreto, e se desvendarmos, descobriremos onde está a história.

Cass pensou a respeito por um instante.

— Bem, não é um poema muito bom, em minha opinião, se é que é um poema. Mas talvez você tenha razão sobre o código. Com essa história de mestre, você acha que tem alguma coisa a ver com escola?

— Fácil demais — disse Max Ernesto confiante. — O objetivo de um código secreto é ser difícil de ser solucionado.

— Eu sei o que é um código secreto! E a deusa? Por que ele está dizendo que uma deusa pode ter que dizer adeus? — perguntou Cass, examinando o caderno. — Isso é estranho. O poema nem rima.

— É verdade. Acho que um poema teria mais rimas.

Cass entregou o caderno a ele, irritada.

— Então veja você mesmo. Quem disse que você é o especialista em códigos secretos? Quantos códigos você já desvendou?

— Você está falando de códigos de verdade?

Cass fez que sim com a cabeça.

— Além do da Sinfonia dos Cheiros?

Cass fez que sim com a cabeça.

— Bem, nenhum — admitiu Max Ernesto. — Mas eu já li muito sobre o assunto.

— Então você não sabe nada sobre códigos secretos — declarou Cass, que acreditava que era preciso experiência para saber sobre alguma coisa.

Ela olhou para Max Ernesto para ver se ele ia contradizê-la, mas ele não estava mais prestando atenção a ela. Olhava fixamente para o caderno.

— É tão óbvio! — ele disse. — Não acredito que não vi isso antes.

— O quê?

— Olhe como as palavras em letras maiúsculas se parecem. ACALME-SE e CASA LEME... PEDRO e PODER... ROMA e AMOR...

— E...?

— São anagramas!

— Certo — disse Cass, assentindo. Em seguida perguntou: — O que é um anagrama?

— É quando duas palavras têm as mesmas letras em outra ordem. E quando uma palavra soletra outra de trás para frente, parecendo uma escrita de espelho, chamada palíndr...

Cass o interrompeu antes que ele começasse outra palestra.

— Tudo bem, já entendi. São anagramas.

— Só pode ser — prosseguiu Max Ernesto. — O texto em si não faz o menor sentido...

— BAIXO-ME! — concluiu Cass, animando-se.

— Temos que encontrar um anagrama para "BAIXO-ME"

Max Ernesto pegou um pedaço de papel e eles começaram a tentar diferentes combinações de letras (Cass já havia feito isso antes quando brincava de palavras cruzadas com seus avôs):

XOBAIME
BOXIMEA
MAXIBOE
BIMOXEA
MIXOBAE

E daí por diante. A maioria das combinações era totalmente sem sentido. E nenhuma funcionava quando você tentava encaixar na frase do mágico. Eles acharam que tinham chegado a algum lugar com BAXIMOE ou MAXEBIO, mas depois concluíram que nem sequer pareciam com palavras de verdade. E durante todo o tempo, Max Ernesto permanecia falando consigo mesmo.

— Você não consegue ficar de boca fechada nenhum instante? — perguntou Cass.

— Mas eu acho que descobri — disse Max Ernesto, tentando falar por dentes cerrados.

— O quê?

— É EMBAIXO! — exclamou Max Ernesto, desistindo de manter a boca fechada, pois estava animado demais. — Se você quiser ler meu livro, olhe EMBAIXO. Que tal?

Cass fez que sim com a cabeça.

— É, deve ser isso! Tipo embaixo da terra, eu acho. Você acha que ele enterrou em algum lugar?

Eles não tiveram mais tempo para discutir o assunto, porque a mãe de Cass havia chegado para levá-la e a Sebastian para casa. Apesar de ter que deixar a casa de Max Ernesto assim que desvendaram a mensagem secreta do mágico, Cass estava muito feliz em ver a mãe. O dia tinha sido longo e assustador, e um abraço raramente era tão bom. Mas havia tristeza no abraço também. Mais do que tudo, Cass queria contar a sua mãe tudo o que havia se passado na casa do mágico. Mas não podia.

Havia dois bons motivos para não contar:

1. Ela havia mentido sobre seus planos e sua mãe ficaria brava, e possivelmente a deixaria de castigo.
2. Sua mãe se preocuparia com a sua segurança e não permitiria que ela continuasse com as investigações, de castigo ou não.

Como você deve ter imaginado, a mãe de Cass não era tão facilmente enganada quanto os pais de Max Ernesto no que se referia ao estado das roupas da filha. Mas Cass contou uma história tão longa sobre ter perseguido o cachorro cego pelo parque que sua mãe desistiu de tentar entender e apenas disse que estava feliz por Cass estar bem e que o estado das roupas não era importante.

Cass conhecia sua mãe bem o suficiente para saber quando ela estava preocupada com alguma coisa. Evidentemente, a mãe não saiu do carro quando chegaram em casa. Em vez disso virou para trás, olhou para Cass e disse que precisava conversar com ela.

Inicialmente, Cass achou que sua mãe iria lhe contar alguma coisa horrível, que iria se casar, ou estava morrendo por causa de um fungo raro. Como ela pôde não ter percebido isso? Ela, Cassandra, a menina que previa tudo. E sua mãe havia se apaixonado e ela não percebeu nada?

No fim das contas a notícia não foi tão horrível assim. Sua mãe iria fazer uma viagem de trabalho para o Havaí. A companhia de seguros para a qual ela trabalhava a mandaria para uma conferência sobre "gestão de risco" (o que soava interessante) em Honolulu; e ela ia ficar dois dias a mais para "relaxar" um pouco (o que soava muito chato) na praia. Vovô Larry e vovô Wayne haviam concordado em deixar Cass ficar com eles enquanto a mãe viajava.

Cass não teria se surpreendido mais se ela tivesse anunciado que ia para a lua. Ela quase nunca viajava — e *nunca* viajava sem Cass.

Não havia dúvidas de que sua mãe se *interessava* por viagens; dava até para dizer que era um hobby para ela. Ela era famosa por sua coleção de guias de viagem, e seus amigos sempre lhe pediam ajuda para planejar passeios. Das melhores praias da Costa Rica aos melhores chalés do Colorado, não importava para onde a pessoa estava indo, a mãe de Cass tinha um livro sobre o assunto. Ela tinha guias para caminhadas no Nepal, mesmo nunca tendo praticado esse esporte na vida, e mapas para esquiar de helicóptero no Canadá apesar de ter medo de voar *e* não gostar de neve.

Para Cass nada poderia ser mais torturante do que ouvir falar nestes lugares fabulosos que jamais visitaria. Para sua mãe os livros eram melhores do que as viagens.

— Quem precisa ir para algum lugar quando se pode ler a respeito? — ela gostava de dizer. — Você nem precisa esperar na fila no aeroporto!

Agora, finalmente, havia decidido acrescentar férias a uma viagem de trabalho. E Cass não era convidada?

— Eu sei que não parece justo — disse à filha —, mas não é prático. Na próxima vez, você vai, prometo.

Quando se recuperou do choque, Cass garantiu à mãe que a viagem havaiana não seria problema nenhum.

— Eu vou ficar bem — ela disse. — De qualquer forma, gosto de ficar com o vovô Larry e com o vovô Wayne. Porque eles me deixam fazer tudo o que eu quiser. Brincadeirinha!

— Obrigada por ser tão madura e compreensiva — disse a mãe de Cass, abraçando a filha pela terceira vez em três minutos.

Ela não teria ficado tão grata se soubesse o que Cass estava pensando enquanto se abraçavam. A razão pela qual Cass estava sendo tão madura e compreensiva era a conclusão de que a época para a viagem da mãe era perfeita.

Na realidade, ela não estava brincando quando disse que os avôs a deixavam fazer tudo o que quisesse. Com a mãe longe, seria mais fácil voltar à casa do mágico e começar a cavar. E então resolver o mistério da morte. E depois evitar que o resto do mundo sofresse o mesmo destino. E aí fazer com que todos soubessem de seu heroísmo, e de suas previsões, que eram reais, e que ela não estava simplesmente gritando "lobo".

CAPÍTULO NOVE

UMA COLEIRA FIRME

Infelizmente, a mãe de Cass parecia pensar que sua ausência significava que a filha deveria ter menos liberdade, e não mais.

Uma semana depois que ela contou sobre a viagem, apesar de estar atrasada para o aeroporto, a mãe de Cass passou 20 minutos listando todas as coisas que ela não poderia fazer enquanto estivesse viajando. Inclusive descer pelo poste dos bombeiros e andar na traseira da caminhonete do Wayne.

A mãe de Cass colocou um cartão de crédito na mão da filha.

— Para emergências — ela disse. — Mas é bom que não haja nenhuma! — Em seguida ela se virou para os avôs substitutos de Cass (e agora guardiões substitutos). — Lembrem-se, ela não é tão adulta quanto parece; continua sendo a nossa garotinha.

Que era a coisa mais irritante que sua mãe poderia dizer.

— Não se preocupe, vamos mantê-la em uma coleira firme — disse o vovô Larry.

O que deixou Cass ainda mais irritada.

— Isso mesmo, o Sebastian tem algumas sobrando — brincou o vovô Wayne.

Que era tão sem graça que não tinha graça nenhuma.

Aparentemente, manter Cass na coleira significava carregá-la para todos os cantos. Assim que a mãe dela viajou, o vovô Larry e o vovô Wayne começaram a preencher todo o tempo que ela passava fora da escola com idas a mercados de pulga, bazares e vendas de garagem e oficinas. Eles diziam que estavam apenas "checando a concorrência", mas Cass notou que jamais saíam de mãos vazias de lugar algum. Após dois dias com eles, ela nunca mais queria voltar a ver nada velho ou quebrado na vida.

Ainda assim, os passeios eram um alívio em comparação ao tempo em que passavam na loja. Sempre que ela estava no Corpo de Bombeiros, Cass se preocupava com a possibilidade de que Glória aparecesse e contasse a seus avôs que a vira na casa do mágico. Do que Glória a havia chamado — invasora e ladra? Ouvir essas palavras seria o suficiente para que seus avôs ligassem para sua mãe e fizessem com que ela cancelasse o resto da viagem. E fazer com que Cass entrasse na maior encrenca de todos os tempos.

Sem conseguir suportar mais o suspense, Cass perguntou aos avôs se eles tinham notícias de Glória.

— Ah, não se preocupe, ela sempre volta — disse o vovô Wayne, confundindo completamente a preocupação de Cass. — E tenho certeza de que ela trará muitos tesouros! Talvez tenha até uma nova máquina de somar para nós! Não seria legal?

Cass não sabia o que podia ser menos legal do que uma nova máquina de somar, a não ser a maneira como seu avô Wayne dizia a palavra "legal". Em todo caso, sua resposta não a acalmou.

Mas Glória não apareceu naquele dia. Nem no outro. Nem no próximo. Gradualmente, a ansiedade de Cass sobre Glória *re*aparecendo foi substituída por uma nova ansiedade: uma ansiedade sobre Glória *des*aparecendo. E se o Dr. L e a Srta. Mauvais tivessem feito alguma coisa a ela? Seria esse o motivo para ela não ter passado na loja? Quanto mais Cass pensava a respeito, mas certeza tinha de que Glória havia encontrado um destino cruel. A casa do mágico era tão isolada que o corpo de Glória poderia apodrecer ali durante anos sem que ninguém soubesse.

Quando o sábado seguinte chegou, os avôs de Cass anunciaram que era hora de fazer o inventário anual. Cada uma das coisas na loja teria que ser contada. Cass nem podia imaginar como seria. A loja era tão desorganizada que levaria um ano só para catalogar tudo que tinha lá — então seria hora do inventário do ano seguinte! Ela não poderia ter pedido uma oportunidade melhor para voltar à casa do mágico e proceder com sua investigação.

Como se quisesse apenas ajudar, ela se ofereceu para levar Sebastian para passear enquanto os avôs trabalhavam. Eles aceitaram que ela fosse, desde que não passasse muito tempo fora. Cass sabia que eles perderiam a noção do tempo assim que começassem a fazer o inventário, então concordou prontamente. Ela até prometeu limpar as sujeiras do cachorro (por ser cego, Sebastian tinha tendência a fazer seus "negócios" em lugares inconvenientes).

Tinha uma coisa que ela precisa fazer antes de sair: caso seus avôs fossem mais eficientes do que o esperado na elaboração do inventário, Cass logo retirou a Sinfonia de Cheiros da mochila e colocou de volta na prateleira em que o vovô Larry havia guardado uma vez. Eles provavelmente não olhariam, mas é melhor prevenir do que remediar. Além disso, sua mochila já era pesada o suficiente. O caderno do mágico ela guardou, evidentemente. Isso não largaria de jeito nenhum.

Depois se despediu sonoramente e saiu com Sebastian.

* * *

A manhã estava ventosa e ensolarada, uma das combinações climáticas preferidas de Cass, e ela estava feliz e animada com o dia que teria (ela também gostava quando o tempo estava ensolarado e chuvoso ao mesmo tempo, pois assim era mais provável que visse um arco-íris. Contudo, a lama tornaria mais difícil cavar, então era bom que não estivesse chovendo). Mentalmente, Cass verificou os suprimentos que tinha — ela fez seu próprio inventário, por assim dizer — até estar satisfeita por ter tudo que precisaria, desde uma pá dobrável até sacos plásticos extras para catar dejetos caninos. Rapidamente Cass se sentiu confiante, ela e Max Ernesto encontrariam o que quer que fosse que o mágico tivesse enterrado no jardim. Ela só esperava não encontrar o mágico — ou Glória — junto!

Quando chegou à casa de Max Ernesto, Cass se deparou com um problema inusitado.

Max Ernesto estava na entrada, jogando uma moeda para o alto. De um dos lados, a mãe no carro dela. Do outro, o pai no carro *dele*.

— Muito bem, se der cara eu vou com a mamãe, coroa com o papai — ele dizia enquanto Cass ia até ele (era assim que Max Ernesto tomava decisões que envolviam os pais. Para que não precisasse escolher um ou outro).

A moeda caiu no chão antes que ele pudesse pegá-la.

— Droga! Você me atrapalhou — disse ele a Cass.

— Bem, é porque você não vai com nenhum deles. Você vai comigo — disse Cass. — Vamos voltar à casa do mágico — acrescentou em um sussurro.

— Não podemos. Eu vou para um médico novo — Max Ernesto sussurrou de volta.

— Diga a eles que é importante.

— Mas ele acha que sabe qual é o meu problema. Eu tenho que ir!

— Então vou ter que ir até a casa do mágico sem você — disse Cass, muito contrariada com o rumo que as coisas estavam tomando.

— Você iria sem mim? — perguntou Max Ernesto, alarmado.

— Não se preocupe, eu sei me cuidar sozinha — disse Cass, repetindo uma frase que havia visto em um filme.

— Não foi isso que eu quis dizer — disse Max Ernesto. — Pensei que fossemos parceiros. Você disse que estávamos trabalhando juntos.

Cass imediatamente reagiu a esse comentário.

— Eu nunca disse isso! Isso foi só um argumento para apresentarmos aos nossos pais. Nós nem sequer estamos construindo aquele vulcão. Eu sou uma sobrevivóloga, lembra? Eu não conto com ninguém além de mim mesma.

— Ah. Bem, eu também nunca contei com ninguém.

Alguma coisa sobre o jeito como ele disse isso — talvez o fato de que tinha lágrimas se formando nos olhos — fez com que Cass pensasse duas vezes. Apesar de gostar de se considerar uma aventureira destemida, ela também queria ser justa. Em tese era verdade, ela nunca tinha dito que trabalharia junto com Max Ernesto na investigação. Mas ela havia agido como se eles fossem colaboradores, o que dava no mesmo. Praticamente.

Talvez ele tivesse razão: ela não deveria ir sem ele.

Após alguns segundos de intensa negociação sussurrada, concordaram em retornar à casa do mágico na segunda-feira depois da aula. Mesmo que isso significasse perder uma aula de oboé (Cass) e uma reunião do Clube de Matemática (Max Ernesto). Decepcionada, porém conformada, Cass virou-se de costas e voltou para o Corpo de Bombeiros.

Ao chegar, ela soltou Sebastian da coleira e abriu a porta vermelha da frente. Normalmente, o cachorro correria para dentro e iria até a cozinha em busca de comida. Desta vez ele hesitou na porta, recusando-se a entrar quando Cass tentou empurrá-lo para dentro de casa.

— O que houve? Você não quer o seu café da manhã? Comida... comer?

Cass esperou, até que ele finalmente entrou na loja, mas não parava de rosnar e balançar a cabeça para um lado e para o outro, como se tentasse farejar algum cheiro escondido.

A menina olhou para dentro. Tudo estava da maneira como havia deixado. E não parecia que seus avôs tivessem tido qualquer avanço no inventário.

— Vovô Larry? Vovô Wayne?

Ninguém respondeu.

Cass não conseguia se lembrar de algum dia ter visto a loja no Corpo de Bombeiros silenciosa.

Ela os chamou novamente.

Alguma coisa estava errada.

Seus instintos disseram para virar as costas e fugir o mais depressa possível.* Mas e se seus avôs estivessem amarrados e presos em algum armário e ela pudesse salvá-los e não o fizesse? E se estivessem na cozinha, caídos em uma piscina de sangue, respirando seus últimos suspiros e ela pudesse ouvir seus últimos pedidos e não o fizesse? E se...

* Exatamente o que deveria ter feito. E o que você e eu devemos fazer se nos encontrarmos nessa situação.

Ao invés de entrar silenciosamente, Cass fez muito barulho ao entrar. Ela falou alto com Sebastian e bateu nos móveis. Ela imaginou que se os bandidos a vissem talvez saíssem sorrateiramente para evitar serem vistos. Era melhor do que surpreendê-los, de modo que a nocauteassem em um momento de pânico.

Por cerca de dez minutos muito tensos, Cass vasculhou o Corpo de Bombeiros. Ela nunca tinha notado a quantidade de esconderijos que havia na loja dos avôs, quantos armários para entrar, ou quantas mesas para se refugiar embaixo. Mesmo assim, parecia que sua estratégia havia funcionado. Os bandidos fugiram ao ouvi-la. Ou já tinham ido embora antes. Ou jamais tinham estado lá. Seus avôs não estavam amarrados em um armário. Não havia sangue no chão da cozinha. Tudo parecia bem.

Exceto pelo fato de que eles estavam desaparecidos.

Ela ouviu um barulho alto. Parecia um disparo de arma de fogo.

CAPÍTULO DEZ

UMA ACUSAÇÃO HORRÍVEL

Cass prendeu a respiração, sem conseguir se mexer. Será que alguém tinha levado um tiro?

— Cass, o que houve? Você está branca como uma folha de papel!

Vovô Larry entrou, seguido pelo vovô Wayne, com as mãos cheias de compras novas.

O que ela tinha ouvido não tinha sido um tiro, foi apenas a porta da frente.

— Eu... eu pensei que tivesse acontecido alguma coisa.

— Você não viu o nosso bilhete? — perguntou o vovô Larry. — Tinha uma venda de garagem aqui perto. Não conseguimos resistir.

— O que há com Sebastian? — perguntou o vovô Wayne. — Ele está pior que você.

— Ele... eu não sei — admitiu Cass. — Está agindo estranhamente o dia todo.

Foi só então que Cass percebeu onde Sebastian estava: ao lado da prateleira onde haviam deixado a Sinfonia de Cheiros. Cass piscou os olhos, surpresa. Não estava mais lá!

Vovô Larry seguiu o seu olhar.

— O que aconteceu com a Sinfonia de Cheiros? Você tirou de lá?

— Não! Quero dizer, sim. Mas eu coloquei de volta.

— Bem, onde está? Achei que tivéssemos concordado em só olharmos juntos — disse o vovô Larry, lançando-lhe um olhar relativamente reprovador.

— Bem, deveria estar lá.

Isso era verdade, mas de algum jeito soava como se Cass estivesse mentindo — até para si mesma.

— Não estaria nas suas coisas, por acaso? Na sua mochila, por exemplo? — perguntou vovô Wayne.

Ela sacudiu a cabeça, enrubescendo furiosamente.

— Sabe, suas orelhas estão dizendo outra coisa — disse vovô Larry.

Ela não podia acreditar. Seus avôs estavam efetivamente a acusando de roubo! Geralmente eles eram os únicos que acreditavam nela. E o pior de tudo é que ela não podia abrir a mochila para provar que a Sinfonia de Cheiros não estava lá — eles veriam o caderno do mágico.

Não, a pior coisa é que eles estavam certos — ela tinha roubado a Sinfonia de Cheiros. Mas ela admitiu que tinha pegado. E que *tinha* guardado de volta. O que fazia com que ela tivesse pegado emprestada, e não roubado. Então por que ela se sentia tão envergonhada? Era tão injusto!

— Tente pensar e se lembrar onde pode ter deixado — disse o vovô Larry. — Eu sei que você achava que era um jogo, mas é muito raro e valioso.

— Ela sabe disso — disse o vovô Wayne. — Tenho certeza que ela vai achar e colocar de volta onde estava.

Ninguém mencionou a Sinfonia de Cheiros novamente naquele dia, mas Cass podia perceber que seus avôs estavam pensando a respeito. Em determinado momento ela os ouviu conversando em voz baixa, especulando que ela tivesse quebrado alguns dos frascos e estava se sentindo culpada demais para falar alguma coisa. Antes fosse!

Até onde Cass sabia, só poderia haver uma explicação para o desaparecimento da Sinfonia de Cheiros: o Dr. L e a Srta.

Mauvais haviam estado lá. O cheiro deles devia ser o que estava incomodando Sebastian.

Por um breve e louco instante, Cass considerou a possibilidade de contar aos avôs tudo o que tinha acontecido na casa do mágico, e sobre como ela tinha certeza de que a Sinfonia de Cheiros havia sido roubada. Mas ela sabia que ia parecer que ela estava inventando a história para se eximir da culpa. Quando ela desvendasse o mistério sobre o que havia acontecido ao mágico, talvez pudesse contar a eles — e talvez eles voltassem a confiar nela.*

Cass mal conseguia admitir para si mesma, mas ela estava começando a desejar que sua mãe não tivesse viajado.

Antes da viagem, a mãe de Cass havia lhe dado seu primeiro telefone celular, uma coisa que nossa heroína queria há anos.

— Para não ficarmos afastadas de verdade — dissera sua mãe. Conforme prometido, ela havia ligado todos os dias às 21h para desejar boa-noite (apesar de as duas saberem que Cass nunca dormia antes de meia-noite). Mas Cass sentia-se tão pressionada a agir como se tudo estivesse bem que suas conversas só faziam com que se sentisse ainda mais sozinha.

Era uma sensação nova — saudades da mãe. E ela não gostava nem um pouco daquilo.

Naquela noite ela disse para a mãe que estava sonolenta demais para conversar.

— Então Larry e Wayne estão te deixando esgotada, não é? — perguntou sua mãe.

* Deveria ela ter confessado? Vou deixar que você, leitor, seja o juiz — por mais experientes que vocês sejam em tramar, planejar e entrar e sair de encrencas. Adultos são muito úteis às vezes — para dinheiro e carona. Mas também têm o hábito de atrapalhar quando você quer fazer alguma coisa que eles não aprovam.

Cass forçou uma risada.

— É, totalmente esgotada.

Após uma despedida abrupta ela desligou o celular e vovô Larry entrou no quarto. Ela imaginou que ele fosse perguntar sobre a Sinfonia de Cheiros outra vez, mas o que ele disse foi:

— Depressa, eles estão quentinhos.

Ele colocou um prato de biscoitos de chocolate e um copo de leite ao lado da cama de Cass.

— É melhor você comê-los bem depressa se quiser queimar a língua e deixar os dedos cheios de chocolate.

Cass riu e mordeu um dos biscoitos. Estava quentinho e macio, e o chocolate ainda estava derretido, que era exatamente, como o vovô Larry sabia, o jeito que Cass gostava de biscoitos.

Enquanto engolia o último pedaço, Cass levantou a mão coberta de chocolate para mostrar para ele.

— Humm. Não sei, sua outra mão ainda está muito limpa — disse convencido.

Cass se sentiu um pouco tola, mas em sinal de obediência pegou um biscoito com a outra mão e comeu ainda mais rápido do que o primeiro.

— Ótimo. Agora encha o copo de chocolate. Eu quero evidências!

Enquanto Cass bebia o leite — confortando sua língua queimada —, vovô Larry colocou a mochila de lado e sentou-se na ponta da cama. Depois se preparou para contar-lhe uma história.

Um ano antes, se alguém tivesse preparado biscoitos e tentado contar uma história de dormir para Cass ela teria se ofendido e se sentido tratada feito uma criancinha. Agora ela tinha idade o suficiente para curtir o conforto de uma história noturna (pode confiar em mim, quanto mais velho você fica, mais apelativa se torna a ideia de uma história de ninar; e mais rara se torna a oportunidade de ouvir uma).

Não vou repetir toda a história do vovô Larry aqui, pois seria o que algumas pessoas chamariam de fora de propósito, mas vou tentar explicar em linhas gerais: a história era de uma época em que ele se perdeu de seu pelotão enquanto servia ao exército. A história envolvia uma cana que Larry havia retirado do chão ao lado de um lago. Em um único dia ele utilizou a cana como um dispositivo de respiração, uma vara de pesca, um cata-vento, uma arma e um canudo. Quando a cana quebrou em dois, Larry se convenceu de que sua sorte havia acabado. Sem a cana mágica, ele disse a si mesmo, iria perecer.

No fim das contas, no entanto, o som da cana quebrando alertou um de seus companheiros sobre sua presença, e momentos depois ele se encontrou novamente com o pelotão.

— Então, como você pode ver, quebrar a cana não foi o fim do mundo, só o fim da cana. E o fim dessa história. Sem falar no fim dos biscoitos — concluiu o vovô Larry, pegando o último para si.

Antes que Cass pudesse responder, vovô Wayne, que estava ouvindo da porta, entrou no quarto.

— Não entendi — ele disse. — Havia muitos outros usos para a cana, mesmo depois de quebrada. Você poderia ter feito talas. Palitos de dente. Hashis. Uma flauta. Ou ao menos um flautim... Estou surpreso com você. O que aconteceu com a sua imaginação?

— O foco não é esse, Wayne, você sabe muito bem! — disse Larry com um dos tons mais reprovadores que Cass já o tinha visto usar. — Cass, ouça, a Sinfonia de Cheiros não é importante. O que quer que tenha acontecido, foi só... uma coisa. Eu sei que você sabe que nós gostamos das coisas. E a Sinfonia de Cheiros era uma coisa bacana. Mas, bem, se perdeu, perdeu.

— Certo. Podemos muito bem fazer uma nova — disse o vovô Wayne, finalmente captando a mensagem da história de Larry. — Aliás, eu tenho alguns tubos de ensaio que encontrei, e há tempos venho pensando no que fazer com eles. Podíamos começar a colecionar cheiros e colocá-los nos tubos...

— O que estamos tentando dizer é que as pessoas são mais importantes que as coisas — disse Larry, interrompendo Wayne.

— Pelo menos, *Cass* é mais importante — especificou Wayne.

— Cass, a sua chegada na nossa vida foi o melhor presente que poderíamos ter pedido — continuou Larry, como se Wayne nem tivesse se pronunciado. — Não importa quantas caixas Glória deixe à nossa porta, nada dentro delas pode ser tão importante quanto você. Nós te amamos muito.

Enquanto dizia isso, ele pôs os braços em torno de Cass, e ela se acomodou satisfeita no colo dele.

— Eu também te amo — respondeu.

Mas ela não disse nenhuma palavra a respeito da Sinfonia de Cheiros. Ou qualquer outra coisa.

* * *

Instantes mais tarde, depois que seus avôs haviam desejado boa-noite, Cass pegou novamente a mochila e a acomodou ao lado do travesseiro.

Por via das dúvidas.

CAPÍTULO ONZE

O CADERNO DO MÁGICO

Para a maioria das pessoas, manhãs de segunda-feira são terríveis. Apesar de Cass ser diferente em muitos aspectos, inclusive no que se referia às suas opiniões a respeito dos dias da semana, ela também não gostava das manhãs de segunda-feira, quando ela encarava o prospecto de uma semana inteira de aulas à frente.

Mas nesta manhã de segunda-feira, no ônibus escolar, Cass mal podia pensar na escola. Ela estava animada demais.

Naquela tarde, a investigação continuaria.

Abaixando-se em seu assento, fora do alcance de visão dos outros alunos no ônibus, ela puxou o caderno do mágico para fora da mochila e o examinou em suas mãos. O caderno era maior do que a média de cadernos da escola, e era mais achatado. Não tinha espiral e parecia mais com uma pasta do que com o que você pensa sobre um caderno. A capa de couro era marrom, brilhante e com detalhes em alto relevo, que Cass acabara de perceber, tinha um estilo Art Nouveau familiar: as mesmas vinhas e flores que decoravam a Sinfonia de Cheiros. Mas Cass tinha certeza de que o caderno era muito mais novo do que a Sinfonia. O mágico deve ter mandado fazer para combinar. Talvez, quando sua investigação já estivesse concluída, Cass pudesse perguntar a seus avôs sobre isso.

Ao passar pelas páginas do caderno, ela fez uma descoberta acidental sobre ele: todas as páginas eram *páginas duplas*, dobradas em si mesmas. Após algum manuseio, soltou as páginas e elas se abriram como um acordeão.

Cass ficou olhando, impressionada.

Sem querer ela havia descoberto o que significava "EMBAIXO". A resposta não estava enterrada sob o solo; estava o tempo todo bem embaixo do nariz deles. A história do mágico estava escrita nos lados inversos das páginas do caderno — *embaixo* delas.

O resto do trajeto de ônibus foi uma verdadeira tortura. Ela só conseguia pensar no que estava escrito no lado oposto das folhas do caderno. A coisa que mais queria no mundo era começar a ler, mas ela sabia que não seria justo com Max Ernesto. Por mais irritante que ele fosse, ela lembrou a si mesma, eles eram colaboradores. Deveria esperar.

Esperando conseguir encontrar Max Ernesto antes que ele fosse para a sala de aula, Cass começou a procurá-lo assim que chegou à escola. Infelizmente, ela não conseguiu andar rápido; havia alguma coisa no meio do corredor impedindo o tráfego.

Ao chegar mais perto percebeu que a coisa era Benjamin Blake.

Ignorando o grupo de alunos à sua volta, Benjamin observava as pinturas na parede, como se não conseguisse acreditar que fossem reais. A parte engraçada era: as pinturas eram dele. Assim como a placa ao lado delas, que o declarava vencedor do Concurso de Jovens Leonardos. Assim como as cartas de congratulações do prefeito e do governador. Assim como — bem, você já entendeu.

Enquanto Cass tentava passar por ele, Benjamin resmungava de forma ininteligível; parecia que estava dizendo “sinto cheiro de uma pista — mergulhe seu sorvete”.

— Não tenho sorvete nenhum, por acaso parece que eu tenho? — respondeu Cass, que detestava resmungos mesmo quando não estava com pressa. — A propósito, caso não tenha percebido, você está atrapalhando a passagem de todo mundo. Além disso, não deveria ficar olhando desse jeito para as suas próprias pinturas. Faz você parecer um pouco metido.

Benjamin enrubesceu — e correu na direção de onde vinha Cass. Ela continuou pelo corredor, sabendo que tinha sido um pouco insensível — Benjamin não tinha culpa de ser daquele jeito — mas ela não tinha tempo para se preocupar com os sentimentos dele. Cass tinha que encontrar Max Ernesto.

Ela não tinha avançado muito quando foi bloqueada pela senhora Johnson, que estava falando com alguns outros adultos e mostrando a escola para eles. Cass estava prestes a passar por eles, quando parou onde estava, com o coração disparado.

Eram *eles*. Ela tinha certeza. Ela reconheceu os cabelos. E as luvas.

Na escola *dela*.

Cass manteve alguma distância, protegendo o rosto com a mochila, caso o Dr. L ou a Srta. Mauvais olhassem para trás.

— Bem, acho que estas são todas as nossas perguntas — dizia a Srta. Mauvais com seu tilintar horrível. — Estamos felizes por ver que você tem alunos e uma equipe tão talentosos.

— Muito obrigado por sua atenção — acrescentou o Dr. L, com seu característico sotaque irreconhecível. — Você é muito generosa.

— Imaginem — disse a Sra. Johnson, encantada com eles. — É ótimo ver pais tão envolvidos e preocupados. Tenho certeza de que seu filho será muito feliz na nossa escola.

O *filho* deles?, pensou Cass. Que filho?

O Dr. L virou de costas, então Cass teve que desviar para fugir do seu alcance de visão. Quando olhou novamente, eles tinham ido embora. E a Sra. Johnson estava andando em sua direção.

Cass esperou pela diretora, em seguida começou a caminhar ao lado dela. A Sra. Johnson andava rápido. Era difícil acompanhar.

— Aquelas pessoas... eles perguntaram sobre mim?

— Cassandra, quando quiser falar comigo, você tem que dizer "com licença, Sra. Johnson". Depois espere até que eu lhe dê atenção.

— Com licença, Sra. Johnson. Tenho sua atenção agora?

— Sim, tem. E não, eles não perguntaram sobre você. Por que perguntariam? São pais de um aluno em potencial. Estavam perguntando sobre o nosso programa de artes.

— Estavam mentindo — disse Cassandra com determinação. — Eles são horríveis. Acho que nem são pais de verdade.

— Cassandra! Que coisa horrível de se dizer sobre pessoas que você nem conhece.

— Reparou que eles estavam usando luvas mesmo estando calor?

— Algumas pessoas consideram educado usar luvas em companhia de outras. Eu mesma acho um hábito muito refinado. Acho até que vou passar a usar. — A Sra. Johnson olhou friamente para Cass sob seu largo chapéu turquesa. — Isso tudo é por causa da evacuação que você pediu e eu não acatei? Se eu fechasse a escola toda vez que você achasse que alguma coisa estava errada, ninguém receberia educação!

— É, desculpe, Sra. Johnson. Até logo.

Cass deixou a diretora balançando a cabeça e se apressou pelo corredor. Mas era tarde demais. Eles já tinham ido embora.

Cass passou uns bons dez minutos — pelo menos cinco dos quais no começo da primeira aula — vasculhando a escola, de cima a baixo. Em vão. Ela não só não conseguiu encontrar o Dr. L ou a Srta. Mauvais, como também não achou Max Ernesto.

Enquanto tentava pensar em uma desculpa para apresentar à professora por estar atrasada, ela olhou através do portão dos fundos da escola...

Do outro lado da rua, o Dr. L e a Srta. Mauvais entravam em uma limusine que estava parada. A limusine era pintada com um azul tão escuro que era quase preta, e decorada com estrelinhas que pareciam joias. Marcadas em dourado pela porta estava a imagem de um sol nascendo e as palavras:

Todo o veículo brilhava e parecia encantado.

Enquanto a limusine se afastava, Cass viu o rosto de um menino, olhando para fora da janela de trás.

Cass encarou de volta, imaginando por um segundo se havia reconhecido os olhos do menino. Por que ele parecia tão familiar? Seria possível que eles realmente fossem pais? Cass descartou a ideia assim que ela lhe ocorreu. Se lembrou das coisas horríveis que eles haviam gritado para ela e Max Ernesto. Nenhum pai diria uma coisa daquelas para uma criança. Nenhum pai de *verdade*.

Por sorte, Cass e Max Ernesto tinham tempo de estudo depois da primeira aula. Assim que o viu, Cass puxou Max Ernesto para a mesa que ocupava quase todo o canto mais privativo da biblioteca da escola.

Falando tão rápido que suas palavras se embaralhavam, ela o informou sobre "aSinfoniadeCheirosfoiroubadadoCorpodeBombeirosnosábadoeeuseiquesópodetersidooDr.LeaSrta.MauvaisporqueoSebastianenlouqueceutotalmenteedepoiselesapareceramparafazerumtourdaescolahojedemanhã,vocêacreditanisso?!EaSra.Johnsonguiouotour!EladissequeelessãopaisedepoisosviindoemboracomummeninonobancodetrásdalimusinequesechamavaOSolda-Meia-Noite!"

A maioria das pessoas não teria conseguido entendê-la. Mas Max Ernesto também falava tão depressa que para ele não foi problema algum.

— Eles têm um filho? Não acredito — disse.

— Exatamente! É isso que eu estou dizendo — disse Cass, desacelerando simplesmente porque ela também estava exausta.

— Acho que essa história de serem pais é apenas uma mentira, você sabe, um disfarce para que pudessem nos procurar. Mas então quem era o menino na limusine?... Ah, eu quase esqueci. Descobri o que "EMBAIXO" significa, significa embaixo das páginas. Toda a escrita está no caderno, só que escondida!

— Uau! Você leu?

— Não, eu estava te esperando.

Cass não disse "eu estava te esperando porque somos colaboradores". E Max Ernesto não disse "obrigado, isso significa muito para mim". Mas os dois sabiam exatamente o que o outro estava pensando.

— Sabe — disse Cass depois de um instante. — Você nem sempre fala tanto. Às vezes você fica quieto. Tipo agora.

— Você tem razão — disse Max Ernesto, perplexo. — E eu nem estava me esforçando. Que tal isso?

— Então, mas o que o médico disse sobre o seu problema?

— Ele disse que não saberia ao certo enquanto meus pais morassem juntos, pois minha situação familiar é muito estressante.

— Sério? Então seus pais vão parar de morar juntos?

— Não, eles acabaram de ter uma briga feia por causa disso. Mas pelo menos estavam falando um com o outro.

Cass e Max Ernesto tiveram que ficar quietos por um instante, pois receberam um olhar de alerta da bibliotecária, mas, quando ela foi embora — o tempo de estudo sempre funcionava pelo sistema da honra —, eles não perderam tempo em abrir o caderno.

Agora podiam ver que, ao contrário de estar em branco, o caderno inteiro estava cheio de anotações com a letra do mágico; a única questão era que o caderno estava do lado avesso. A julgar pela letra corrida, ele havia escrito tudo muito depressa. O que quer que estivesse escrevendo, deveria ser muito importante.

Enquanto Max Ernesto se inclinava mais para perto, Cass leu para ele sussurrando, sua expressão ficando mais séria a cada frase.

Caro Leitor,

Se você está lendo estas palavras, eu sei duas coisas sobre você.

Você é corajoso o suficiente para segurar em suas mãos esse caderno, um caderno pelo qual todos os vilões do mundo estão à procura. E você é esperto o bastante para desvendar o enigma que se encontra do outro lado dessas páginas.

Ambas são qualidades das quais precisará nos dias que virão.

Minha vida está em perigo. Por essa razão eu escrevo.

Não, eu não temo a morte — sou um velho homem e sobrevivi a coisas piores —, mas não quero morrer antes de corrigir um erro antigo.

Você conhece a frase que diz que a ignorância é uma benção? Pense bem a respeito dela. Alguns segredos não devem ser conhecidos — mas depois que os conhece, jamais consegue esquecê-los.

Se certas pessoas descobrirem que você soube das coisas que estou prestes a contar — deixe-me alertá-lo, é mais seguro para você parar de ler agora e deixar este caderno longe de sua casa. Se continuar a ler, por favor, imploro para que não repita a ninguém a minha história.

Neste ponto Cass abaixou o caderno e olhou para Max Ernesto. Ele continuava surpreendentemente quieto.

— Então? — Cass o encorajou.

— Então o quê? — perguntou Max Ernesto.

— Então, devo continuar a leitura?

— Ele escreve de um jeito esquisito — disse Max Ernesto, como se estivesse respondendo a pergunta. — Acho que talvez seja estrangeiro.

— Isso significa que não, você não quer que eu continue a ler?

— Não, não significa "não".

— Então significa "sim"?

— Sim. Eu acho.

— Ah. Bem, também acho que devo continuar a ler — disse Cass. — Só achei que, você entende, se você achasse que era perigoso demais...

— Não estou com medo! — disse Max Ernesto. — Só acho que ele parece estrangeiro.

— Eu também não estou com medo.

— Então continue a ler.

— Muito bem, vou continuar.

Cass pegou o caderno novamente e tossiu da mesma maneira que o vovô Larry o fazia antes de iniciar uma história — por algum motivo, sua garganta estava seca — e então começou a ler...

Apesar de estar relutante por motivos óbvios, acho que também devo continuar registrando a história do mágico. Veja bem, a história do mágico vai direto ao coração da minha. Não é exagero dizer que a minha história não existiria sem a dele.

Então, eu e você leremos sobre os ombros de Cass e Max Ernesto. Antes de o fazermos, sugiro que você faça uma pausa. Se precisar ir ao banheiro, essa é uma boa hora. Se estiver com sono, vá dormir e guarde o próximo capítulo para amanhã. Para a história do mágico você precisa estar atento. Mentes distraídas não são permitidas.

CAPÍTULO DOZE

A HISTÓRIA DOS IRMÃOS BERGAMO PARTE I

Está pronto? Descansado? Alerta?

Ou simplesmente avançou porque não aguentava esperar?

Se for esse o caso, gostaria de ressaltar que ler sob a luz de uma lanterna embaixo de um cobertor é sempre uma boa maneira de combater as partes mais difíceis e perigosas de um livro. Também sugiro que tenha um lanchinho em mãos. Ou algum chiclete para mascar. Caso contrário pode se encontrar roendo as unhas até sangrar.

Certo. Está com seus suprimentos em mãos?

Lá vai, a história do mágico em suas próprias palavras:

La Storia Della Mia Vita
"A história da minha vida"

por

Pietro Bergamo

Nunca confie em um mágico. Só utilizamos palavras para distraí-los. Olhe para este meu belo lenço, nós dizemos, para que você não veja nosso truque com a mão na hora em que o coelho desaparece.

Mas agora escrevo como um homem, e não um mágico, e prometo que minha história é verdadeira. Como gostaria que não fosse! Pois é a história da tragédia da minha infância, e de um terrível segredo que não trouxe nada além de tristeza e morte.

Meu irmão, Luciano, e eu, nós nascemos em uma pequena cidade na Itália em um período entre guerras.

Éramos gêmeos, o que se chama de gêmeos "bivitelinos", e não idênticos. Uma distinção que eu considero bastante inútil. Sim, se nos olhasse de perto, havia muitas diferenças entre nós — como a marca de nascença no pescoço de Luciano que se parecia muito com uma lua crescente. Mas Luciano e eu, nós éramos idênticos no coração.

Quando fizemos 9 anos nossas vidas, como dizem, virou de pernas para o ar. Um terrível sujeito, ele subiu ao poder na Itália, e toda a nossa família corria perigo. Nossos pais, eles estavam sendo monitorados, mas conseguiram passagens de barco para mim e para Luciano, para irmos à America. Prometeram se juntar a nós dois assim que conseguissem, mas sabíamos que não seria logo. Talvez nunca.*

Foi uma coisa horrível ter que sair de casa tão cedo, mas pelo menos tínhamos um ao outro. Durante o período em que estávamos fazendo a travessia do oceano Atlântico, nunca saímos um do lado do outro. Como presente de partida, nosso pai havia nos dado um velho livro de truques de mágica, e passávamos o dia inteiro praticando truques de cartas e entretendo a equipe do barco. Toda noite, quando íamos dormir, sonhávamos com nossa nova vida na América, e em nos tornarmos mágicos mundialmente famosos.

Nossa mãe, ela tinha uma prima em Kansas City. Estávamos muito animados de estarmos indo para lá, pois tínhamos ouvido a história do Mágico de Oz, e sabíamos que o Kansas era cheio de tornados e aventura. O que não sabíamos (só descobrimos quando já era tarde demais) era

* Este homem terrível era o ditador italiano Benito Mussolini. Quando criança, Mussolini foi expulso da escola por esfaquear outro aluno e por jogar um pote de tinta no professor. Sua personalidade nunca melhorou, mas sua sorte, sim. Ele cresceu para governar a Itália com "punhos de ferro", fazendo com que todos no país — inclusive todos os professores — jurassem lealdade e obediência a ele sem questionar.

que a parte de Kansas City em que ela morava ficava no Missouri, a mais de cem quilômetros da capital do Kansas, Topeka, que foi onde saltamos do trem.

Era noite e estávamos cansados e com frio, vagávamos pelas ruas de Topeka há horas quando vimos um espetáculo maravilhoso à nossa frente: um circo.

Infelizmente, sem dinheiro, não podíamos entrar na tenda do circo, o picadeiro, como é chamado. * *Mas encontramos um buraco na tenda, através do qual podíamos enxergar os cavalos galopando, os palhaços fazendo malabarismo, e até um velho tigre saltando por um arco em chamas.*

O que mais nos impressionou foi o diretor do anfiteatro, tão magnífico com seu chapéu pontudo e suas caudas. Não falávamos muito bem inglês, mas conseguíamos entender o que ele estava dizendo pelo tom de voz, e pelos gritos e vibrações da plateia. Em determinado momento, eu poderia ter jurado que ele havia nos visto e dado uma piscadela. Era como se ele nos conhecesse e fôssemos as pessoas mais importantes entre todas da plateia, apesar de estarmos do lado de fora e não termos pago entrada.

Quando a apresentação acabou, seguimos com o resto do público para a praça. Esse era um circo viajante à moda antiga com todas as grandes atrações, como um homem grande que comia fogo, uma mulher gorda e barbada (depois descobrimos que a barba era falsa), e um faquir (na verdade um homem branco vestido com

---

Um fato pouco conhecido sobre Mussolini é que ele também era um romancista. Para mim, isso faz todo sentido. O escritor de um romance é como o ditador do romance; ele faz com que todas as personagens façam exatamente o que ele quer que elas façam, e digam exatamente o que ele quer que digam. Mas por favor, não tirem conclusões a respeito dos tipos de pessoas que escrevem romances. Afinal de contas, nem todos os romancistas são homens loucos com sede de poder — alguns são mulheres loucas com sede de poder.

* Circenses têm uma linguagem própria. Coloquei algumas palavras no apêndice — caso você decida fugir e se juntar ao circo.

uma roupa indiana). Como mágicos amadores, queríamos olhar dentro de todas as cabines, mas os funcionários — os circenses — estavam nos observando como se fossem falcões.

Estávamos com tanta fome que o cheiro do algodão doce, da pipoca e do amendoim era quase um sofrimento. Então vimos uma barraquinha de comida sem supervisão. Uma fileira de maçãs do amor vermelhinhas brilhava sob uma fileira de luz, pedindo para serem roubadas. Rapidamente, cada um de nós pegou uma maçã e correu para as sombras atrás das jaulas dos animais. Que sorte!

Mas assim que as mordemos, as maçãs foram arrancadas de nossas mãos. Chocados, olhamos para cima e vimos um velho funcionário sorrindo para nós. Ele não tinha boa parte dos dentes, e você pode acreditar, aquele sorriso era uma coisa assustadora de se ver.

— Gentileza vocês ajudarem a alimentar os animais — disse ele, jogando nossas maçãs para dentro da jaula do tigre.

— Oh, não — ele riu enquanto observávamos a tigresa jogar de lado as maçãs, como um gatinho com um novelo de lã. — Ela não gosta de maçãs. As maçãs são só para ela sentir o cheiro. O cheiro de gente, quero dizer.

Enquanto dizia isso, nos pegou pela nuca, e fez uma grande encenação, nos cheirando como se fôssemos o jantar. Depois nos arrastou em direção à porta da jaula do tigre. Nós gritamos e nos debatemos, mas não adiantava nada, seu punho era forte demais.

A essa altura já estávamos chorando e implorando por nossas vidas em italiano. Nós realmente pensamos que havíamos chegado ao fim.

— Tchau — eu disse para Luciano.

— Não, tchau não, apenas arrivederci *— disse ele, olhando em direção ao céu. — Ficaremos sempre juntos.*

— Sim, juntos para sempre — disse, tentando ser tão corajoso quanto ele. Encostei o dedo na lua crescente da sua marca de nascença e fechei os olhos.

— Solte-os, Sammy!

Era o diretor do anfiteatro andando em nossa direção.

— Não se preocupem, meninos. Essa velha tigresa tem menos dentes que Sammy. Ela não conseguiria machucar uma mosca!

Com os olhos piscando, ele disse que deveríamos ser mais espertos do que isso, em vez de sair correndo daquele jeito com coisas roubadas.

— Quando roubar alguma coisa, a pessoa deve se afastar andando lentamente — ele nos instruiu. — Do contrário, atrai atenção.

Como punição por nossa tentativa frustrada de roubo, o diretor do anfiteatro, nos ordenou que ajudássemos Sammy com a limpeza das jaulas dos animais. Aliviados por estarmos vivos, nós trabalhamos com tanto ardor que até Sammy ficou satisfeito conosco.

Na manhã seguinte, exaustos, porém animadíssimos, estávamos sentados do lado de fora do trailer do diretor com sua filha de 3 anos enquanto a mulher dele preparava o café da manhã. Para passar o tempo, pegamos nosso baralho e começamos a praticar alguns truques — que a menina pareceu gostar muito. Não sabíamos disso, mas ele estava nos observando do interior do trailer. Quando acabamos, ele nos aplaudiu.

— Lucy sabe reconhecer um bom truque quando vê um — ele disse, apontando para a filha. — Testamos todos os nossos números com ela.

Depois que eu e Luciano comemos todo o bacon e os bolinhos (por que toda comida sempre fica mais gostosa do lado de fora?), o diretor nos instruiu a ajudar sua equipe a fechar as tendas. Ele nunca nos perguntou de onde vínhamos, ou para onde íamos. Ele simplesmente presumiu que viajaríamos com o circo. E nós também.

Se você for um dos sortudos (ou seriam azarados?) cujo destino é a vida de circo, isso é tão natural quanto a migração para os gansos, ou a hibernação para os ursos.

Depois de ler essa última frase, Cass fechou o caderno do mágico. Ela teve que parar de ler, não porque a história tivesse acabado, mas porque o sino tocou. Na verdade, ele começou a tocar mais ou menos na hora em que Pietro e seu irmão estavam quase virando comida de tigre, e se Cass e Max Ernesto não se apressassem eles iriam se atrasar para suas próximas aulas.

Max Ernesto, em tom estranhamente rebelde, sugeriu que matassem o resto das aulas e continuassem lendo, mas Cass falou que poderiam atrair atenções indevidas desse jeito. Afinal de contas, nenhum dos dois tinha o hábito de matar aula. Então concordaram em adiar a leitura até a hora do almoço, quando se reencontrariam atrás do ginásio.

CAPÍTULO ~~TREZE~~ 14*

A HISTÓRIA DOS IRMÃOS BERGAMO PARTE II

* Evidentemente, eu não acredito que o número 13 traga azar — mas dadas as circunstâncias, para que arriscar?

Quando chegou a hora do almoço, Cass estava tão ansiosa para voltar ao caderno do mágico que nem notou os carros de polícia e os caminhões de bombeiro estacionados em frente à escola.

Você pode imaginar — Cass perdendo o que poderia perfeitamente ser a primeira verdadeira tragédia da história da escola? O que eu posso dizer? — até uma sobrevivóloga se distrai às vezes.

Prometo que voltaremos aos carros de polícia e quaisquer eventos horrorosos relacionados. Mas vamos ficar com Cass por enquanto; tenho certeza de que você está tão ansioso para voltar ao caderno quanto ela.

Caso você tenha tido que parar de ler quando Cass parou por algum motivo — se, por exemplo, alguma pessoa cruel te flagrou lendo este livro quando você deveria estar fazendo trabalhos da escola, ou estar lá fora "aproveitando o sol" — lembro-lhe de que Pietro e seu irmão, após acidentalmente cruzarem o caminho do circo, acabaram se tornando parte dele.

Assim que Max Ernesto se juntou a ela atrás do ginásio, Cass voltou imediatamente ao caderno e começou a ler em voz alta:

Após algumas semanas em que fizemos todos os tipos de trabalho, desde a limpeza do esterco do elefante, até atuarmos como figurantes, o diretor do anfiteatro nos deixou montar nosso próprio número de circo. O número incluía não só os truques de carta, mas também leitura de mentes — isso era perfeito para nós, que nos conhecíamos muito bem, e fizemos comunicação telepática durante praticamente toda a vida.

*Além disso, e isso se tornará importante para o meu conto, nós dois tínhamos o problema chamado de "sinestesia" — a confusão dos sentidos.**

Quem sofre de sinestesia tem os sons, as cores, e até os cheiros embaralhados na cabeça.

Quando ouço o som de metal arranhando, vejo um feixe brilhante de luz amarelo-esverdeada. Pneus cantando são laranja-avermelhados. A maioria dos sinos é azul, mas quando vejo azul, não ouço sinos, e sim sinto cheiro de sabão.

Existiu até uma mulher que precisava dizer apenas uma palavra e eu via uma nuvem cinza-escura e sentia como se estivesse me afogando no lago mais frio da Terra — mas estou me adiantando demais. Ela aparece um pouco mais tarde na minha história. Antes não tivesse aparecido nunca!

*O que mais ajudava o nosso número era que, para mim e para Luciano, os números e as letras tinham cores. Por exemplo, o número 1 era verde, 2 era roxo, 3, amarelo. Ao mesmo tempo, a letra X era vermelha, Y era cinza, e Z era turquesa.***

Lembro do dia em que eu e meu irmão descobrimos que as outras pessoas não viam as letras do mesmo jeito que a gente. Tínhamos 7 anos de idade e uma amiga da vizinhança estava desenhando conosco. Ela estava escre-

* Se você quiser saber como se pronuncia sinestesia, parece anestesia, só que com um sin no começo.
** Ver letras em cores às vezes é chamado de Audition Colorée — Audição Colorida.

vendo o próprio nome sem parar, e nós dissemos a ela que estava usando as cores erradas. Tenho vergonha de dizer que não fomos muito gentis na situação. Nossa amiga começou a chorar tão alto que nossa mãe teve que vir e nos dizer que ela podia usar as cores que quisesse.

No circo, era muito fácil conversarmos um com o outro através do código das cores. Se eu perguntasse a alguma menina na plateia o dia do aniversário, eu podia dizer a Luciano qual era o dia simplesmente acenando com lenços coloridos. Ele fingia que estava se concentrando bastante, depois gritava a data de aniversário como se tivesse vindo a ele em um momento de transe. Assim, parecíamos adivinhos muito convincentes.

Com o tempo, nosso número se tornou algo esplêndido. A mulher do diretor do anfiteatro fez capas e turbantes de cetim para nós e Sammy, que agora era nosso amigo, nos ajudou a criar alguns efeitos mágicos com música, fumaça e luzes de diversas cores. Mas foi depois da chegada de um presente misterioso que nosso número realmente ganhou vida — e também chegou ao fim.

Numa tarde, um menino local nos trouxe um grande pacote embrulhado em papel marrom. Ele disse que uma moça muito bonita havia lhe dado um dólar para nos entregar — uma fortuna naqueles tempos.

Assim que ele foi embora, rasgamos o papel e abrimos o pacote. Inicialmente, não fazíamos ideia do que estávamos olhando, ou por que aquilo teria nos sido dado. Era um estojo de madeira, muito velho, que continha dúzias de frascos de vidro. Seria algum tipo de kit de alquimia? Para que servia?

Só quando vimos uma pequena placa de metal que dizia "Sinfonia de Cheiros", tivemos alguma ideia. Poderia ser verdade? Será que havia mais gente no mundo que experimentava música e cheiros juntos? Que coisa fantástica!

Após alguns dias de experiências, descobrimos que podíamos tornar os cheiros mais fortes fazendo uma fogueira e derrubando um pouquinho dos frascos. A fumaça produzia muitas cores, e os aromas preenchiam o ar. Acrescentamos também um pouquinho de pólvora — o suficiente para fazer com que soltasse algumas faíscas junto com a fumaça e os cheiros. Era muito legal de se ver.

Eu e Luciano treinamos todos os dias até conseguirmos nos comunicar com a fumaça cheirosa — "sinais com cheiros" era como chamávamos. Imagine — agora poderia dizer a Luciano o nome do gato de alguém simplesmente liberando o cheiro de mostarda no ar! Nosso número agora era um verdadeiro "banquete para todos os sentidos".

O diretor do anfiteatro gostava tanto que nos comprou uma tenda especial com uma grande faixa anunciando "Os Incríveis Irmãos Bergamo e a Sinfonia de Cheiros". Em todos os lugares que íamos, ele levantava a faixa anunciando nosso número. E as multidões formavam filas.

Fazia um ano em que havíamos nos juntado ao circo, e estávamos novamente no Kansas. Havia um artigo sobre o nosso número no jornal e ficamos imaginando se a prima da nossa mãe viria nos ver. Quem sabe, talvez nossos pais já tivessem voltado da Itália e viessem também!

Durante a apresentação eu vasculhei a plateia, mas não vi ninguém especial. Exceto uma mulher que veio até a nossa tenda quase no fim do espetáculo — e fez com que eu me esquecesse dos meus pais.

Essa mulher, ela era linda e parecia fazer o mundo inteiro parar. Tinha olhos azuis e uma cintura tão fina que ela própria deveria ser uma atração de circo. Ela tinha compridos cabelos louros e vestia luvas longas e elegantes que iam até os cotovelos. A mulher brilhava inteiramente com joias de ouro espalhadas pelo corpo.

Ela era verdadeiramente uma Moça Dourada, eu pensei.

Depois da apresentação, a vi parada na entrada da nossa tenda. Quando o resto da plateia já tinha ido embora, ela sorriu e disse a mim e ao meu irmão o quanto tinha gostado da apresentação.

— Vocês gostaram do presente? — ela perguntou. — Parecem ter encontrado um bom uso para ele.

— Que presente? — eu perguntei.

— Oras, a Sinfonia de Cheiros, é claro! É um verdadeiro tesouro, sabiam? Foi feita por um médico francês

há muitos anos. Um cientista formado. Mas era um grande amante das artes.

Antes que pudéssemos agradecê-la pelo presente, a Moça Dourada disse que tinha uma proposta para nós. Ela nos perguntou se poderia nos levar para jantar e discutir o assunto.

Como nunca tínhamos ido a um restaurante, sua oferta era muito tentadora, e meu irmão aceitou na hora. Eu, por outro lado, não queria ir. Não tinha motivo algum para desconfiar — no entanto, assim que a ouvi falar, soube que ela não era o que parecia.

Sim, como você deve ter imaginado, a Moça Dourada era a mulher cuja voz me fazia sentir como se eu estivesse me afogando. Me dá calafrios só de pensar.

Tentei arrumar uma desculpa, lembrando ao meu irmão de todas as tarefas que tínhamos para fazer. Ele disse que as tarefas poderiam esperar. O que havia de errado comigo? Uma mulher muito simpática estava nos oferecendo uma ida a um restaurante de verdade! E a discussão continuou assim. Eu acho que ele estava mais do que apaixonado por ela.

Finalmente, a Moça Dourada sugeriu que Luciano fosse ao jantar e eu ficasse para trás.

— Se eu não puder levar os dois irmãos, posso ao menos levar um? — ela perguntou, como se ela fosse uma criança e nós brinquedos em uma loja.

Dava para perceber que Luciano estava nervoso em se separar de mim pela primeira vez na vida, mas está-

vamos bravos demais um com o outro para ir contra essa ideia. Meu irmão foi embora sem dizer tchau.

Eu passei a noite acordado esperando por Luciano, imaginando todas as coisas terríveis que poderiam acontecer a ele. Quando ele não havia voltado pela manhã, procurei pelas estradas, buscando sinais de um acidente. Depois procurei nos arredores do circo, achando que talvez ele estivesse se escondendo de mim por causa da raiva pela briga.

Meu irmão não estava em lugar nenhum.

Quando encontrei o diretor do anfiteatro em seu trailer, ele pareceu muito surpreso em me ver, como se eu fosse um fantasma ou tivessem brotado chifres em minha cabeça. Mas se recuperou depressa e começou a me dar ordens. Era quase hora de partir. O que eu estava fazendo à toa por aí? Quando tentei contar a ele sobre Luciano ter sido levado embora, ele disse que estava ocupado demais para se preocupar com o meu irmão.

O diretor do anfiteatro sempre agia dessa maneira impaciente, mas ele disse mais uma coisa que me deixou confuso:

— E mais, ela parecia uma moça tão simpática — sussurrou baixinho. — Tenho certeza de que não acontecerá mal algum ao seu irmão.

Como ele sabia?, imaginei. Ele tinha conhecido a Moça Dourada?

Enquanto falava, notei que ele pegou alguma coisa da mesa. Era uma pilha de dinheiro, com a qual ficou brincando de forma nervosa. Eu ainda era jovem, mas já tinha vivido o suficiente para entender o que aquele dinheiro significava.

Hoje em dia vender gêmeos de 10 anos de idade a um estranho seria uma coisa muito chocante. Isso era o circo. Eu e meu irmão, nós éramos atrações de circo, não valíamos mais do que macacos adestrados. Não me surpreendeu o fato do diretor do anfiteatro nos trocar por alguns dólares. Mas o odiei por isso.

— Eu vou te matar! — gritei, depois corri para fora do trailer, e do circo, o mais rápido possível.

O resto da minha história se passa em 70 anos, mas na verdade é bem curto.

Eu sabia que era melhor não ir à polícia. Eu era jovem, italiano e trabalhava no circo — três fatores que depunham contra mim na opinião da polícia. Ao invés disso, passei os anos vivendo sozinho, pelas ruas, procurando meu irmão, verificando todas as nucas em busca daquela marca de nascença. Nunca encontrei uma pista sequer do paradeiro de Luciano.

Exceto uma.

Alguns dias depois de fugir, peguei carona até a cidade seguinte onde o circo havia armado suas tendas. Meu plano era assassinar o diretor do anfiteatro enquanto ele dormia. Como eu pretendia fazer isso eu não sei — eu não tinha nenhuma arma, ou experiência como assassino.

Fosse qual fosse o meu plano, cheguei tarde demais. No lugar do circo, só encontrei cinzas.

Andei pelas feiras escurecidas em estado de choque. Alguns dos pedaços maiores de escombro ainda estavam queimando, e a fumaça cobria o local. Havia também um cheiro horrível no ar que na época pensei que fossem ovos podres, mas hoje sei que era enxofre.

Eu não sabia exatamente o que tinha acontecido, mas tinha certeza de uma coisa: o fogo, a intenção era me pegar.

Em meio as cinzas e escombros encontrei um pedaço de papel. Reconheci a letra mesmo à distância. Era um bilhete do meu irmão, escrito em um código que havíamos inventado para a Sinfonia de Cheiros.

Dizia uma palavra: "HELP."

O bilhete foi como uma faca no meu coração.

Após a perda do meu irmão, a mágica não tinha mais nenhuma graça para mim. Mesmo assim eu precisava me manter. Então realizava shows em parques e esquinas — e em trens, quando conseguia angariar uma carona com os viajantes.

Eventualmente, fui trabalhar em clubes noturnos e teatros, e acredito que sou um sucesso, tanto quanto um mágico pode ser. Mas nunca fui muito sociável — nenhum amigo poderia tomar o lugar do meu irmão — e hoje sou um velho eremita.

Mas nunca perdi a esperança de encontrar Luciano. Contra toda a razão, sinto que ele ainda está vivo.

Um dia, há alguns anos, estava lendo uma revista de ciências — o mundo da natureza sempre me interessou muito mais do que o mundo dos homens — e notei um artigo sobre sinestesia.

O que mais me chamou a atenção foi uma referência a uma criança prodígio dos anos 1960, uma menina com tanto talento como violinista que se tornou uma sensação mundial. Ela dizia ver cores quando tocava música — uma forma conhecida de sinestesia — e escreveu um trabalho musical magnífico chamado "A Sonata do Arco-íris" quando tinha apenas 7 anos. Aos 9 foi sequestrada e nunca mais se ouviu falar nela.

Outra criança com sinestesia sequestrada! Mera coincidência? Talvez. Mas foi a primeira pista que encontrei em 70 anos. Não tive outra escolha a não ser investigar.

Misteriosamente, todas as matérias jornalísticas sobre a violinista haviam desaparecido das bibliotecas. Finalmente, em um sebo no Alasca descobri um velho artigo de revista que descrevia as circunstâncias do sequestro. De acordo com um lanterninha da última casa de shows em que ela havia se apresentado, a violinista tinha sido vista conversando com uma mulher antes de desaparecer. O lanterninha disse que a mulher era "deslumbrante". Ela tinha cabelos louros e ouro...

— Ahhhhh! É muito irritante!

Cass virou o caderno de um lado para o outro, frustrada, procurando por mais páginas escondidas.

— Isso é tudo? — perguntou Max Ernesto.

— É, acaba aqui.

— Mas não descobrimos qual é o terrível segredo.

— Eu sei. Acho que talvez ele tenha escrito mais, mas arrancou as páginas. Olhe... — Cass abriu o caderno e apontou, mostrando que faltavam umas folhas, era quase imperceptível. — Como se ele tivesse tido que fugir bem depressa e não pudesse levar o caderno inteiro, as páginas tinham que caber no bolso.

— Como se ele tivesse ouvido alguém entrando, ou sentido cheiro de fogo ou coisa parecida? Acho que é possível — disse Max Ernesto. — Ou talvez tenha sido assassinado e o assassino levou as páginas. Ou...

— Exatamente — interrompeu Cass. — Você sabe quem ela é, certo?

— Quem? — perguntou Max Ernesto.

— A Moça Dourada. Você não percebeu? A Moça Dourada é a Srta. Mauvais.

Max Ernesto balançou a cabeça.

— Não, ela não é. Não pode ser...

— É sim. Ouça... — Cass passou as páginas do livro. — Ela tem uma cintura extremamente fina, todas aquelas joias. Ela usa luvas.

— *Parece* ser ela — concordou Max Ernesto. — Mas ela não é a Moça Dourada. Não faria o menor sentido.

— O quê? Por quê? Diga uma razão para não achar que seja ela.

— Tudo bem, aqui vai uma razão. A moça da história, no circo, foi há muito, muito tempo. Se fosse a Srta. Mauvais, ela teria que ter uns cem anos hoje em dia. Se é que ela está viva. Que tal essa?

Cass mordeu o lábio. Ele tinha razão. A Srta. Mauvais não parecia ter nem perto desta idade.

— Talvez se fosse uma vampira, pudesse ser ela — sugeriu Max Ernesto. — Mas duvido que seja isso. Ninguém acredita que existam vampiros. Exceto morcegos vampiros, esses existem. E o conde Drácula: ele era verdadeiro. Mas ele não era um vampiro. Era só um velho malvado. Ao menos é o que as pessoas pensam. Não há como saber ao certo. Ele está morto. Quero dizer, a não ser que realmente fosse...

— Tudo bem, tudo bem. Esqueça os vampiros. Eu concordo, não é ela. Não faria o menor sentido — disse Cass. — Então, o que você acha que devemos fazer?

— Acho que devemos nos livrar do caderno o mais rápido possível, como ele disse que deveríamos fazer no começo — disse Max Ernesto.

— Parar a investigação, você quer dizer? Você não quer saber qual é o segredo?

— É perigoso demais — disse Max Ernesto. — Só temos 11 anos. Eu particularmente não quero ser sequestrado só para saber o que acontece no final do livro.

— A questão não é essa — disse Cass calorosamente. — Você não tem o menor senso de honra? Devemos a Pietro descobrir o que aconteceu. Ele era um homem tão bom...

— Nós nem o conhecíamos!

— Eu sei, ele não conhecia ninguém. É por isso que se *nós* não continuarmos a investigação, quem vai?

Max Ernesto não tinha uma resposta.

— Além disso — acrescentou Cass — é tarde demais para recuar. Talvez não saibamos quem é a Srta. Mauvais, mas ela certamente sabe quem somos nós.

CAPÍTULO QUINZE

UMA CONFUSÃO DOS SENTIDOS

Cass e Max Ernesto surgiram de trás do ginásio tão envolvidos na própria conversa que levaram vários segundos para perceber que todo o pátio da escola estava vazio.

— Não acredito — disse Cass. — Finalmente evacuaram a escola e eu nem estava aqui.

— Acho que foi um alarme falso. — Max Ernesto acenou em direção ao auditório: alunos e professores começaram a sair.

Amber andou em direção a eles, com o batonzinho da semana pendurado no pescoço.

— Onde vocês estavam? — ela perguntou. — Vocês perderam o comício!

Amber, que além de ser a menina mais simpática da escola era a que mais conversava (se ela não fosse tão simpática, talvez fosse considerada a mais fofoqueira), contou a novidade: Benjamin Blake estava desaparecido. Por isso a polícia e os bombeiros tinham estado na escola.

Amber explicou que Benjamin tinha sido deixado na escola pela manhã, mas não foi a nenhuma aula. Ninguém o viu indo embora; ninguém o buscou. Ele não tinha passeio, atestado médico, ou bilhete dos pais. Qualquer aluno que tivesse visto Benjamin, ou tivesse alguma ideia de seu paradeiro deveria informar imediatamente a Sra. Johnson, para que a polícia pudesse ser alertada.

— Eu não acredito que você não sabia — disse Amber quando acabou o resumo dos eventos. — Achei que você adorasse emergências, Cass.

— Eu não adoro — disse Cass irritadiça. — Só gosto de estar preparada. Na verdade era isso que estávamos fazendo agora. Nos preparando para uma emergência.

— Somos colaboradores — disse Max Ernesto.

O que fez com que Cass tivesse vontade de esganá-lo.

— Ah, bem, acho ótimo vocês serem amigos — disse Amber.

O que fez com que Cass tivesse vontade de estrangulá-la.

— A propósito, já estou quase acabando de usar isso — acrescentou Amber, segurando o batonzinho. — É de algodão-doce. Você quer, Cass?

— Hum, claro. Obrigada, Amber — disse Cass automaticamente.

O que fez com que ela quisesse se estrangular.

— Foi meu centésimo batonzinho — vangloriou-se Amber ao entregá-lo. — Me deram isso quando eu comprei — ela apontou para a frente de sua camiseta, que dizia:

Comprei Batons Cem Vezes!

em letras luminosas que brilhavam no sol. Ela virou; a parte de trás da camisa dizia:

Irmã Skelton Honorária

— O que é uma irmã esqueleto? — perguntou Max Ernesto depois que Amber voltou para suas amigas. — É um filme de terror, uma história em quadrinhos, ou coisa parecida?

— Não é *esqueleto*, apenas *Skelt*... ah, deixa para lá — disse Cass. — Esqueleto é melhor, pelo menos é o que elas parecem quase sempre.

Enquanto ela e Max Ernesto caminhavam de volta para a aula, Cass contou a ele sobre ter encontrado Benjamin no corredor naquela manhã.

— Eu posso ter sido a última pessoa a falar com ele na vida.

E fui tão má com ele!, pensou culpada. Mas ela guardou essa parte para si.

— Você vai contar para a Sra. Johnson? — perguntou Max Ernesto.

— Eu não sei. Ela provavelmente vai pensar que estou inventando — disse Cass com certa amargura.

Como a maioria dos alunos da escola, Cass e Max Ernesto geralmente passavam pelos trabalhos artísticos do corredor sem prestar mais atenção do que prestariam aos troféus na estante ou ao quadro de anúncios. Agora, sabendo que Benjamin Blake estava desaparecido, todos pararam e olharam com mais atenção para suas pinturas.

— Não sei o que tem demais nelas — disse Max Ernesto. — Quero dizer, são figuras de quê? Parecem protetores de tela de computador.

— Não são figuras de nada, essa é a questão — disse Cass, que de repente se sentiu na obrigação de defender Benjamin. Era o mínimo que ela podia fazer, considerando a forma como o havia tratado. — Você nunca ouviu falar em arte abstrata? Veja as cores. E as formas.

— O que mais eu poderia estar olhando? É só o que tem!

Uma das pinturas consistia basicamente de círculos ondulados, como se alguém tivesse derrubado alguma coisa em um lago roxo.

— *Música de chuva*? — perguntou Max Ernesto, olhando para o cartão pregado na parede ao lado da pintura. — Por que é uma música? Não tem nenhum som, nenhuma palavra...

— Como eu vou saber? Acho que é nisso que ele pensa quando pensa em... chuva.

Max Ernesto disse que fazia sentido alguém tão maluco quanto Benjamin Blake desaparecer. Ele provavelmente nem sabia onde estava em boa parte do tempo.

— Mas espero que ele esteja bem, de qualquer forma — acrescentou Max Ernesto. — Apesar de ser meio maluco, ele não é má pessoa. Pelo menos não má de maldade. Só mau em termos de lógica. Quero dizer, se as pessoas fossem sentenciadas à morte só porque não são lógicas...

Ele parou de falar porque Cass não estava ouvindo; ela estava lendo os títulos das outras pinturas. Uma se chamava *Música dos grilos e carros*. Outra era *Música que canto quando estou assustado*. Outra era *Rádio no escritório da minha mãe*.

Cass franziu o rosto.

— O que foi? — perguntou Max Ernesto.

— Você não percebe?

— Percebo o quê?

— Benjamin Blake é como os irmãos Bergamo.

— Como assim?

— Ele tem, como se chama? A confusão dos sentidos?

— Ele é sinestésico?

Cass fez que sim com a cabeça.

— Como você sabe?

— Todas as pinturas são pinturas de música..

— E daí?

— E daí que isso é uma confusão dos sentidos. Como ver músicas.

— Hum... Talvez — disse Max Ernesto, obviamente não convencido.

— Vamos, temos que contar para alguém! — disse Cass, afastando-se das pinturas.

— Por quê? O que tem demais?

— Você não percebe? Ele era o menino na limusine. O Dr. L e a Srta. Mauvais, eles sequestraram Benjamin.

— Mas achei que você tivesse dito que a Srta. Mauvais não era a mulher do livro.

— Bem, eu retiro o que disse. Não me importa quantos anos ela tenha: foram eles. Agora vamos...

Cass começou a correr pelo corredor. Max Ernesto se esforçou para acompanhar.

— Você está dizendo isso tudo só por causa de uma pintura roxa?

Cass fez que sim com a cabeça.

— Eles devem ter visto as pinturas de Benjamin quando vieram nos procurar. Então ela decidiu pegá-lo. Assim como pegou o irmão do mágico. E a menina do violino.

— Você é doida — disse Max Ernesto.

— Não sou!

— Essa é mais uma das suas previsões malucas. Como aquele rato. Você achou que ele tivesse morrido por causa de lixo tóxico, mas foi só veneno de rato.

— Não temos certeza disso — disse Cass, com as orelhas doendo (ela não sabia que Max Ernesto tinha visto o veneno de rato). — De qualquer forma, isso é diferente. A vida de Benjamin está em perigo, e você nem se importa.

— Bem, acho que você também não se importa de verdade. Meu médico novo disse que é só por causa do jeito que seu pai morreu atingido por um raio que você é uma sobrevivóloga e sempre quer salvar todo mundo. Não tem nada a ver com as pessoas.

Cass parou de correr e encarou Max Ernesto.

— Você contou ao seu médico sobre o meu pai?

— E daí? Você disse que não era um segredo de verdade.

— Não é...

— Então por que você está tão irritada?

— Eu não estou irritada!

— Suas orelhas estão inteiramente vermelhas.

— Não estão nada!

— Você nem consegue vê-las.

— Que seja, não importa o que você pense, pois acho que não devemos mais ser colaboradores — disse Cass, verificando seu reflexo em um estojo de vidro.

— Sério?

— Com o seu problema, não é seguro. Para nenhum de nós dois.

— Ninguém nem sabe qual é o meu problema!

— Por isso que é tão perigoso. Eu simplesmente não posso contar com você. Sem ofensa. Não é nada pessoal. Bem, tenho que ir para a aula.

— Eu também — disse Max Ernesto.

Sem se despedirem, viraram-se para lados opostos do corredor.

* * *

Eu sei, é perturbador.

Eu gostaria de poder dizer que Max Ernesto repentinamente entendeu porque Cass não queria que ele tivesse contado sobre seu pai para o médico, ainda que não fosse um segredo de verdade, e que ele correu imediatamente atrás dela e se desculpou. Ou que Cass tivesse percebido que Max Ernesto não tinha contado ao médico por mal e que ela correu atrás de Max Ernesto, se desculpou e disse que eles podiam voltar a serem colaboradores. Ou que ambos perceberam que a amizade era mais importante do que pequenas diferenças e que correram simultâneamente um para o outro e se abraçaram.

Mas não posso dizer nada disso; nenhuma dessas coisas aconteceu. Em outra época eu poderia ter inventado uma cena em que fizessem as pazes para que você se sentisse melhor. Normalmente, eu não tenho problemas em alcovitar minha audiência. Contudo, a maneira como a história se desenvolve a partir daqui é afetada pela briga entre Cass e Max Ernesto. Se encerrássemos a briga aqui, o resto da história não faria o menor sentido. Então me perdoe — pelo menos nesta instância, preciso me prender à verdade.

Aliás, Cass não estava pensando tanto em Max Ernesto depois que o deixou; ela estava pensando em Benjamin Blake. Mais especificamente, o que Cass estava pensando era que a culpa do sequestro de Benjamin Blake era dela.

Sua lógica operou da seguinte maneira:

1. Se ela não tivesse roubado o caderno do mágico, a Srta. Mauvais e o Dr. L não teriam vindo atrás dela.

2. Se a Srta. Mauvais e o Dr. L não tivessem vindo atrás dela, não teriam visto as pinturas de Benjamin.
3. Se não tivessem visto as pinturas de Benjamin, não o teriam sequestrado.

Conclusão: era responsabilidade dela fazer com que ele voltasse para casa antes de ser queimado vivo em um inferno sulfuroso.

CAPÍTULO DEZESSEIS

UM BOATO SOBRE SANGUE DE MACACO, UM BILHETE DE RESGATE FORJADO E UM TELEFONEMA ASSUSTADOR

Cass tinha apenas uma pista sobre o paradeiro de Benjamin Blake: o nome na limusine em que ele foi levado, O Sol da Meia-Noite Spa e Sensorium.

Ela não tinha ideia do que era um sensorium — a não ser que fosse um daqueles tanques de isolamento dos quais já tinha ouvido falar. Você sabe, aqueles onde as pessoas são imersas em água para regressarem completamente até voltarem a serem fetos nos ventres de suas mães? Mas ela sabia o que era um spa — mais ou menos.

Spas eram lugares para o que sua mãe chamava de "tempo para mim" e geralmente incluíam uma massagem. Cass já tinha até estado em um spa uma vez — se você considerar a cabine que Amber e suas amigas tinham construído para a feira da escola daquele ano (tudo o que fizeram foi colocar rodelas de pepino nos olhos e mingau de aveia frio no rosto, mas é claro que todos adoraram o spa, porque era de Amber). A experiência não tinha contribuído em nada para a melhora da opinião de Cass sobre spas; ficar deitada sendo paparicada quando poderia estar treinando para uma emergência era o oposto de tudo que ela defendia.

Fazia todo sentido alguém como a Srta. Mauvais ter um spa.

Pelo lado positivo, se o spa existisse, Cass sabia exatamente onde encontrar informações a respeito. Ela tinha 50 minutos para ir para casa e voltar antes da próxima aula. Ela teria que correr — e torcer para que ninguém a visse.

Após uma semana afastada, ela estava tão desacostumada a entrar em sua própria casa que esqueceu o código do alarme; ela só se lembrou de digitar sua data de nascimento quando o alarme começou a tocar. As cortinas estavam fechadas e a casa escura, e Cass — sentindo-se mais como uma ladra — decidiu deixar assim. Se os vizinhos vissem a casa acesa, poderiam fazer perguntas. Por um instante, ela pensou em Max Ernesto. Se tivesse um amigo junto com ela, não teria se sentido tão desconfortável. Mas ela espantou esse pensamento. Era melhor trabalhar sozinha, fez questão de lembrar a si mesma. Era esse o objetivo de ser uma sobrevivóloga.

A obsessão de sua mãe com guias de viagem sempre havia intrigado Cass, mas agora ela estava agradecida. Puxou um livro após o outro da estante, até ter uma montanha deles — todos sobre spas. Depois sentou-se no chão remexendo nos livros, um após o outro. Eles tinham títulos como *Spaaaaaahhh!* e *Molhe-se!*, e eram cheios de fotos de pôr do sol, banheiras de hidromassagem, e adultos sorridentes enrolados em toalhas recebendo massagens. Cass achava que todos os spas pareciam iguais, mas, aparentemente, para sua mãe, cada spa era diferente. As anotações dela espalhavam-se pelas páginas: "Parece um sonho!"; "Muito caro"; "Onde é a praia??". Ao lado de um resort ela havia escrito: "Levar Cass no próximo natal de surpresa?". Rapidamente, Cass virou a página para não ficar tentada a ler o resto das anotações.

Até terminar de examinar a pilha, Cass concluiu que deveria ter lido a respeito de todos os spas no país, mas não tinha visto qualquer referência ao Sol da Meia-Noite. Ela já tinha iniciado o laborioso processo de recolocá-los nas prateleiras quando notou um velho guia que havia caído para trás dos outros. A capa estava arrebentada, revelando a primeira página amarelada da introdução, e... qual era aquela palavra?

O que aconteceu foi que a palavra que chamou sua atenção foi *sanatório* (um sanatório, ela aprendeu, era o lugar para onde se mandava pessoas que tinham tuberculose ou doenças crônicas). A introdução também mencionava *solar* (salas de vidro onde as pessoas tomavam sol nos velhos tempos, antes de suas mães se preocuparem com câncer de pele), mas não viu nada sobre *sensorium*.

Mas, no final, a sorte estava com ela. Enterrada no livro, Cass descobriu uma menção ao Sol da Meia-Noite. Eis o que dizia:

AH, SER JOVEM OUTRA VEZ!

É a questão mais antiga da Terra.
A sede que jamais pode ser saciada.
A batalha que jamais pode ser vencida.
Ou pode?
O Sol da Meia-Noite Spa e Sensorium
promete nada menos do que isso.
Criado há mais de cem anos por um seleto
grupo de médicos e espiritualistas, o Sol da Meia-Noite
é um dos resorts mais exclusivos — e mais
misteriosos — do mundo.
Assim como o mítico Shangri-la, esse alpe mágico
e utópico fez ascenderem diversos rumores.
Alguns dizem que os hóspedes do Sol da Meia-Noite se
encharcam
em banhos de ouro derretido. Outros garantem que
bebem
sangue de macacos recém-nascidos. E ainda há quem
descarte o Sol da Meia-Noite, classificando-o como

uma fraude, ou um golpe.
Ciência? Medicina? Bruxaria? Quem
sabe... Seus tratamentos são segredos cuidadosamente
trancados. Ninguém fala a respeito do Sol da Meia-Noite
em público se desejar visitá-lo novamente.
Intrigado?
A não ser que você seja uma celebridade, ou tenha um
título de realeza
em seu nome, é quase impossível
conseguir uma reserva neste santuário secreto. Mas
os corajosos podem ligar para (XX) XXXX-XXXX.
Ou escrever para XXXX Xxxxxx Xxxxxx, Xxx Xxxxxxx, XX
XXXXX.

Cass colocou o livro na mochila, refletindo sobre o que tinha acabado de ler. Por que tantos adultos queriam ser jovens, ela imaginou, quando se levava tanto tempo para crescer? Era como fazer uma viagem em uma estrada de um milhão de quilômetros e querer voltar sem sair do carro.

Mesmo assim, ela já tinha visto comerciais o suficiente para saber que pessoas velhas fariam qualquer coisa para serem jovens novamente. Tudo bem, talvez não um banho em ouro derretido — seria tão quente que a pessoa queimaria. Mas ela não duvidava que a Srta. Mauvais beberia sangue de macaco se pudesse.

Agora Cass tinha o endereço do Sol da Meia-Noite. Mas o que faria com ele? Essa era a pergunta que fazia a si mesma enquanto corria de volta para a escola.

Ela não podia simplesmente entregar à Sra. Johnson. Não depois da última conversa que tiveram. Se Max Ernesto não acreditava na sua teoria sobre o sequestro de Benjamin Blake, a Sra. Johnson nunca acreditaria.

Cass pensou em escrever um bilhete anônimo — como uma dica de um cidadão preocupado. Mas depois teve uma ideia ainda melhor: um bilhete anônimo de resgate. Qualquer um poderia escrever um bilhete anônimo, ela concluiu; mas um bilhete de resgate definitivamente chamaria a atenção da Sra. Johnson. E Cass tinha aprendido em livros de detetive e programas de televisão que a polícia utilizava bilhetes anônimos de resgate para encontrar bandidos. Com um pouco de sorte, a Sra. Johnson os mandaria para o resgate de Benjamin assim que lesse.

Abaixo está o bilhete de Cass. Naturalmente, ela foi cuidadosa para disfarçar sua caligrafia. Além disso, tentou ser muito educada, pois estava escrevendo para a Sra. Johnson, uma diretora com princípios:

Prezada Sra. Johnson,

Bom-dia.

Nós sequestramos o artista Benjamin Blake.

Por favor, traga um milhão de dólares para o Sol da Meia-Noite Spa e Sensorium e deixe em uma mala para nós. Caso contrário, Benjamin Blake será assassinado de forma brutal!

Atenciosamente,

Dr. L e senhorita Muvé.

P.S.: O endereço do Sol da Meia-Noite é XXXX Xxxxxx Xxxxxx, Xxx Xxxxxxx, XX XXXXX.

Não poderia ter sido pior.

Cinco minutos após ter mandado o bilhete pela janela da senhora Johnson, Cass foi convocada à sua sala.

A Sra. Johnson estava segurando o bilhete nas mãos. Em todos os encontros que já tinha tido com a diretora, Cass nunca a tinha visto tão irritada.

— Estou extremamente brava com você, Cassandra — ela disse. — Você achou que eu não reconheceria a sua letra? Não posso acreditar que você continua com suas brincadeiras infantis, sabendo que um de seus colegas está desaparecido, e possivelmente em grave perigo.

— Mas eles sequestraram mesmo! Eles tinham uma limusine onde estava escrito Sol da Meia-Noite e eu vi um menino na janela!

— E você tem certeza de que era Benjamin? Diga a verdade.

Mais do que qualquer outra coisa, Cass queria dizer que tinha certeza, mas a Sra. Johnson viu a hesitação no seu rosto.

— Eu não sei o que você tem contra aquele casal, mas estou te avisando, se eu souber que você está azucrinando algum membro da equipe da escola ou algum aluno, ou, pior ainda, a polícia, com suas teorias absurdas, bem, neste caso vou te suspender pelo ano inteiro! Fui clara?

Cass fez que sim com a cabeça.

— Devo admitir, este é um dos bilhetes de resgate mais educados que já recebi. Pelo menos seus modos estão melhorando. Agora, saia da minha sala!

* * *

No ônibus mais tarde naquele dia, Cass sentava com os joelhos dobrados, apoiados no assento à sua frente, ignorando a tudo e a todos com sua irritação.

Ela *precisava* resgatar Benjamin Blake. Mas como?

Sem ajuda da diretora ou da polícia.

E definitivamente sem a ajuda de certo menino que não parava de falar.

O próximo passo óbvio seria ir pessoalmente ao Sol da Meia-Noite. Mas como chegaria até lá? Seus avôs não a levariam de jeito nenhum. Não se isso significasse que ela perderia aulas, e eles tivessem que arriscar a ira da mãe dela.

Além disso, mesmo que pudesse chegar ao Sol da Meia-Noite, como conseguiria *entrar* o Sol da Meia-Noite? Ela não era uma celebridade, e não tinha título de realeza; era só uma criança. E crianças não costumam frequentar spas.

Exceto, talvez, crianças como a Amber.

O que Amber faria se *ela* quisesse entrar?

Quando Cass saltou do ônibus, ela teve uma inspiração.

Antes que pudesse mudar de ideia, ela pegou o velho guia na mochila e olhou o telefone do Sol da Meia-Noite. Discou o número pelo celular. Ela mal podia acreditar no que estava fazendo, e tinha aquela sensação meio tensa de quando se passa um trote, só que dessa vez era mais assustador.

Para seu alívio, uma secretária eletrônica atendeu.

— Você ligou para o Sol da Meia-Noite Spa e Sensorium — disse uma voz inconfundivelmente fria. — Por favor, deixe um recado se estiver pronto para se despedir do seu velho eu e estiver pronto para o novo.

Cass deu de ombros, lembrando-se do que o mágico havia dito sobre a Srta. Mauvais fazer com que ele sentisse como se estivesse se afogando na água mais fria do planeta. Cass podia até não ser sinestésica, mas entendia exatamente o que ele estava dizendo.

— Olá. Aqui quem fala é... é uma das irmãs Skelton. Eu gostaria de fazer uma reserva para ficar no Sol da Meia-Noite.

Ela deixou seu número de telefone. Depois derrubou o aparelho no chão, imaginando se Max Ernesto tinha razão. Talvez ela *fosse* louca.

Demorou alguns segundos para perceber que o telefone estava tocando.

Prendendo a respiração, ela pegou o aparelho, mantendo-o a vários centímetros de distância de sua orelha, como se ele fosse algum tipo de cobra particularmente venenosa.

— Olá — tilintou a Srta. Mauvais do outro lado. — Que maravilha falar com uma das irmãs Skelton! Com quem estou falando? Romi ou Montana?

— Bem, nenhuma das duas — disse Cass, pensando rapidamente. — Eu sou a outra.

— Ah, tem outra? Eu não fazia ideia.

— Sim, meu nome é Amber. Eu sou a caçula. Elas me mantêm escondida. Mas eu também sou famosa — explicou Cass (ela estava satisfeita por ter praticado mentir com sua mãe).

— Ah, você é uma daquelas celebridades secretas? São minhas favoritas. Ser alvo do público é tão exaustivo, você não acha? — perguntou a Srta. Mauvais.

— Sim. Por isso quero ficar no Sol da Meia-Noite. Ouvi dizer que é bem reservado. E todos os seus tratamentos... dizem que são ótimos. Eu sei que é muito difícil conseguir uma reserva. Mas pensei que como sou uma celebridade...

— Você parece saber muitas coisas — disse a Srta. Mauvais com uma leve risada.

— Sim, eu sei — disse Cass, sem qualquer intenção de admitir que isso era tudo que sabia.

— Bem, você está com sorte. Temos uma vaga para esta noite. Então, devo mandar a limusine buscá-la?

— Hum, sim, pode ser — disse Cass, engasgando com as próprias palavras. — Seria ótimo.

— Perfeitamente. Tenho certeza que você vai adorar os nossos tratamentos.

Cass teve calafrios. A maneira como a Srta. Mauvais falou "tratamentos", parecia mais "punições".

CAPÍTULO DEZESSETE

MUDEI DE IDEIA

Ou talvez devesse dizer que recobrei os sentidos.

Em vez de continuar a narrar a história de Cass e Max Ernesto, vou encerrar este livro aqui — enquanto eles ainda estão seguros.

Mais importante, enquanto você ainda está seguro.

Eu sei, você está com muita raiva de mim. Você leu até aqui e acha que conquistou o direito de saber como a história termina.

Vá em frente: ria, grite, chore, jogue o livro na parede.

Se você soubesse — bem, aí é que está o problema, você não sabe, não é mesmo? Se você soubesse a verdade, eu ia dizer, se você soubesse tudo que essa história envolve, todos os fatos horrorosos e asquerosos, cada detalhe assustador, você me agradeceria por poupá-lo.

Ora, como você não sabe, você vai me odiar até a morte, achando que sou seu inimigo — quando, pela primeira vez, estou agindo como um amigo.

Felizmente, você não sabe como me encontrar. Se soubesse, não tenho dúvidas de que tentaria me subornar para que eu acabasse de contar a história. Eu sei como você é. E também sei como eu sou. Sou muito suscetível a subornos. Como você já percebeu, não tenho o menor controle.

A coisa que mais gosto é chocolate. Mas também adoro queijo.

Se, por exemplo, você encantasse meu nariz com um queijo brie — você acharia que o brie era nojento e fedorento, mas estaria errado, ah, tão errado — e me tentasse com um pedaço, só para depois me dizer que o preço do pedaço era a continuação da história, bem, temo que voltaria a escrever sem pensar duas vezes. Agora, se você me entregasse um pedaço de chocolate, preto como a noite, europeu, com alto percentual de cacau — bem, não há como prever o que eu faria. Ou não faria.

Aliás, estava guardando um pedaço de chocolate como o que acabei de descrever para uma ocasião especial. Agora mesmo, ele está no alto de uma prateleira que eu não alcanço sem subir em uma escada. Coloquei lá para não comer sem considerar a situação. Devo admitir, nunca o quis tanto quanto agora.

O chocolate na minha prateleira é da melhor qualidade. Não vou mencionar a marca aqui; esse é o tipo de informação que poderia ajudar aos meus inimigos a me encontrarem. Mas pode acreditar, não é barato. Muitas sementes de cacau deram suas vidas para fazer aquele chocolate. Estou quase sentindo o gosto.

Hummm, o que eu devo fazer para comê-lo?

Seria errado comer o chocolate sem lhe oferecer nada em troca. Eu não sou o tipo de pessoa que aceita um suborno e depois finge nem saber o que significa um suborno. Onde está a honra nisso?

Resumindo, se quero comer o chocolate, tenho que continuar escrevendo.

Mas que escolha terrível, terrível! De um lado, eu renuncio ao chocolate, fico saudável e em forma, e ponho um fim a essa história. Do outro, subo uma escada, me delicio com o chocolate, e depois, cheio de açúcar e culpa, continuo a história, sabendo que estarei condenando-o a um destino pior que a morte.

Na verdade, pensando dessa maneira, a escolha é bem fácil.

Eu já volto.

CAPÍTULO DEZOITO

ERA UMA NOITE ESCURA E CHUVOSA

Era mesmo. Escura e chuvosa.

Como se o tempo tivesse conspirado para transformar o nosso conto em uma história fantasmagórica.

Ou como se — e isso parece muito mais plausível — a Srta. Mauvais de alguma forma controlasse os céus e estivesse usando seus poderes para obscurecer ainda mais os eventos da noite.

De qualquer forma, o tempo facilita o meu trabalho. Cria um clima adequado. E elimina a necessidade de esconder certos fatos, como a localização da esquina da rua em que Cass estava esperando. Com toda aquela chuva você nunca a teria enxergado.

Para Cass, infelizmente, o tempo não facilitou as coisas, só as tornou mais molhadas. E frias. Com os dentes batendo, ela estava sob um poste de luz na rua, apertando a mochila para se aquecer. Não que isso ajudasse; a mochila não estava mais seca do que as roupas.

Tinha sido difícil decidir o que usar.

Após sua conversa telefônica com a Srta. Mauvais, Cass tinha voltado para casa e revirado os armários da mãe; ela até experimentou um vestido pela primeira vez em um ano. Mas apesar de seu crescimento recente, ainda parecia que ela estava brincando de se fantasiar quando vestia as roupas da mãe. Ela também considerou a possibilidade de pegar emprestada a blusa da "Irmã Skelton Honorária" de Amber, mas não teve coragem de ligar para pedir. Além disso, Cass concluiu, uma verdadeira irmã Skelton não usaria aquela blusa.

Finalmente, ela escolheu vestir seus jeans e moletom de sempre, mas modificou o modelito com um par de botas de pelo que sua mãe havia comprado para uma das viagens de esqui que nunca fizeram. Não pareciam exatamente com as botas que Amber e suas amigas usavam, mas davam para o gasto (eu sei que no começo do livro disse que Cass jamais usaria botas como essas; esqueci de mencionar que ela usaria se precisasse se disfarçar).

Agora ela estava arrependida de estar usando as botas. Além de serem grandes demais, estavam completamente ensopadas. Seus pés sobravam ali dentro, e estavam inteiramente molhados. Ela se sentia como o Pé-grande.

Seu outro novo acessório era igualmente inadequado para o tempo: um par de óculos escuros. Mas até Cass sabia que celebridades usavam óculos escuros o tempo todo, dentro ou fora de casa. Além disso, ajudavam a disfarçar seu rosto — o que, teoricamente, é a razão pela qual as celebridades os usam (se Cass tivesse me perguntado, teria dito a ela o que sempre digo às pessoas que querem ficar incógnitas: *tire os óculos*. Eles só fazem com que você pareça mais suspeito). Cass tinha certeza de que nem a Srta. Mauvais nem o Dr. L a reconheceriam — tinham visto seu rosto por apenas um segundo — mas era melhor ter cuidado.

Sua mochila, não precisa nem dizer, ela nunca considerou abandonar. Independente de uma irmã Skelton usar mochila ou não.

Cass ficou pensando no bule de chá quentinho que o vovô Larry certamente prepararia em uma noite chuvosa como essa. Ela lamentou não ter passado no Corpo de Bombeiros para tomar uma xícara antes de sair para encontrar a limusine do Sol da Meia-Noite. Em vez disso, ela havia telefonado para os avôs e dito que ia dormir na casa de Max Ernesto para trabalhar no projeto do vulcão (cuja data de entrega continuava sendo convenientemente adiada). Ela dormia lá o tempo todo, acrescentou.

E sua mãe já tinha falado com os pais de Max Ernesto, então não precisavam pedir permissão.

Seus avôs fizeram algumas perguntas e exigiram o telefone de Max Ernesto, mas ainda estavam tão culpados por terem feito com que ela se sentisse mal por causa da Sinfonia de Cheiros que não insistiram tanto. A parte mais difícil foi ter que ouvir o vovô Larry e o vovô Wayne discutirem se ela deveria fazer seu vulcão entrar em erupção com Alka-Seltzer ou gelo-seco.

— Vocês confiam em mim, certo? — perguntara Cass (ela se sentia um pouco culpada por se aproveitar da culpa *deles*, mas ela precisava fazer com que eles desligassem o telefone).

— Claro que confiamos! — garantiram a ela.

Depois ligou para a mãe e disse basicamente a mesma coisa — exceto que para ela disse que os avôs haviam falado com os pais de Max Ernesto, então não havia motivo para telefonar para eles.

— E não me ligue às 21 horas hoje, tudo bem? — acrescentou Cass. — Max Ernesto e eu vamos estar ocupados com o trabalho.

— Mas não fique acordada até muito tarde — disse sua mãe. — Certo, Cass?

— A-hã.

— Promete?

— A-hã.

— Desculpe, não entendi.

— Sim, mamãe!

— Sim o quê?

– Sim, eu prometo!

— Certo. Eu te amo.

— Eu também.

— Eu também o quê?

— Eu também te amo! Shhh!

Apesar de ela e Max Ernesto não serem mais colaboradores, e pedir ajuda dele ser errado, Cass não teve outra saída a não ser ligar para ele também; ela teria que alertá-lo de que ele poderia receber ligações de seus avôs, e até de sua mãe.

Ela tinha sido bastante profissional com Max Ernesto, achava. Disse a ele onde havia escondido o caderno do mágico, e deu todas as informações que tinha a respeito do Sol da Meia-Noite. E não falou nada sobre ele ter abandonado a missão, ou sobre sua covardia e traição (de algum jeito, com tantas atividades, ela havia esquecido que tinha sido ela que tinha terminado a parceria). Ele não falou quase nada, o que era uma grande mudança que ela recebeu bem. Se tudo desse certo, ele poderia fingir que estava com Cass — pelo menos até o dia seguinte.

Em seguida, bem, todos sairiam à procura dela — provavelmente. Mas seria tarde demais?

Ela não viu a limusine até que parasse à sua frente, molhando tudo.

Enquanto Cass esperava, o motorista saltou e caminhou em direção a ela, indiferente à tempestade. Ele era grande, alto e sombrio sob a escuridão — a não ser por um par de luvas brancas, brilhando na noite. Seria o Dr. L?

Todos os instintos de Cass disseram para ela correr. Mas algo que não era exatamente coragem, medo, ou o fato de que sabia da situação de Benjamin a manteve parada onde estava.

— Srta. Skelton?

A voz era rouca, mas não tão profunda quanto Cass estava esperando.

— Sim, sou eu — disse Cass, tentando soar o mais natural possível.

— Sou Daisy.

Daisy chegou à parte iluminada, revelando uma face que não parecia uma flor, mas era decididamente feminina. Sem dizer mais nada, ela abriu a porta de trás da limusine e conduziu Cass para dentro com a mão da luva.

Lembrando a si mesma de que era uma celebridade, e não o tipo de pessoa que se intimidaria com uma motorista de limusine (mesmo que a motorista fosse a mulher mais alta que ela já tinha visto), Cass manteve a cabeça erguida e entrou com a confiança de quem andava de limusines todos os dias, e como se Daisy fosse sua chofer particular.

Só depois de acomodada no banco de veludo que Cass percebeu como suas mãos estavam tremendo. Ela teve que sentar em cima delas para que parassem.

Horas se passaram em silêncio. Cass mal conseguia enxergar para fora das janelas embaçadas. De maneira geral, conseguia perceber que estavam indo no sentido norte, mas a limusine fez tantas curvas que ela perdeu todo o senso de direção. Quando já era tarde demais, ela pensou em João e Maria e sobre a necessidade de se deixar um rastro de migalhas quando se entra em uma floresta.

Se ninguém viesse atrás dela, como encontraria o caminho de volta?

Cass disse a si mesma que tinha de ficar calma, mas as dúvidas começaram a invadir sua mente. Ela tinha ficado tão focada em como entrar no Sol da Meia-Noite que não parara para pensar no que faria depois que entrasse. Agora que ela realmente parecia estar a caminho, imaginou como faria para encontrar Benjamin — e tirá-lo de lá.

No fundo de sua mente vagam outras perguntas, mais sombrias: por que o Dr. L e a Srta. Mauvais haviam levado Benjamin? Para que o queriam?

O que havia acontecido ao irmão do mágico, Luciano? Será que o encontraria, ainda um prisioneiro, depois de tanto tempo? Ele seria um homem velho a essa altura, seus dias de circo ficaram em um passado distante...

E o próprio mágico, Pietro? Qual era o terrível segredo que havia descoberto? Será que ela era forte o suficiente para enfrentá-lo se precisasse?

De repente, a limusine virou uma esquina e atravessou as nuvens.

Cass esfregou a janela embaçada e olhou para fora. O céu acima estava claro e estrelado — o que não sugeria mais uma história fantasmagórica, mas ficção científica ou viagem espacial. Um céu perfeito para avistar cometas ou estudar as constelações, se Cass tivesse tido tempo ou disposição (infelizmente, não tinha coisa nem outra). Ela não sabia dizer muito a respeito de sua localização, exceto pelo fato de que estavam próximos ao topo de uma montanha. Abaixo deles, um vasto cobertor de nuvens, iluminado pela lua, se espalhava por todo o horizonte.

A limusine fez outra curva acentuada, em seguida desceu para um pequeno vale recluso.

— Veja — comandou Daisy, quebrando o silêncio.

Só nesse momento Cass tomou consciência do brilho caloroso que dominava a paisagem ao redor. Esticando o pescoço, ela podia perceber a fonte do brilho: uma intensa luz dourada saindo do topo da montanha. Parecia um nascer do sol, mas não podia ser; era quase meia-noite.

— Lá está — disse Daisy. — O Sol da Meia-Noite.

CAPÍTULO DEZENOVE

O SOLDA MEIA-NOITE

Espero não estar indo longe demais ao te contar que, apenas dois dias mais tarde, o Sol da Meia-Noite seria consumido por fogo. Como e por que fora incendiado, e quem, se é que alguém, foi incinerado, e se o cheiro sulfuroso pairou no ar — estas são questões que terão que esperar. Enquanto isso, o destino do Sol da Meia-Noite permite que eu o descreva em detalhes. Porque ele não existe mais, você não poderá mais encontrá-lo, não importa o quão boas sejam as informações.

Muitas matérias que você estuda na escola se provam inúteis na vida: para matemática, existe a calculadora. Para inglês, existe o corretor. Para história, existe a enciclopédia. Por que você deveria guardar tantos conhecimentos na cabeça se eles estão armazenados e ao seu alcance?

Mas existe uma matéria bastante útil de tempos em tempos.

Estou falando, obviamente, de Egiptologia.

Só para dar um exemplo: um conhecimento abrangente do processo de mumificação é indispensável se você quiser despachar um inimigo, preservar um amigo, ou simplesmente fazer um curativo na cabeça.

Mais objetivamente: se você conhecer a organização dos templos egípcios durante o Reino Médio (aproximadamente 2000 — 1600 a.C), então você já imagina como era o Sol da Meia-Noite. O spa, em particular, era praticamente uma réplica exata de um templo pouco conhecido do deus egípcio Thoth — um templo construído sobre o túmulo de um faraó anônimo, acessível somente através de uma viagem de camelo com três dias de duração pelo deserto.

Cass não conhecia os principais detalhes da arquitetura egípcia, mas sabia o suficiente para reconhecer uma pirâmide quando via uma. Passando pelos enormes portões do Sol da Meia-Noite, ela ficou momentaneamente cega pela luz brilhante, mas depois que seus olhos se ajustaram, pôde ver uma pirâmide de tamanho médio (para os padrões egípcios) no centro dos domínios do spa.

No topo da pirâmide havia algo capaz de chocar até o mais experiente dos exploradores egípcios. Era uma luminária, mas muito mais do que uma luminária. Uma esfera perfeita, que não lembrava nada além de um sol nascente. Lá dentro, uma chama dançava para todos os lados, como se fosse abastecido não pela eletricidade, ou por gasolina, mas por alguma fonte desconhecida e sobrenatural. Apesar de o fogo ter parecido dourado à primeira vista, uma olhada mais completa revelou um caleidoscópio de cores nas chamas.

Fora esta luminária que Cass havia visto mais cedo no topo das montanhas. Agora, com a porta da limusine se abrindo, a luz estava tão próxima que ela teve que proteger os olhos mesmo usando óculos escuros. Se tivesse mudado de ideia e decidido fugir, o brilho a teria dissuadido. Qualquer um na vizinhança poderia ser visto tão claramente quanto se uma luz estivesse brilhando diretamente sobre ele.

É exatamente como uma prisão, pensou Cass.

Uma grande mão coberta por uma luva a ajudou a sair do veículo. Ela presumiu que a mão fosse de Daisy, até olhar para cima e ver o rosto belo demais do Dr. L sorrindo para ela, com o cabelo prateado brilhando artificialmente sob a luz da lanterna.

Ela reprimiu a reação de choque, segurando a mochila com força nos braços. Esta era a hora da verdade: será que ele a reconheceria?

— Srta. Skelton, bem-vinda ao Sol da Meia-Noite. Eu sou o Dr. L — disse suavemente, como se a estivesse vendo pela primeira vez. — A Srta. Mauvais sente muito não poder recebê-la pessoalmente, ela dorme religiosamente no mesmo horário todos os dias. Mas ela pediu que eu recepcionasse a senhorita da melhor maneira possível.

Cass acenou com a cabeça, embasbacada demais para conseguir falar. A luz a estava deixando tonta. Ou seriam os nervos? Atrás dela, a limusine se afastou silenciosamente; não tinha mais volta.

— Eu sei, aqui é muito claro, mas você vai se acostumar — disse o Dr. L, inclinando a cabeça em direção à pirâmide. — Essa luminária foi trazida de navio do Egito há muitos anos, mas a chama dentro dela já estava brilhando muitos anos antes. De acordo com a lenda, começou quando uma bola de fogo caiu do Sol.

— Como um meteoro? — Cass conseguiu perguntar.

— Exatamente. Como a chama nunca morre, chamamos de Sol da Meia-Noite, é como um sol que nunca se põe. Mas você deve estar muito cansada.

Ele gesticulou em direção a um homem sardento em uma túnica branca — e mais um par de luvas brancas — em pé silenciosamente ao lado de uma mesa de pedra.

— Este é Owen, seu mordomo particular. Ele a levará até o seu quarto.

— P-prazer em c-conhecê-la — gaguejou Owen. Ele deu um sorriso tímido.

Cass suspirou aliviada. Pelo menos Owen não era tão intimidante.

— Mas, primeiro, uma pequena formalidade — disse o Dr. L (seu sotaque não identificável foi particularmente forte quando ele pronunciou a palavra *formalidade*).

— Você precisa que eu pague? — perguntou Cass, pronta para entregar o cartão de crédito que sua mãe havia lhe dado.

O Dr. L riu.

— Cuidamos disso depois. É que precisamos revistar as bolsas de nossos hóspedes quando eles chegam.

— Você quer revistar minha mochila? — perguntou Cass, alarmada.

— O Sol da Meia-Noite é um lugar de cura, e insistimos que nada contamine a atmosfera: açúcar, guloseimas, armas de fogo, esse tipo de coisa.

Cass entregou a mochila relutantemente a Owen, que começou a remover os itens para a inspeção do Dr. L. Cass esperava desesperadamente que nada revelasse sua identidade.

— Vejo que veio preparada — disse o Dr. L, enquanto Owen entregava a lanterna, os binóculos, e o resto do material de sobrevivência de Cass. — O que é isso? Uma manta térmica? Imagino que vá achar a cama daqui um tanto ampla, mas, quem sabe... Devo dizer, você me parece muito mais independente do que suas irmãs.

— Minhas irmãs? Quero dizer, você as conhece? — corrigiu-se Cass, afobada.

— Certamente. Elas já estiveram aqui diversas vezes. A Srta. Mauvais gosta muito delas. Mas você deve saber isso — ele sorriu.

— Sim, eu sabia disso — disse Cass rapidamente, com as mãos suando. — É por isso que estou aqui

— Normalmente, não incentivamos nossos hóspedes a trazerem equipamento de camping, mas abriremos uma exceção — ele acenou para que Owen devolvesse a mochila.

"Mas temo que tenha que pedir seu telefone celular — acrescentou o Dr. L. — Espero que aprecie a oportunidade de aproveitar o silêncio e meditar."

Cass congelou. Ela sempre odiou silêncio e meditação, mas esse não era o problema. Seu telefone era a única coisa que a ligava ao mundo exterior. Se o pior acontecesse, ela poderia ao menos utilizá-lo para mandar uma mensagem a sua mãe. Ou uma foto dela mesma dando tchau.

Cass estava prestes a dizer que não tinha trazido o telefone consigo, mas depois reconsiderou. Que irmã Skelton de respeito sairia de casa sem o celular? Era arriscado demais arruinar o disfarce.

Pôs a mão no bolso e entregou o telefone. Tchau, ela pensou. Mas não sabia se estava se despedindo do telefone, da mãe, ou do mundo todo.

Enquanto Owen a levava até o quarto, Cass tentou se esquecer dos próprios medos e se concentrar nos arredores. O Sol da Meia-Noite, ela viu, se estendia a partir da pirâmide, em uma série de círculos concêntricos: uma enorme piscina límpida com lírios e botões de lótus cercava a pirâmide; um jardim gigantesco pavimentado com arenito cercava a piscina; e uma série de construções baixas de pedra com colunas na fachada cercavam o jardim. Vinhas florescentes — jasmim, madressilva e outras variedades mais exóticas — subiam pelas colunas, dominando o ar com seus aromas, fazendo com que o Sol da Meia-Noite parecesse ainda mais antigo, bonito e secreto.*

* Eu digo parecesse ainda mais antigo, bonito e secreto porque, na verdade, o Sol da Meia-Noite não era antigo, mas meramente velho; as obras lá de dentro, como você verá em breve, eram belíssimas; e, finalmente, agora que estou escrevendo a respeito, o Sol da Meia-Noite não é mais tão secreto.

Enquanto a luminária no topo da pirâmide criava quase um efeito de luz do dia, todo o Sol da Meia-Noite parecia estar dormindo; era como estar chegando a uma vila remota no meio da tarde e descobrir que todos os habitantes tinham sido enfeitiçados. Atrás de uma dessas portas, pensou Cass, Benjamin estava sendo mantido prisioneiro. Ou será que estaria sendo mantido em algum local subterrâneo, como um labirinto ou um mausoléu? Talvez estivesse abaixo de seus pés neste instante. Cass imaginou um corredor escuro alinhado com celas, Benjamin, Luciano e todas as outras crianças roubadas pela Srta. Mauvais agarrando as grades das celas, implorando por ajuda.

Antes que se desse conta, Cass estava em seu novo quarto, e Owen lhe dava boa noite.

— P-posso lhe trazer alguma coisa a-antes de i-ir?

Não é preciso dizer que Cass nunca tinha tido um mordomo antes. Ela sequer já tinha visto um antes, exceto em filmes ou na televisão. Owen não se parecia em nada com um mordomo de filme. Primeiro, ele não estava de smoking. Segundo, era jovem demais (Owen era daquela idade em que era mais velho do que uma criança, mas mais novo do que um pai de família. Talvez da idade de um tio. Ou de um meio-irmão do primeiro casamento do seu pai. Você sabe, *aquela* idade). Terceiro, ele não tinha sotaque britânico, e nem falava corretamente. Mas isso fazia com que fosse mais difícil saber como tratá-lo.

— Eu não quero nada — disse Cass, fazendo o possível para soar como uma herdeira mandona. — Pode ir.

Imediatamente, ela sentiu que tinha exagerado. Se fosse grosseira demais, poderia fazer de Owen um inimigo.

— Quero dizer, se não tiver problema — acrescentou em tom mais amigável. — Meus sapatos ainda estão molhados, e a única coisa que quero é me livrar deles.

Owen não pareceu notar seu tom, nem de um jeito, e nem do outro.

— Você s-sabe, a-antigamente, eles f-faziam os h-hóspedes daqui dormirem com m-meias molhadas.

— Meias molhadas? Por quê? — perguntou Cass, franzindo o rosto.

— Q-quando você e-está com os p-pés gelados seu s-sangue circula para a-aquecê-los. M-mas eles têm outros métodos agora — disse sombriamente.

Antes que Cass pudesse perguntar o que ele queria dizer, Owen já tinha saído do quarto.

Tacos mouros, palmas em vasos, uma cama feita para parecer uma cabana beduína e uma janela arqueada com vista para a pirâmide — seu quarto poderia ser o quarto de um palácio em Giza. Em outra época, outras circunstâncias, Cass poderia ter adorado ficar em um quarto como este. Agora ela só podia encarar o quarto com pavor. Era o primeiro quarto de hotel em que ficava: ela não conseguia evitar o medo de que fosse o último.

Cass lembrou a si mesma de que seu disfarce estava intacto; se o Dr. L a tivesse reconhecido, não teria sido tão cortês ao recebê-la. Mas não adiantou nada. Ela deitou na cama, preocupando-se cada vez que ouvia algum barulho: em sua imaginação, o barulho da bomba da piscina era o ruído do ouro derretido em movimento, e as folhas balançando representavam a chegada de macacos furiosos que vinham em busca de suas proles.

Sua ideia era esperar até que todos no spa tivessem ido dormir; então sairia sorrateiramente e procuraria por Benjamin. Enquanto as horas passavam, ela adiava o momento. Mesmo depois que a luz da luminária da pirâmide começou a diminuir, ela resolveu esperar mais um pouco — só por garantia.

Caso já tenha dormido em algum lugar que não sua própria casa, sabe que é difícil adormecer em uma cama estranha; contudo, é igualmente difícil se manter acordada depois de passar por um dos dias mais longos, assustadores e exaustivos de sua vida.

Cass adormeceu.

Ela sonhou que estava viajando pelo Egito, procurando por um lendário baú cheio de ouro enterrado.

Um guia de turbante, que parecia muito com seu mordomo Owen, levou-a até uma enorme pirâmide. Lá dentro, um túnel escuro dava voltas e mais voltas, tornando-se cada vez mais estreito, e descendo cada vez mais. Cass teve que se abaixar, depois engatinhar e deslizar sobre a barriga. Tinha dificuldades para respirar. Ela queria virar de costas, mas não conseguia. Sentia claustrofobia. Estava com medo de sufocar.

Então, finalmente, viu brilhando a sua frente duas enormes arcadas de ouro que criavam um M gigante.

Os Arcos Dourados.

A câmara mais profunda da pirâmide era... um McDonald's subterrâneo?

Ela tentou dizer ao guia que isso estava errado. Ela não queria ir ao McDonald's. Para fazer hambúrgueres, o McDonald's criava e assassinava tantas vacas que elas ficavam doentes e a terra era destruída. Terra que deveria ser usada para cultivar grãos e alimentar pessoas famintas. Era uma emergência ambiental. Havia tanto esterco de vaca que o gás metano deixava o ar poluído. Ela aprendeu tudo sobre o assunto em um documentário que tinha assistido com sua mãe.

Se ao menos ele lhe devolvesse o celular...

Se ao menos pudesse ligar para sua mãe...

Se ao menos...

Por favor, me deixe sair...

Por favor...

Mas Owen, quero dizer o mordomo, o guia dela, não ouvia.

A palavra mágica não tinha mais o mesmo poder.

CAPÍTULO VINTE

DE VOLTA A MAX ERNESTO...

O último médico com quem Max Ernesto havia se consultado, o que tinha analisado as tendências sobrevivalísticas de Cass, também tinha uma teoria sobre Max Ernesto: a teoria era de que ele falava sobre as coisas para evitar ter sentimentos por elas.

O médico dissera a Max Ernesto que deveria praticar ter sentimentos (isso pode parecer tolice, mas para algumas pessoas é muito difícil; eu, por exemplo, não tenho um sentimento bom e sólido há anos). Para começar, Max Ernesto deveria dar nome aos sentimentos assim que os percebesse. Depois, ao invés de espantá-los, deveria desfrutar da companhia deles durante algum tempo.

Primeiramente, Max Ernesto ficou confuso com as sugestões do médico; todos aqueles nomes e companhia fizeram com que pensasse que ele estava falando sobre animais de estimação, e não emoções humanas. Mas, após falar com Cass e ficar sabendo sobre sua ida ao spa, Max Ernesto resolveu seguir os conselhos do médico.

Com os olhos fechados, ele se sentou no chão, tentando identificar seus sentimentos. Contabilizou no mínimo cinco (sem contar que estava *bravo* com Cass antes de mais nada, o que resultavam em seis):

Ele estava *impressionado* com a ousadia do plano.

Estava *magoado* por não ter sido incluído.

Estava *irritado* por ter que mentir por ela independente de qualquer coisa.

Estava com *inveja* porque ela ficaria com toda a agitação.

E estava *preocupado* que a Srta. Mauvais descobrisse quem Cass realmente era.

— Eu sei que não somos mais colaboradores, mas eu queria que alguém soubesse que vou ao Sol da Meia-Noite, caso descubram quem eu sou e eu nunca mais volte — Cass havia dito, para explicar seu telefonema. — Se me matarem ou coisa do tipo, diga a minha mãe para não ficar com raiva dos meus avôs. Eles não sabem que estou indo. Então se eu morrer não é culpa deles.

Somente depois de ter revivido a conversa durante tantas horas que ocorreu a Max Ernesto que *ele* agora sabia que ela estava indo ao Sol da Meia-Noite, portanto, se alguma coisa acontecesse a ela seria culpa *dele*.

Ele não sabia se isso fazia com que se sentisse *culpado* por não ter feito nada para que ela desistisse, ou com *raiva* de Cass por colocá-lo em uma posição tão difícil.

Ele pensou em ligar novamente para contar a ela sobre esses sentimentos tão distintos. O número dela estava bem ali, no aparelho dele. Ele poderia ligar de volta apertando um único botão. Mas não o fez.

Ele ficou encarando o telefone, percebendo repentinamente o que aquilo significava: que o número de Cass também devia ter aparecido no telefone do spa.

O que significava que a Srta. Mauvais devia saber que era Cassandra, e não uma irmã Skelton telefonando.

E ela havia permitido que Cass fizesse uma reserva no nome de Skelton assim mesmo.

Era uma armadilha — só poderia ser.

Rapidamente, ele ligou para Cass, mas ninguém atendeu.

Ele tentou de novo.

E mais uma vez.

Quando ela não atendeu depois de dez tentativas, Max Ernesto foi dominado por outra emoção: *medo.*

CAPÍTULO VINTE E UM

OS TRATAMENTOS

Quando Cass acordou, estava amanhecendo.

Sentou-se na cama, furiosa consigo mesma. Uma noite inteira havia se passado e ela nem sequer tinha começado a procurar por Benjamin Blake!

Apressadamente, calçou as botas ainda úmidas — ela havia dormido de roupa — e foi até a porta. Esperava conseguir dar uma boa olhada em volta antes que todo o spa estivesse acordado.

Depois percebeu a batida educada, porém persistente, na janela. Por um instante, ela teve a esperança utópica de que fosse o próprio Benjamin tentando contatá-la em segredo.

Mas era só o mordomo.

Owen entrou, fazendo uma singela reverência e carregando uma bandeja que tinha um copo alto de um líquido verde brilhante e gasoso.

Ele desejou a Cass — ou melhor, a S-srta. Skelton, como continuava a chamá-la — um b-bom d-dia, e colocou a bandeja na mesa em frente a ela.

— O que é isso? — perguntou Cass. — Uma vitamina?

— É um e-l-lixir. A S-srta. M-mauvais faz um e-especial para cada h-hóspede. Eu n-não sei porque você ganhou e-esmeralda. Suas irmãs sempre g-ganham r-rosa.

Desta vez, Cass não se contorceu ao ouvir uma menção às suas supostas irmãs. Ao invés disso se ocupou estudando a bebida. Pontinhos brilhantes giravam nas bolhas.

— Isso é ouro? — perguntou.

Owen fez que sim com a cabeça.

— A Srta. Mauvais diz que ouro promove v-vida longa. N-nunca enferruja.

A última coisa que Cass queria fazer era beber algo que a Srta. Mauvais tinha feito especialmente para ela, mas Owen estava olhando. Então ela tomou um gole experimental. O elixir tinha um sabor meio animado, feliz e energético, e a deixou um pouco tonta. Ela pensou ter detectado um leve gosto metálico, mas não tinha certeza de que era ouro.

De qualquer forma, o elixir não parecia ser veneno.

— V-você g-gostaria de mais alguma c-coisa de c-café da manhã?

Cass balançou a cabeça. Não queria que ele voltasse e a interrompesse novamente.

— B-bem, se você não está com fome, é hora do seu p-primeiro tratamento — ele disse. — Tem um r-roupão e um m-maiô para você no a-armário. Vou esperar l-lá fora.

Cass rugiu internamente. Isso não era nem um pouco bom. Como ela poderia investigar se ele estivesse esperando por ali ao lado da porta? Além disso, ela queria evitar os tratamentos. Mesmo que não envolvessem ouro derretido ou sangue de macaco.

Ela precisava pensar rápido.

— Quer saber? Mudei de ideia, tem waffles?

Owen fez que sim com a cabeça.

— Integral, s-sem glúten, s-sem laticínio ou tra-d-dicional?

— Tradicional.

— Com mel d-de l-lavanda, a-adoç-çante de r-raízes n-naturais, ou e-especial V-vermont com c-calda?

— Calda. E muita manteiga, já derretida — disse Cass para cortá-lo de uma vez, antes que ele oferecesse mais algum complemento. — E sem açúcar refinado, nem um pouquinho —

acrescentou automaticamente, pois era assim que sempre pedia seus waffles.

— S-sem açúcar r-refinado. É p-para já, S-srta. Skelton.

Owen fez uma reverência e saiu para buscar o café da manhã.

Cass deitou novamente, imaginando se deveria chamá-lo de volta e acrescentar ovos ao pedido. Ou talvez uma xícara de chocolate quente.

Em seguida ela se lembrou que não ia comer de verdade.

É engraçado como é fácil se acostumar com o fato de se ter um servente. Até mesmo para uma sobrevivóloga.

Após esperar por dois minutos, Cass saiu do quarto o mais silenciosamente possível. Não havia ninguém em vista; era a hora ideal para procurar Benjamin. Por onde deveria começar, pelos quartos dos outros hóspedes?

Antes que pudesse pensar a respeito, Owen estava virando a esquina.

— M-mudou de i-ideia outra vez, S-srta. Skelton? S-só estava vindo para ver s-se a S-srta. queria m-morangos s-selvagens ou m-mirtilos orgânicos. M-mas se você q-quiser deixar de l-lado o waffle e i-ir d-direto p-para os tratamentos, seu b-banho de o-ouro já está p-pronto.

O banho de ouro.

Owen falou com tanto desprendimento que não poderia ser um caldeirão letal de ouro derretido. Ou poderia? Talvez os funcionários do Sol da Meia-Noite já estivessem tão acostumados a ver criancinhas queimadas vivas que já tinham uma atitude blasé a respeito (você está familiarizado com as palavras *desprendimento* e *blasé*? São duas das minhas palavras favoritas em uma crise. Se não as conhece, recomendo que procure em um dicionário agora — mas certifique-se de não parecer ansioso demais quando o fizer).

Cass decidiu que a conduta mais sábia seria fingir concordar com o mordomo, depois fugir na primeira oportunidade.

— É, acho que não estou com tanta fome assim — ela disse, tentando transmitir o mesmo desprendimento (eu disse para pesquisar!).

No caminho, Owen avisou que ela deveria respeitar a p-privacidade de quaisquer p-pessoas que encontrasse no caminho.

— No Sol da M-meia-Noite, os h-hóspedes só f-falam uns com os o-outros durante as r-refeições. Regras da S-srta. M-mauvais.

Ele nem precisava tê-la alertado, pois ela só viu alguns hóspedes, e estavam todos muito longe. Mesmo assim, estava próxima o suficiente para formar uma impressão geral. Assim como o Dr. L e a Srta. Mauvais, e como toda a equipe do Sol da Meia-Noite, todos os hóspedes do spa eram bronzeados, suaves e de aparência perfeita. Cass os detestou à primeira vista.

Ah, e mais uma coisa: todos usavam luvas, mesmo o homem que nadava na piscina.

— Ei, Owen — disse Cass, ainda fazendo o possível para parecer blasé (!). — Para que são essas luvas? Por que todo mundo usa?

Mas Owen não ouviu. Ao menos pareceu não ouvir. E ela não teve coragem de perguntar outra vez.

* * *

Um mistério foi desvendado logo de cara: o banho de ouro não era um banho de ouro derretido, era apenas um banho de lama — com partículas de ouro como as que Cass havia visto em seu elixir cor de esmeralda. Você já viu pirita? Aquele mineral que às vezes aparece na areia à beira de rios? O ouro do banho de ouro era parecido.

Já que estamos falando no assunto, você já tomou um banho de lama? Pode ser que se decepcione. Cass se decepcionou.

Ela sempre achou que um banho de lama fosse suave, cremoso, com aspecto de chocolate — como um banho preparado por Willy Wonka. Em vez disso, a lama do banho de Cass parecia nojenta. Era empelotada, arranhava, era gosmenta e cheia de coisinhas pequenas impossíveis de serem identificadas, que entravam em lugares indesejados. Pior ainda, de vez em quando numa grande bolha subia e preenchia o ar com um mau cheiro gasoso. Ao sair estava tão aliviada por ter encerrado o banho de lama que quase não se importava com o fato de que Owen havia aparecido novamente, mais uma vez impedindo que ela fosse procurar Benjamin.

Ele prometeu que os próximos tratamentos seriam menos sujos e consideravelmente mais agradáveis. Cada um deles, ele explicou, era feito para estimular um dos cinco sentidos.

— É por isso que chama sensorium?

Owen fez que sim com a cabeça.

— A S-srta. M-mauvais diz que o o-objetivo é trazer de volta a h-harmonia e-entre os s-sentidos.

— Tipo sinestesia? — perguntou Cass, antes de perceber que poderia estar se denunciando (afinal de contas, quantas crianças já ouviram falar em sinestesia?).

Owen olhou surpreso para ela.

— Isso, i-isso mesmo — ele disse.

O mordomo a levou até uma sala arejada com um teto côncavo de vidro através do qual a luz refratava formando diversos arco-íris que mudavam continuamente. Cass, lembrando-se do guia de sua mãe, achou que a sala era um solar. Mas ela não perguntou nada dessa vez, não queria atrair mais desconfianças do que já havia atraído.* Deitou-se de bruços, de forma obediente em uma mesa acolchoada, colocando o nariz em um buraco aparentemente projetado para essa finalidade. Acima, ela podia sentir o raio de sol atravessando o vidro — apesar de que ela não tinha certeza se estava sentindo o sol, ou o Sol da Meia-Noite, ou os dois. Uma leve brisa balançou as faixas de seda que desciam do teto para oferecer privacidade. Parecia que ela estava do lado de fora — mas, ao mesmo tempo, sentia-se como se não estivesse em lugar nenhum da Terra.

Uma equipe de quase uma dúzia de mulheres vestidas de branco passava por ela, entrando e saindo, desaparecendo atrás das faixas de seda, somente para reaparecerem segundos depois, segurando novos cristais e quimos, óleos e unguentos. Elas andavam pela sala, liberando aromas (Cass, que havia praticado com a Sinfonia de Cheiros, identificou pinha, laranja, lavanda e até cogumelo). Em seguida circularam, fazendo barulhos misteriosos com pequenos gongos e garfos (alguém chamou as vibrações sonoras de "acupuntura sem agulhas", e Cass realmente sentiu uma picada na pele; mas ela não tinha certeza se tinham sido as vibrações ou a sua ansiedade que haviam produzido a sensação).

Depois do olfato vieram a audição e o tato.

* Ela tinha razão; era um solar — apesar de ser bastante peculiar.

Com os olhos fechados, Cass percebeu novas sensações em todo o corpo: coçavam o couro cabeludo e raspavam as solas dos pés; penetravam as palmas das mãos e puxavam os dedos. Massageavam as têmporas e acariciavam as bochechas. Puxavam os lóbulos das orelhas e serpeavam seu nariz. Torciam seus braços e sacudiam suas pernas. Giravam os calcanhares e estalavam os dedos dos pés. Empurravam, cutucavam, esfregavam e rolavam. Até que perdesse a noção de quem era quem, o que era o que, e onde era onde.

Cass estava praticamente inconsciente quando ouviu o Dr. L falando, sua voz vinha de algum lugar atrás dela.

— Olá, Srta. Skelton. Espero que esteja gostando dos tratamentos — disse com sua voz caracteristicamente indescritível. — Não, por favor, não abra os olhos. Permita-me oferecer-lhe algumas imagens. Muitos pacientes acreditam que elas ajudam a relaxar...

Cass podia senti-lo se aproximando, era excruciante, como uma coceira. Ela estava desesperada para se levantar, mas sabia que tinha que ficar parada se não quisesse que ele suspeitasse de alguma coisa.

Ele começou murmurando no ouvido de Cass.

— Pense na luz do Sol da Meia-Noite brilhando nas suas costas... É quente... brilhante... receptiva... Está sentindo? Ótimo... Agora imagine que está flutuando lentamente em direção à luz... Você é como um grão de poeira em um raio de sol... isso mesmo, flutuando... flutuando suavemente...

Cass dizia a si mesma para não ouvir nada daquilo; a coisa mais importante era permanecer alerta. Mas havia algo tão envolvente na voz do Dr. L. Suas palavras entravam em sua consciência sem qualquer freio, como se fossem seus próprios pensamentos.

— Você pode carregar consigo todas as preocupações — continuou ele —, abandone-as... estes medos de crimes, desastres e emergências, estão desaparecendo... sumiram... sumiram... Você não precisa se preparar para nada aqui. Estamos cuidando de tudo para você... Você está segura. Perfeitamente segura. Vamos repetir esta palavra, que tal? Segura... segura... segura...

Cass se viu quase inconscientemente repetindo a palavra.

Segura... Segura... Segura...

— Ótimo... ótimo... Agora vou te fazer uma pergunta que fazemos a todos os nossos pacientes, para podermos ajudá-los melhor. E quero uma resposta honesta e verdadeira. Você pode fazer isso por mim?

Cass murmurou afirmativamente.

— Ótimo... A pergunta é: por que você está aqui, realmente?

CAPÍTULO VINTE E DOIS

PEGA

Cass abriu os olhos espantada. Ela ainda estava na mesa de massagem, mas incerta quanto ao tempo que havia se passado.

O que aconteceu? Será que foi hipnotizada?

O que ela tinha dito ao Dr. L? Será que tinha revelado quem realmente era?

Alarmada, levantou-se e olhou em volta. Ela parecia estar sozinha.

Não, lá estava Owen, entrando no quarto. Como é que ele sempre sabia?

Ele a saudou como se nada tivesse acontecido — ela não devia ter se entregado, afinal de contas.

Cass estava tão aliviada que quase soltou uma gargalhada.

A essa altura, ela já tinha visto quase todo o spa — com uma exceção importante.

Após ter se vestido, Cass perguntou a Owen o que havia no interior da pirâmide.

— N-nada — respondeu rapidamente. — S-só um monte de p-pedras. Eu n-não entraria l-lá.

Ela deu de ombros em sinal de concordância. Mas é claro que a resposta dele só conseguiu aumentar sua curiosidade. E dessa vez, prometeu a si mesma, não seria tão facilmente desviada de seu curso.

Bocejando, disse a Owen que estava cansada depois de todos os tratamentos (o que era verdade) e que precisava descansar (o que também era verdade). Ela disse que conseguiria encontrar o caminho de volta para o quarto sem a ajuda dele (também verdade). Por que ele não ia descansar agora e vinha depois? Ela ia tirar um cochilo (mentira).

— Eu não sei. Eu n-não devo...

— Você é meu mordomo, certo? Você não deve fazer tudo que eu digo?

Ele fez que sim com a cabeça.

— Bem, então estou ordenando que vá relaxar.

— M-mas se eu for relaxar, não vou estar disponível para obedecer a suas ordens, não é verdade?

Cass olhou para ele para ver se estava falando sério: ele sorriu.

Os dois riram. E de repente Cass sentiu que não tinha só um mordomo, mas um amigo.

Ela estava quase contando para Owen porque estava no spa. Será que ele sabia sobre o Dr. L e a Srta. Mauvais?, ela imaginou. Será que ele poderia ser tão malvado quanto eles? Ela achava que não, mas resolveu que era melhor não se arriscar a dizer nada.

O caminho de volta para o quarto passava pelas piscinas quentes. Então Cass foi naquela direção, caso Owen estivesse observando. Ela decidiu que mudaria a direção assim que estivesse escondida pelo vapor.

Quando estava prestes a ir em direção à pirâmide, ouviu um suspiro alto — e quase escorregou no chão de pedra, que estava molhado.

Ela espiou a piscina à sua frente. Uma mulher estava boiando de costas, seu rosto redondo e rosa entrando e saindo da água borbulhante, como se ela estivesse fervilhando em uma panela gigante de sopa.

Era Glória Fortune, a corretora de imóveis dos mortos.

O que *ela* estava fazendo aqui?

Anteriormente, Cass havia temido que Glória tivesse se juntado a seus clientes na vida após a morte; mas, dadas as circunstâncias, era mais alarmante encontrá-la viva do que esbarrar em um cadáver.

Se Glória a reconhecesse, seria o fim.

Por sorte, os olhos de Glória estavam fechados. Cass recuou o mais rápido e silenciosamente possível.

Não havia tempo a perder. A qualquer momento, Glória poderia levantar a cabeça novamente — desta vez com os olhos abertos — e identificar Cass. Ela precisava encontrar Benjamin e sair do spa imediatamente.

Na noite anterior, a luz no topo da pirâmide brilhara tão intensamente que parecia dia. Agora, no fim da tarde, estava tão fraca que a chama mal luzia; e o spa estava em sombras — tão escuro que poderia ser noite. Era como se ele existisse em sua própria zona alternativa de horário, desafiando todas as leis do universo físico.

As sombras permitiam que Cass atravessasse o jardim com relativa segurança. Mas quando chegou à piscina que circulava a pirâmide, teve que penetrar o horizonte aberto. A piscina, ela percebeu, não era uma piscina; era um fosso. E a ponte levadiça estava levantada, bloqueando a entrada da pirâmide.

A única esperança seria encontrar uma passagem subterrânea. Onde a passagem desaguaria, imaginou Cass, caso houvesse uma? Do fundo da pirâmide ela traçou uma linha imaginária até o prédio mais próximo, e marcou o ponto mais provável que esconderia uma entrada para o plano subterrâneo.

Curiosamente, o prédio era um dos poucos onde Cass ainda não havia entrado. Assim como os outros, era desenhado de forma simples, em torno de um único corredor central que se esticava de uma ponta até a outra; mas aqui a atmosfera era sutilmente mais luxuosa. Um tapete longo e ricamente requintado, como o que você encontraria em uma sala de trono de um palácio, cobria o chão de pedra; era um lugar intimidante, mas isso não impediu Cass de atravessar o corredor em silêncio. Ela deveria ter passado por meia dúzia de portas, todas fechadas, e todas pintadas de azul, antes que visse a que queria. Em contraste com as outras portas, esta era coberta em ouro — e estava semiaberta.

Ela encostou a orelha na porta, mas não ouviu nada.

Será que deveria? Ela precisava. Era sua única chance.

Cass abriu a porta, depois deu um passo para trás, assustada: a sala estava ocupada por centenas de pessoas.

Ou será que estava mesmo?

Ela olhou novamente: a sala estava vazia — exceto por centenas de reflexos dela mesma.

Nervosa, ela entrou.

Painéis espelhados cobriam as paredes e o teto, criando a ilusão de um espaço infinitamente expansivo. Até o chão de mármore tinha sido polido de forma a deixar um brilho refletor. Um lustre gigantesco, que parecia um polvo — os avôs de Cass teriam identificado como vidro veneziano —, pendurava-se do teto e refletia em muitos espelhos, de modo que parecia replicado em todas as direções. Um longo sofá sem encosto forrado com seda dourada — os avôs de Cass o classificariam como um divã e diriam que era em estilo napoleônico — e uma pequena escrivaninha de prata completavam o cenário.

Cass imediatamente reconheceu o cômodo: era o escritório pessoal da Srta. Mauvais. Frio, mas extremamente deslumbrante, assim como a dona. Era muito fácil imaginá-la sentada no divã durante horas, admirando o próprio reflexo em um espelho, depois no outro, e no outro, e no outro...

Nossa jovem heroína, no entanto, não tinha tempo a perder. Caminhou nas pontas dos pés, examinando o mármore a procura de rachaduras ou linhas de junção — ela achou que poderia haver uma escotilha no chão — até esbarrar em um dos painéis espelhados, mais uma vez deparando-se com seu próprio reflexo. Multiplicadas infinitamente, suas orelhas pareciam crescer cada vez mais.

— Está me procurando, Srta. Skelton?

Um conhecido calafrio percorreu a espinha de Cass quando o reflexo — quero dizer, *os reflexos* — apareceram ao lado dos dela.

Fora pega: o que deveria fazer? O que *poderia* fazer?

Lentamente, Cass virou-se. Ela tinha uma pequena esperança de não encontrar ninguém, de que a mulher loura que parecia uma Barbie não fosse nada além de uma miragem. Mas ela era extremamente real — e falsa como sempre.

— Eu sou a Srta. Mauvais. Perdoe-me por não me apresentar antes. Imagino que o Sol da Meia-Noite seja tudo que esperava?

Cass fez uma careta involuntária, seu coração estava acelerado. Ela disse a si mesma para falar alguma coisa, *qualquer* coisa — mas não saiu nada.

— Sabe, não pude deixar de notar a maneira como a Srta. estava olhando para si mesma há pouco — continuou a anfitriã. — Obviamente, nós oferecemos transformações, mas achei que fazia o estilo natural... venha aqui, deixe-me ver.

Ela levantou a cabeça de Cass com a mão coberta pela luva, e examinou sua jovem hóspede por todos os ângulos.

— Se você quiser, podemos fazer alguma coisa a respeito.

— A respeito de quê? — perguntou Cass, encontrando, por fim, sua voz.

— A respeito das suas orelhas. Podemos consertá-las.

— Minhas orelhas? — Talvez, pensou Cass, se conversassem sobre as orelhas, a Srta. Mauvais não perguntasse por que ela estava no escritório.

— Sim, achei que estivessem te incomodando. Elas realmente sobressaem...

— Como assim? Como as consertaria? — Cass gentilmente tentou livrar sua cabeça da mão da Srta. Mauvais, mas ela não a soltou.

— Dentre os muitos talentos, o Dr. L é um cirurgião plástico muito talentoso...

— Você quer dizer que operaria minhas orelhas!? — Cass exclamou horrorizada, rapidamente lembrando que uma irmã Skelton teria uma reação diferente ao prospecto de uma cirurgia plástica.

— Maquiagem ajuda, mas não resolve — observou a Srta. Mauvais, finalmente soltando a cabeça de Cass. — Não se preocupe, ele tem mãos leves. Nunca deixa cicatrizes. Ele é um artista.... Veja, o que você acha das minhas?

Ela pegou seu cabelo louro e inclinou o pescoço, exibindo as orelhas para a inspeção de Cass.

— Ele trabalha nelas todo ano. São como uma escultura que nunca fica pronta. Ele diz que não vai parar enquanto eu não tiver as orelhas mais fabulosas do mundo.

Pela maneira como disse isso, Cass podia perceber que a Srta. Mauvais já achava que tinha orelhas especiais. E para falar a verdade, Cass não se lembrava de ter visto alguma mais perfeita.

Será que ela *deveria* fazer alguma coisa com relação às suas orelhas? Cass jamais havia sequer considerado a possibilidade. Mas a ideia de não ser mais alvo de brincadeiras parecia muito tentadora. E a Srta. Mauvais fazia com que parecesse tão fácil.

— Sua mãe não tem orelhas como as suas, tem? Você não gostaria de se parecer um pouco mais com ela?

— Como você sabe? Você não a conhece, conhece? — perguntou Cass, momentaneamente incerta quanto a se estavam falando sobre a mãe das irmãs Skelton, ou sobre sua própria mãe.

— Não, é claro que não — riu a Srta. Mauvais. — Eu só pensei, bem, ela se casou, não é mesmo? E que homem se casaria com uma mulher com orelhas como as suas?

De repente Cass se sentiu queimando de vergonha e raiva, além de um ódio profundo. Ela tinha certeza de que suas orelhas nunca tinham estado tão vermelhas. Mas a Srta. Mauvais não pareceu notar.

— Bem, você não precisa decidir agora. Venha... — Ela pegou Cass pelo braço, tornando impossível que ela sequer pensasse em procurar por Benjamin. — É quase hora do jantar. E temos um convidado surpresa essa noite.

CAPÍTULO VINTE E TRÊS

UM CONVIDADO SURPRESA

Quem era o convidado surpresa da Srta. Mauvais? Adivinhe.

Vou dar uma dica: não era Glória. Além disso, como surpresa ela já havia sido estragada.

Aqui vai outra ideia: e se a convidada surpresa fosse uma das *verdadeiras irmãs Skelton*? É bastante plausível. Afinal de contas, as irmãs Skelton já haviam estado no Sol da Meia-Noite diversas vezes. Pelo menos foi isso que o Dr. L disse.

As complicações que isso traria seriam sem dúvida muito interessantes. Posso até imaginar a Srta. Mauvais dizendo para Cass: "Veja quem está aqui, é a sua irmã!" Cass começando a dizer que não tinha uma irmã, mas se lembrando de quem deveria ser. A verdadeira irmã Skelton se confundindo, perguntando que história era aquela.

Cass teria que pensar rápido para não ser exposta como uma fraude. Ela poderia alegar que na verdade era meia-irmã das irmãs Skelton, e tinha sido mantida em segredo delas. Ou talvez dissesse que a irmã a conhecia, mas tinha passado por um acidente, e agora sofria de amnésia.

Talvez fosse tão bem-sucedida em sua alegação que até convencesse a irmã Skelton de que eram realmente irmãs. Nossa, isso seria incrível!

Mas o convidado surpresa da Srta. Mauvais não era uma irmã Skelton. Era alguém muito menos surpreendente — pelo menos se você estiver acompanhando a história.

Menos surpreendente, mas mais gratificante, eu espero.

Uma tenda elaborada em forma de castelo havia sido erguida para o jantar, compreendendo três salas ao todo. Ao seguir a

Srta. Mauvais até o final da terceira sala, Cass viu o menino de cabelo espetado sentado em uma almofada no canto.

Sim, você acertou, o convidado surpresa não era ninguém menos que Max Ernesto — e Cass, pela primeira vez, parecia muito grata ao vê-lo.

Sem mais qualquer raiva dele, ela só pensava no quão sozinha e assustada tinha se sentido desde o fim da parceria entre os dois. Se a Srta. Mauvais não estivesse ali do lado, ela teria corrido e abraçado o amigo (bem, conhecendo Cass, ela não teria abraçado Max Ernesto, mas era assim que se sentia). Dadas as circunstâncias, ela estava até com medo de dizer "oi". Não queria que a Srta. Mauvais soubesse que o conhecia.

Max Ernesto também estava estranhamente silencioso. Quando Cass se sentou na almofada ao lado da dele, ele lançou-lhe um daqueles sorrisos propositadamente falsos e rápidos, que pareciam feitos por dedos puxando as laterais da boca. Parecia nervoso, mas isso já era de se esperar, pensou Cass.

Mas o que ele estava fazendo aqui? Como ele tinha entrado?

De repente, Cass sentiu o pânico surgir em seu estômago como uma doença.

— Surpresa, Srta. Skelton? Ou devo dizer, *Cassandra*? — perguntou a Srta. Mauvais.

— Quem-quem é Cassandra? — gaguejou.

— Oh, não seja tola. Você realmente achou que seríamos enganados tão facilmente? — disse a Srta. Mauvais alegremente. — Eu sei, deveria ter dito alguma coisa quando você ligou. Mas eu não queria espantá-la. Acho que começamos com o pé esquerdo. Por favor, será que você me deixaria corrigir isso agora?

Cass forçou um aceno de cabeça. Ela mal conseguia se sentar direito, estava extremamente tonta.

A Srta. Mauvais sorriu em deleite — se é que se podia chamar aquilo de sorriso (o rosto mal se mexia, mas ela mostrava um pouco mais do que dois de seus dentes extremamente brancos).

— Obrigada por me dar uma segunda chance! Quero muito que sejamos amigas.

Cass tentou retribuir o sorriso, mas não conseguiu. Ela estava imaginando se iria vomitar.

— Ótimo! Agora vamos encontrar os outros — disse a Srta. Mauvais. — Tenho certeza que vocês dois têm muito a conversar.

Ela pôs a mão na cabeça de Max Ernesto, e bagunçou o cabelo dele.

— Você já viu algum jovem tão bonito? — perguntou. Depois se inclinou e beijou a testa de Max Ernesto. — Volto em um segundo, querido, prometo.

Ela se afastou, deixando uma marca de batom no rosto dele. E uma expressão de choque absoluto no de Cass.

Antes que Cass pudesse absorver todo o horror do que tinha acabado de testemunhar, Max Ernesto começou a falar apressado. Ela jamais o havia visto tão agitado.

— Não se preocupe, ela não é minha namorada nem nada disso, ela é desse jeito mesmo, cheia de beijos. É um pouco embaraçoso, mas é muito simpática depois que você passa a conhecer. De verdade, tenho certeza de que você vai gostar dela, ela é mais simpática que a Amber! O Dr. L também é muito simpático. Ele disse que vai curar o meu problema. Eles usam um método egípcio antigo. Tecnicamente, é uma lobotomia, mas não é cirúrgica. Ao invés de cortarem sua cabeça, entram pelo nariz, com um longo canudo. E como não há sensação no cérebro, é praticamente indolor! Que tal isso? Depois disso, a Srta. Mauvais vai me levar para Paris, ela é de lá. Tenho certeza que você também poderá ir, se eu pedir, ela faz tudo que eu quero. O que você acha? Você quer ir para Paris?

Cass o encarou, sem piscar os olhos. Ela achou que talvez tivesse sido dopada e estava tendo uma alucinação. Isso explicaria o enjoo.

Max Ernesto a olhava em expectativa.

— Bem, você não vai dizer nada?

— Eles te hipnotizaram? É por isso que você está agindo desse jeito? — perguntou Cass, percebendo que, maldição, ela estava perfeitamente bem. — Pois espero que seja isso, pelo seu próprio bem.

— O que você quer dizer? Agindo como?

— Deixa para lá — suspirou Cass. — Como você entrou aqui?

— Eu fiz uma reserva. Do mesmo jeito que você.

— Você fez uma reserva? — repetiu Cass. — E simplesmente deixaram você vir? O que você disse a eles?

Max Ernesto se agitou em sua almofada.

— Bem, nada, na verdade, só...

Cass foi atingida por um pensamento horrível.

— Você disse a eles que está com o caderno?!

— Ainda está comigo! Não entreguei a eles — disse Max Ernesto defensivamente. — Mas não importa. Eles não são como você pensa que...

— Não importa?! Você se esqueceu de Pietro? De Luciano? De Benjamin?

— Oh, Cass, eu sei o que você acha, mas pense bem, eles fizeram alguma coisa ruim com você? Quero dizer, desde que você chegou?

— Bem, não, ainda não, mas...

— E eles sempre souberam quem você era, certo?

— Acho que sim...

— Viu? O que você acha disso? Eles não são maus... Sabe, não tem problema errar de vez em quando. Todo mundo erra. Até eu.

Cass balançou a cabeça.

— Agora eu *sei* que você foi hipnotizado.

Antes que o assunto pudesse ser resolvido para um lado ou para o outro, Glória entrou na tenda, o rosto redondo estampado com um sorriso (note que eu não disse que ela não participaria do jantar — apenas que não era a convidada surpresa).

— Cass! — gritou a corretora. — Você não vai cumprimentar sua velha amiga Glória? Eu sei, pareço 20 anos mais nova, não pareço? E 20 quilos mais magra!

Glória deu voltinhas para que pudesse ser vista por todos os ângulos.

Cass acenou com a cabeça silenciosamente. Sem dúvidas, Glória parecia metade do que era. O mais surpreendente era a maneira amigável com que estava agindo. Cass não sabia se preferia Glória em sua encarnação antiga, mais maldosa. Agora era difícil ignorá-la.

— Este lugar não é maravilhoso? — continuou Glória. — É verdade, o tema egípcio pode ser um pouco exótico para alguns. Mas o cenário! Como dizem no meu meio profissional: local, local, local! E os tratamentos! Espetaculares! Sem falar naqueles elixires. Você já experimentou alguma coisa mais deliciosa?

Ela parou por um instante, para que Cass acenasse com a cabeça em sinal de aprovação. Depois continuou:

— Lembra daquele dia abençoado em que todos nós nos encontramos? Bem, o Dr. L me deu um pequenininho para beber. E aquilo me conquistou. Eu queria mais logo no dia seguinte. Mais, mais, mais! Ele disse que era cedo demais, mas eu não podia aceitar "não" como resposta. Eu o segui até o spa para conseguir mais. E ainda bem que fiz isso! Eles fazem milagres aqui!

— Milagres não têm nada a ver com isso, Srta. Fortune.

Era o próprio Dr. L, se juntando a eles sob a tenda. Ele parecia tão frio e composto quanto sempre — talvez um pouco irritado com Glória.

Glória fez beicinho como se fosse uma menina de escola sendo castigada.

— Perdão, Dr. Sua Glorinha está tão grata por tudo que você fez. Tudo que você faz...

— Tudo que fazemos aqui é baseado na ciência — disse ele cordialmente. — Talvez não o que você enxergue como ciência. Mas a Verdadeira Ciência. A Única Ciência.

— E que espécie de ciência é essa? — perguntou Max Ernesto, que achava que já sabia sobre todas as ciências que existiam.

— A ciência da essência. A ciência da qual todas as outras fazem parte — disse o Dr. L. — Tudo na Terra vem da mesma substância essencial. Depois que você a encontra, tudo é possível. Transformar chumbo em ouro. Velho em novo. Até mesmo transformar corretoras de imóveis caretas em mulheres maravilhosas.

Cass olhou automaticamente para Glória, mas Glória não pareceu perceber o insulto — ela estava encantada demais pelo Dr. L.

— Que maravilha! — disse ela. — Como se chama essa ciência? É egípcia?

A Srta. Mauvais, que tinha acabado de entrar na tenda, limpou a garganta.

— Acho que nosso jantar chegou.

CAPÍTULO VINTE E QUATRO

JANTAR

Até Cass, que estava se sentindo um pouco menos enjoada, mas ainda estava chateada com a situação em que se encontrava, teve que admitir que a mesa de jantar estava magnífica. Estava coberta por um pano inteiramente costurado com pétalas de carmesim, belas e perfeitas, nem um pouco rasgadas ou afetadas. Neste luxuoso leito de carmesim havia uma dúzia de castiçais de cristal de diversas alturas, assim como diversas vasilhas brilhantes e travessas de design exótico oriental. Cada lugar à mesa vinha com um par de hashis dourados e brilhantes e talheres ornamentados — pequenos garfos, colheres estranhamente curvadas, facas pontudas como agulhas — que pareciam antigos instrumentos cirúrgicos.

A mesa parecia mais um altar para um deus ciumento e exigente do que uma mesa de jantar. Este efeito só era acentuado quando a equipe da cozinha começou a trazer a comida — tão solene e silenciosamente que poderiam estar fazendo oferendas em um templo ao invés de servindo jantar.

Aliás, cada vez que um novo prato aparecia, a Srta. Mauvais descrevia praticamente com uma reverência religiosa.

— A base deste manjar é a cartilagem de um pequeno marsupial que vive em cavernas em uma ilha no Pacífico Sul — disse ela sobre o primeiro prato, que chegou em porções do tamanho de dedais em potes individuais. — Uma excelente fonte de cálcio. Também valorizada por pescadores por suas propriedades à prova d'água... espero que não sejam vegetarianos.

"O pó azul claro que vocês estão vendo é o pólen de uma flor que só brota na elevação de 3.350 metros e somente após um longo inverno — falou a respeito de uma cobertura em um rolo que parecia uma rosquinha, mas não tinha nada de doce. — Alguns indígenas acreditam que acirra o intelecto. Certamente ajuda bastante no combate à sinusite.

"Fígado de urso cozido em óleo de bacalhau — ela anunciou quando um caroço particularmente asqueroso chegou na frente de cada jantar. — Um prato muito apreciado pelos vikings. A razão pela qual conseguiam sobreviver durante tanto tempo no frio. Vocês podem achar um pouco pelejado."

Antes que comessem qualquer um dos pratos, Cass e Max Ernesto foram instruídos a fecharem os olhos e cheirá-los

— Lembrem-se, o que vocês apreciam como gosto é essencialmente cheiro — disse a Srta. Mauvais. — Sozinha, a língua só consegue identificar quatro sabores, ou seriam cinco?

— Cinco — respondeu o Dr. L. — Acredito que recentemente os cientistas tenham descoberto gosto de gordura.

Após cheirarem as comidas, deveriam examiná-las de perto, por todos os ângulos, para poderem apreciar todas as sutilezas de cor e forma.

— Não deveríamos ouvir também? — perguntou Max Ernesto, que claramente estava seguindo cada palavra da Srta. Mauvais.

— Bem, isso depende se seu prato está fazendo ou não algum barulho, não é mesmo, querido? — respondeu ela. — Por que você não tenta?

Obediente, Max Ernesto inclinou a cabeça em direção ao prato. Do outro lado da mesa, Cass revirou os olhos, enojada.

Apesar de suas descrições tão extasiadas, a Srta. Mauvais, Cass notou, quase não comeu durante a refeição. Ela mal tomou alguns goles de uma taça de vinho tinto — pelo menos Cass presumiu que fosse vinho. Tinha a coloração, apesar de ser perturbadoramente grosso.

O único prato que a Srta. Mauvais comeu foi o último. Consistia em uma pequena massa palpitante que pulsava como um coração. Só foi servido para ela, e ela não o descreveu como havia feito com os outros. Ao invés disso, ela o espetou repentina e violentamente com um hashi — em seguida engoliu de uma vez.

Enquanto a Srta. Mauvais suspirava em sinal de satisfação, Cass pensou ter detectado uma nova vibração nas bochechas pálidas de sua anfitriã.

— Tenho um estômago sensível — explicou ela. — São muito poucas as coisas que posso comer. E elas têm que ser muito, muito frescas.

Depois que os pratos foram retirados, a Srta. Mauvais voltou a atenção para os hóspedes.

— Agora, meus caros jovens, será que vocês sabem o que há neste caderno? Vocês espiaram dentro dele?

— Não, não espiamos — disse Cass, antes que Max Ernesto pudesse dizer o contrário.

— Eu mesma não sei exatamente o que há lá dentro, mas temo pelo pior — disse a Srta. Mauvais. — Pietro era um amigo muito, muito querido. Mas temo que ele estivesse muito doente. Digo, mentalmente.

— Mentalmente? Quer dizer que ele era louco? Não parecia — disse Cass, defensivamente. De alguma forma sentia como se estivesse sendo pessoalmente ofendida.

— Ah, então você leu?

Cass enrubesceu, sem dizer mais nada.

— Suas orelhas, minha querida, pense na minha oferta! — disse a Srta. Mauvais, em tom musical. — Mas sim, respondendo à sua pergunta, sinto lhe dizer que ele era completamente delirante. Pietro tinha um amigo imaginário: um irmão gêmeo, que ele inventou quando criança. Ele criou essa história mirabolante sobre seu irmão ter sido sequestrado do circo quando eles eram meninos.

Neste momento, Cass e Max Ernesto não conseguiram deixar de olhar um para o outro.

— Vejo que estão familiarizados com a história, era o que eu temia. Era tudo muito real para ele, mas durante boa parte da vida ele soube que era uma fantasia. Só em seus últimos anos começou a acreditar realmente nela... Você está bem, Dr.? — perguntou a Srta. Mauvais, referindo-se ao Dr. L, que permanecia calado desde que ela mencionara o caderno.

Sua face parecia rígida, como se estivesse engasgando com alguma coisa, mas ele logo espantou sua preocupação.

— Estou bem — disse ele, cobrindo a boca com um guardanapo.

— Muito bem, então — continuou a Srta. Mauvais, — quando sugeri a Pietro que seu irmão não existia fora da imaginação dele, ele se tornou violento, chegou a me acusar de ser a pessoa que havia sequestrado seu irmão, se é que podem acreditar em uma coisa dessas. Não ocorreu a ele que eu era jovem demais para ser nascida naquela época.

A Srta. Mauvais riu e tocou a própria testa.

— Jovem demais — repetiu ela.

Será que isso poderia ser verdade?, imaginou Cass.

Será que Max Ernesto tinha razão quanto a Srta. Mauvais? Será que tinha feito um juízo muito precipitado? Só porque ela era um pouco fria e estranha? Ou porque — Cass lembrou disso agora por algum motivo — Max Ernesto havia dito certa vez que a Srta. Mauvais era a mulher mais bonita que ele já tinha visto?

Será que ela estava com ciúmes? Será que tudo tinha sido por causa *disso*?

— Mas então por que você quer tanto o caderno? — perguntou Cass, fazendo de tudo para escapar da armadilha mental na qual estava caindo. — Se é tudo mentira.

— Porque não queremos que caia em mãos erradas. Porque amávamos Pietro, e queremos que ele seja lembrado por seus melhores momentos, e não como um lunático.

Quanto mais Cass pensava, mais certeza tinha de que não tinha certeza de nada.

Ela não possuía nenhuma prova de que o que o mágico havia escrito fosse verdade.

Nenhuma prova de que a Srta. Mauvais tinha algum envolvimento no desaparecimento de Luciano.

Até onde Cass sabia, Benjamin Blake poderia muito bem ter voltado para casa, são e salvo — e jamais havia tido qualquer razão para que viesse salvá-lo.

Em meio a agitação, Cass bateu na mesa — e acidentalmente derrubou a taça de vinho da mão da Srta. Mauvais. A taça voou pelo ar e d-e-r-r-u-u-u-u-u-u-u-u-u-u-u-u-u-u-u-u-u-u-u-u-u-u-u-u-u-u-u-u-u-u-u-u-u-u-u-u-u-u-u-u-u-u-b-o-u...

Sabe aqueles momentos congelados no tempo em que a vida de repente se transforma em um filme de kung fu e você vê tudo em câmera lenta? A taça esteve no ar por menos de um segundo, mas aquele segundo foi longo o bastante para que Cass pensasse em milhares de coisas — e para perceber porque a imagem do vinho da Srta. Mauvais havia perturbado-a.

Três palavras: *sangue de macaco.*

Será que era sangue de macaco? Para ser franco, eu não sei — alguns boatos são apenas boatos. De qualquer forma, Cass estava prestes a ser brindada com uma visão muito mais perturbadora do que uma taça de sangue.

Deixe-me levá-lo de volta à cena — em tempo real dessa vez:

A taça voou pelos ares e derrubou — vinho, sangue, elixir, quem sabe, não vou mais perder tempo com isso — de forma arqueada, respingando por uma das luvas brancas da Srta. Mauvais.

— Sua menina desastrada!

Ira tomou o rosto da Srta. Mauvais através de um rubor enquanto arrancava a luva.

— Era meu par de luvas favorito. Comprei em um mercado de pulgas em Paris há mais de 90 anos...

Ela parou de falar, seguindo com o olhar o olhar de seus hóspedes.

Glória sufocou uma reação de choque.

Todos estavam encarando a mão da Srta. Mauvais, pela primeira vez sem luva.

Era a mão de outra pessoa — outra *coisa*, com dedos tão finos e frágeis que você quase poderia arrancá-los. Com unhas tão amarelas e rachadas mais pareciam garras. Com a pele tão translúcida que era possível enxergar todos os ossos, todos os ligamentos, todas as veias.

Era a mão de uma mulher velha.

Uma mulher muito velha.

Uma mulher mais velha do que todas as outras que Cass já havia visto.

CAPÍTULO VINTE E CINCO

PRISIONEIROS

Dizem que os olhos nunca mentem. Mas acho que é mais verdadeiro dizer que mãos nunca o fazem.

Era inevitável, em uma vida tão longa quanto a da Srta. Mauvais, que ela expusesse as mãos ocasionalmente. Ao mesmo tempo, ela ainda não tinha vivido tanto quanto tinha para permitir que alguns respingos a destruíssem. Poucos segundos depois, já tinha posto um novo par de luvas.

Como se nada tivesse acontecido, ela voltou-se para Glória, que estava sentada em estado de choque absoluto.

— Você se importa em nos dar alguns instantes?

— De jeito nenhum — disse Glória, sem se mexer.

— Obrigada — disse a Srta. Mauvais, acenando com a cabeça para um funcionário do spa que estava parado discretamente ali perto. Silenciosamente, ele ajudou Glória a se levantar, e a conduziu para o lado de fora, como se ela fosse uma inválida — ou talvez uma pessoa em um asilo.

A Srta. Mauvais voltou-se novamente para Cass e Max Ernesto.

— Então, onde está o caderno? — perguntou, a voz fria agora era uma verdadeira tempestade glacial.

Antes de contar a vocês como Cass e Max Ernesto responderam, deixe-me lembrá-los de uma coisa que ele disse anteriormente em nossa narrativa: eles só tinham 11 anos.

Estavam cercados por funcionários do spa por todos os lados. Não faziam ideia de como, ou se, voltariam para casa algum dia. Não tinham armas nos bolsos, nem qualquer conhecimento sobre como utilizá-las caso tivessem alguma. Não eram super-heróis, resumindo, eram duas crianças. E tinham acabado de ver uma das coisas mais assustadoras de suas jovens vidas (apesar de que acho que a mão da Srta. Mauvais teria assustado qualquer pessoa, independente da idade). Então, por favor, tenham compaixão quando eu disser que eles não hesitaram muito antes de dar a Srta. Mauvais o que ela queria.

Primeiro, no entanto, Max Ernesto olhou para Cass. Ele não disse nada em voz alta, mas tinha uma expressão que dizia alguma coisa do tipo *tudo bem, você estava certa, cometi um grave erro, e agora estamos na maior encrenca de nossas vidas, e eu estou com muito medo, o que devo fazer?*

Em seguida, Cass acenou de volta de um jeito que dizia alguma coisa do tipo *certo, certo, entendo, também estou com muito medo, então ande e dê logo o caderno para a Srta. Mauvais, antes que ela nos mate* (realmente, qual alternativa eles tinham?).

Então, só neste instante, Max Ernesto retirou o caderno da mochila.

A Srta. Mauvais o pegou, suas mãos recém-recobertas por luvas tremiam.

— Finalmente! Quantos anos esperei!

— Bem, agora você já conseguiu, acho que vamos embora — disse Cass, acenando para que Max Ernesto levantasse.

— Vocês não vão a lugar nenhum ainda — disse ela, categórica.

Abriu o caderno e olhou brevemente a inscrição. Em seguida, revirou as páginas em branco, com crescente irritação, semelhantemente às crianças quando o examinaram pela primeira vez.

— Isso é tudo? Que espécie de truque é esse?

— Aqui, deixe-me ver — disse o Dr. L.

Ele pegou o caderno aberto e olhou brevemente a inscrição, um leve e singelo sorriso se formando em seu rosto.

Em seguida entregou o caderno de volta para a Srta. Mauvais.

— Acho que você vai perceber que o caderno está bem cheio. Se você olhar o lado inverso das páginas.

A srta. Mauvais olhou inquisitivamente para o Dr. L.

— Um código?

Ele fez que sim com a cabeça.

— Então é dele. É real — disse ela com uma excitação palpável.

A Srta. Mauvais revirou o caderno impacientemente, até que suas páginas que pareciam acordeão abriram na frente dela. Rapidamente, examinou as folhas, como se procurasse por uma palavra ou frase em particular que se destacasse. Quando chegou à última página, ela olhou para cima, enfurecida.

— Cadê o resto? O que vocês fizeram com ele?

— Não sabemos onde está — disse Max Ernesto, claramente nervoso. — Achamos que talvez ele tenha rasgado as páginas...

— Mentiroso! — gritou a Srta. Mauvais. — Vocês leram. E agora estão escondendo de mim!

Max Ernesto se acovardou, uma grande diferença do menino animado de uma hora antes.

Cass tentou defendê-lo.

— Ele está falando a verdade. Só tinha isso.

Mas a Srta. Mauvais pareceu perder o controle pela primeira vez na vida, e mal estava ouvindo.

— O segredo. Eu sei que ele encontrou o segredo. Ele estava muito perto, ele deve ter encontrado. Escondeu de nós. Mas ele não pode mais! E nem vocês! Eu não vou deixar!

Ela agarrou Max Ernesto e Cass, cada um por seu antebraço, apresentando surpreendente força em seus dedos frágeis.

— Diga-me o que é — sibilou. — Diga-me o segredo!

Ao som das palavras da Srta. Mauvais, Daisy (que Cass não via desde sua chegada ao spa, mas que agora percebia, deveria ter estado sempre à espreita) apareceu na entrada da tenda, bloqueando a saída com sua silhueta enorme.

Diversos membros da equipe do spa se aproximaram da mesa, fechando o cerco em volta de Cass e Max Ernesto. Sob a luz sombria da tenda, suas belas peles bronzeadas pareciam rochas rígidas. E seus rostos outrora risonhos transformaram-se em pedra.

A primeira impressão de Cass a respeito do spa estava correta; era mesmo uma prisão.

Você já foi trancado em uma sala durante horas, longe de casa, por pessoas das quais você tem todas as razões para desconfiar serem capazes de assassinato ou coisa pior?

Nem eu.

Talvez por isso não consiga escrever sem derramar uma lágrima.

Tragicamente, Cass e Max Ernesto não tiveram a mesma sorte. Foram obrigados a conhecer a experiência da carceragem em primeira mão.

Dez minutos após termos visto os dois pela última vez, Max Ernesto estava andando de um lado para o outro em um estado de agitação surpreendentemente elevado até para ele.

— Burro... burro... burro... — ele dizia para si mesmo. — Como eu pude ser tão...

— Quer parar de resmungar, por favor? — disse Cass. — É muito irritante.

— Você me odeia, não odeia? Quero dizer, eu não te culpo. Eu também me odeio...

— Eu não te odeio — disse Cass em um tom não muito amigável (Max Ernesto podia estar admitindo seus erros, mas a imagem da Srta. Mauvais beijando sua testa continuava muito viva em sua memória). — Só estou pensando em uma maneira de passar por aqueles caras, você sabe, para sairmos vivos daqui.

Ela gesticulou em direção à janela onde Daisy e Owen podiam ser vistos montando guarda do lado de fora da porta. De nossa perspectiva mais confortável, eram um casal estranho: a motorista de limusine, séria e alta, e o mordomo mais baixo e sardento. Mas era certo que eram plenamente capazes de conter um par de crianças de 11 anos.

— Eu sabia que não deveria ter trazido o caderno! — disse Max Ernesto, ainda falando consigo mesmo tanto quanto falava com Cass. — Mas eles disseram que era o único jeito de eu conseguir uma reserva. De que outro jeito eu ia entrar?

— Esqueça. Você não tinha escolha — disse Cass. — Mas já que estamos no assunto, o que eu não entendo é por que você teve que vir aqui. Achei que não quisesse mais investigar.

— Porque eu descobri que eles sabiam quem você era, só por isso.

— E daí?

Max Ernesto olhou para ela como se ela fosse louca.

— E daí... e daí que você estava aqui.

— E daí?

— E daí que eu não queria que eles te matassem.

— Ah... você não queria? — disse Cass, tentando se acostumar à ideia.

— Dã. Eu juro, às vezes você não tem o menor senso lógico — disse Max Ernesto.

— Hum — disse Cass. — Acho que às vezes não tenho mesmo.

E ela começou a sorrir.

Quanto ao resto da conversa — bem, se algumas conversas são perturbadoras demais para serem registradas, outras são excessivamente melosas e sentimentais. Você já ouviu duas pessoas fazerem as pazes depois de uma briga? Não é muito interessante, a não ser que você seja uma das pessoas. Eu prefiro ouvir insultos e xingamentos; os outros que ouçam as desculpas ou as declarações de amizade.

Tenho certeza de que não preciso dizer o quão feliz Max Ernesto ficou por ele e Cass terem voltado a serem colaboradores. Contudo, sob o risco de soar excessivamente sentimental, vou dizer que por mais feliz que ele estivesse, Cass estava ainda mais. Veja bem, apesar de já ter tentado salvar o mundo tantas vezes, ninguém jamais havia tentado salvá-la. Ela estava tão comovida por Max Ernesto ter vindo resgatá-la que quase compensava o fato de não ter um plano de fuga.

Quase.

* * *

Quando o brilho otimista do reencontro estava se apagando e a urgência da situação em que se encontravam começou a entrar em foco, o Dr. L entrou.

Não mais o médico simpático que havia recepcionado Cass no spa, ele estava com uma expressão de firme concentração, como se estivesse lutando para conter uma profunda raiva vulcânica. Cass e Max Ernesto se afastaram dele instintivamente.

— A Srta. Mauvais não está satisfeita. E nem eu — disse com um eufemismo ameaçador. — Esperávamos descobrir certas... informações.

— Você está falando do Segredo — disse Max Ernesto, um pouco rouco.

— Sim, eu-estou-falando-do-Segredo — disse o Dr. L com os dentes cerrados. — Se vocês sabem de alguma coisa, se vocês viram alguma coisa, se sequer *pensaram* alguma coisa, recomendo que digam agora.

— Ou o quê? Você vai nos torturar? — perguntou Cass, com mais coragem do que realmente tinha.

— Talvez — disse o Dr. L com indiferença. Ele apontou de forma acusatória para as crianças: — Mas é o que o Segredo vai fazer com vocês que deveriam temer.

— Como assim? Segredos não *fazem* nada — disse Max Ernesto, colocando-se ao lado de Cass.

— Além disso, você nem sabe o que é o Segredo — disse Cass, pegando a mão de Max Ernesto de forma protetora.

— Nós sabemos algumas coisas — disse o Dr. L, aproximando-se tanto deles, que estavam contra a parede.

Ele começou a listar os fatos como um homem obcecado:

— Sabemos quando o Segredo foi descoberto: 1212 a.C. Sabemos onde: Luxor, no Egito. Sabemos por quem: um médico. Também sabemos que três dias depois da descoberta, ele foi executado. O que não sabemos é o porquê!

Ele lançou um olhar penetrante às crianças, como se desconfiasse de que eles soubessem a resposta — como se fossem responsáveis pela morte do médico.

— Foi porque o médico se recusou a contar o segredo ao faraó? — perguntou o Dr. L em tom ameaçador. — Ou será que o médico contou o segredo ao faraó? E o segredo deixou o faraó tão enfurecido que ele exigiu a cabeça do médico!

— P-por que o segredo o deixou tão enfurecido? — perguntou Max Ernesto.

— Exatamente! E tem mais — disse o Dr. L, ainda mais calorosamente. — Antes de morrer, o médico escreveu o segredo em um pedaço de papiro, querendo que o segredo fosse enterrado com ele. E foi o que aconteceu. Até anos mais tarde, quando o papiro foi retirado da tumba por ladrões. Eles não faziam ideia do valor, é possível até que nem tenham lido, mas sofreram mortes violentas logo depois, e incitaram uma guerra de quarenta anos.

Ele examinou os rostos das crianças para se certificar de que elas estavam adequadamente assustadas. Elas tentaram não esboçar qualquer reação. Mas é claro que estavam com medo — pelo menos do Dr. L.

Ele fez que sim com a cabeça com grande satisfação e começou a andar de um lado para o outro na sala. O assunto do Segredo acendeu sua face com uma expressão tão vampiresca que dava até para imaginar uma capa balançando atrás dele.

— No começo do século XIX — ele continuou —, o papiro ressurgiu em Praga, onde foi comprado como uma curiosidade por um antiquário. Ele deu a um egiptologista para tradução. O egiptologista enlouqueceu e o papiro nunca mais foi visto. Quanto ao antiquário, ele passou o resto da vida em uma procura inútil pelo Segredo, até morrer sozinho e indigente, vítima de um terrível vírus carnívoro.

O Dr. L girou e encarou a jovem plateia com os olhos brilhantes.

— Bem, eu pergunto a vocês, este parece um segredo que vocês queiram guardar?

— Então o Segredo é uma maldição? — perguntou Max Ernesto, com a cabeça cheia de imagens assustadoras.

— É uma fórmula. É um monte de coisas.

— Fórmula de quê? — perguntou Cass.

— Deixe isso para lá — disse o Dr. L rapidamente. — Eu e a Srta. Mauvais nos preparamos a vida inteira para aprendermos o Segredo. Vocês são crianças. Ele vai destruí-los.

— A gente já disse, não sabemos nada a respeito — disse Max Ernesto, em tom de clemência.

— É verdade — disse Cass. — Não tinha mais nenhuma página no caderno, eu juro!

O Dr. L os encarou, avaliando suas palavras — e seus destinos.

— Se ninguém nunca mais viu o papiro, como você sabe tanto a respeito? — perguntou Cass, a curiosidade vencendo a precaução. — Pietro encontrou?

— Pietro tinha ideias diferentes sobre o Segredo — disse o Dr. L de forma evasiva. — Não concordávamos neste assunto.

— Ele conseguiu... ele encontrou, não é mesmo? — disse Cass, sentindo-se negligente repentinamente. — E vocês tentaram tirar dele. E quando ele não entregou, vocês incendiaram a casa dele. E o mataram!

Ela não pretendia ter dito tanto -- mas agora que o tinha feito, sentiu-se estranhamente vitoriosa, como se estivesse esperando para fazer uma acusação o tempo todo, e finalmente tivesse conseguido.

— O matamos, é mesmo? — perguntou o Dr. L, com um meio sorriso no rosto. — Então quem está com as páginas que sumiram do caderno? Se *ele* não pegou...

Seus olhos enrijeceram.

— Esvaziem os bolsos. Vocês dois!

Max Ernesto imediatamente obedeceu, puxando da calça pedaços estranhos de papel, embalagens de chiclete, um cartão amarrotado, um canudo mastigado e os colocando sobre a mesa ao lado.

Enquanto Cass punha as mãos nos bolsos, sua mente girou:

Mais cedo, quando o Dr. L estava olhando o caderno de Pietro, alguma coisa quase ocorreu a ela, apenas uma sementinha de um pensamento não formado. Mais tarde, ouvindo a maneira pela qual pronunciou o nome de Pietro, a sementinha havia voltado como uma suspeita quase formada. Agora a suspeita estava crescendo e se tornando uma verdadeira previsão.

Mas como poderia testá-la?

O Dr. L olhou enfurecido para ela.

— Você não ouviu?! Eu disse para esvaziar os bolsos Agora!

— Tudo bem, tudo bem.

Cass cavou fundo e sentiu algo grudento... Será que era? Sim, era...

Ela tirou o batonzinho do bolso.

Certificando-se de que o Dr. L estava olhando, o passou nos lábios descaradamente. Em seguida segurou o batom como um prêmio.

Max Ernesto olhou para Cass como se ela estivesse louca.

— O que você está fazendo? — sussurrou ele.

— Estou sentindo cheiro de... algodão doce? — perguntou o Dr. L, franzindo o rosto.

— Sim, é o meu protetor labial — disse Cass, com naturalidade proposital.

— Protetor labial? Deixe-me ver — comandou.

Cass entregou a ele.

— É das irmãs Skelton — ela disse. — É um protetor labial normal, mas as pessoas compram por causa delas. Uma tolice, se quer saber minha opinião.

O Dr. L examinou o batonzinho intrigado, como se fosse um artefato incomum, se não fosse uma antiguidade egípcia. Em seguida o segurou próximo ao nariz.

Ele fechou os olhos e inalou, prendendo a respiração, como se não suportasse a ideia de que o cheiro se fosse.

Max Ernesto olhou para Cass — *o que está acontecendo?* Mas ela simplesmente balançou a cabeça — *espere.*

Completamente perdido no momento, o Dr. L deixou o batonzinho cair no chão.

Quando abriu os olhos, estavam cheios de lágrimas.

— Machucou seus olhos? Às vezes os com cheiro mais forte fazem isso — disse Cass, sabendo muito bem que não tinha sido isso que acontecera.

— Não, não foi nada! Só uma coisa do passado... ridículo!

Ele se abaixou para pegar o batonzinho.

— Isso é meu agora — disse ele, guardando o batonzinho no bolso.

Ele só havia abaixado a cabeça por um segundo, mas tinha sido o bastante para que Cass conseguisse dar uma rápida olhada em sua nuca — e a prova que estava procurando.

Houve uma batida na porta. Daisy entrou na sala, desviando levemente para evitar bater a cabeça na entrada.

— Com licença, Dr. É o menino. Ele está com febre alta. Estão achando que ele talvez não sobreviva. A Srta. Mauvais disse que tem que ser esta noite.

— Benjamin Blake! — exclamou Max Ernesto antes que Cass pudesse encará-lo. — O que vocês estão fazendo com ele?

O Dr. L os encarou, ameaçador.

— A Srta. Mauvais tem razão. Sabem demais, mas talvez não o suficiente. Vocês têm 12 horas para decidir se lembram de alguma coisa útil. Depois disso... — ele deixou a ameaça no ar. — É claro que, se tudo der certo hoje à noite, talvez não precisemos mais de vocês. Isso será azar de vocês.

Depois que ele saiu, Cass virou para Max Ernesto.

— Então, você viu?

— O quê?

— A marca de nascença na nuca dele. Tinha o formato de uma lua crescente.

Max Ernesto abriu a boca — sem palavras, pela primeira vez, ao pensar que aquele homem terrível era Luciano Bergamo.

CAPÍTULO VINTE E SEIS

BENJAMIN BLAKE, ARTISTA PREMIADO

Durante boa parte da vida, Benjamin Blake achou que não tivesse talento artístico — essencialmente por não entender do assunto.

Quando as outras crianças desenhavam um triângulo em cima de um quadrado, ele não via uma casa, ele ouvia o assobio agudo de um trem por cima da batida de uma pedra aterrissando em sujeira.

Quando desenhavam um círculo em torno de dois pontos e uma linha curvilínea, ele não via uma carinha sorridente, mas sentia cheiro de biscoitos assando, acentuados por dois apitos e um ganido.

Para Benjamin, tudo e todos eram uma combinação única de som e cor, cheiro e gosto. Quando desenhava, ele tentava capturar todas estas diferentes dimensões dos objetos. Mas quando as outras crianças olhavam para os desenhos, só viam uma bagunça completa. Assim Benjamin presumiu que não era melhor em arte do que em matemática, ciências ou totó.

Então ele fez uma aula extra depois da escola chamada "Arte Fora dos Padrões". Nesta aula ele via fotos de pedras que alguém tinha posto em um lago para formar um espiral; as pedras eram um exemplo de arte chamada Trabalhos da Terra. Ele também ouvia sobre pessoas que subiam em palcos e faziam coisas tolas; eram chamados de artistas performáticos. E ouvia sobre pessoas que escreviam listas de ideias artísticas que nunca executavam; eram chamados de artistas conceituais.

Parecia muito fácil ser um artista se conseguisse fazer alguma destas coisas.

Em "Arte Fora dos Padrões", os alunos tinham que fazer coisas como criar línguas imaginárias e inventar alternativas à gravidade. Quando queriam desenhar, pintar, esculpir, ou fazer alguma atividade de arte mais tradicional, o professor — que tinha longas tranças que balançavam para cima e para baixo quando ele falava, de modo que tudo que dizia parecia muito importante — os encorajava a fazer arte abstrata, ao invés de tentarem copiar o mundo à sua volta.

— Cópias podem ser feitas em máquinas de xerox — disse ele, o que foi engraçado, pois havia acabado de mostrar algumas obras feitas com xerox que não pareciam cópias de nada.

Benjamin tentou explicar que as pinturas que fazia não eram abstratas, mas sim cópias do mundo à sua volta. Mas o professor disse que estava próximo do abstrato e ele não deveria se preocupar. Depois disso, Benjamin começou a pintar tudo que via, principalmente música, que era a coisa que ele mais gostava de ver.

Sem contar a Benjamin, o professor inscreveu seu trabalho no Concurso de Jovens Leonardos. Ninguém conseguiu acreditar quando ele ganhou o primeiro prêmio, logo ele. Além de nunca ter recebido nenhum prêmio, ele nunca nem havia participado de algum concurso.

Benjamin gostava de ganhar. Mas não era muito fácil ser um vencedor.

De repente, todos queriam falar com ele, e falar era muito difícil para Benjamin. Geralmente, quando falava, as pessoas pensavam que ele era louco. Ou que estava recitando poesia.

Como aqueles dois estranhos de aparência impressionante no pátio da escola — a Moça Dourada e o Homem Prateado.

— Você tem um olho maravilhoso. Ou deveria dizer um *ouvido* maravilhoso? — dissera a Moça Dourada. — Não conheço um menino tão talentoso desde que, bem, desde que este homem era um menino.

— Ah, mas eu nunca pintei assim — dissera o Homem Prateado com uma risada autodepreciativa. — Este menino é único. Não é, rapaz?

Mas Benjamin sequer conseguiu formular um agradecimento adequado. Ele sabia que qualquer coisa que tivessem dito deveria ter saído errado, pois ao invés de seus sorrisos serem calorosos, não produziam qualquer sensação.

Ambos tinham vozes cinza. Cinza era a cor das vozes de computadores e mensagens gravadas. Pela experiência de Benjamin, quando as pessoas tinham vozes cinza elas geralmente estavam mentindo. Mas sua mãe havia lhe dito que não era justo julgar as pessoas pela cor de suas vozes; principalmente porque ninguém além dele conseguia ver a cor.

Era difícil acreditar que as outras pessoas não viam as palavras dos estranhos se curvando como fumaça saindo de suas bocas — ou era mais como a respiração em um dia muito frio? — mas ele tentava não olhar. Além disso, se ele só ouvisse *o que* os estranhos estavam dizendo e não *como* diziam, ele tinha que admitir que estavam sendo muito amigáveis.

Disseram que tinham vindo para levá-lo a um acampamento de arte.

— Vai ser muito legal — disse a Moça Dourada. — Temos todos os tipos de materiais extraordinários e haverá muitos outros jovens artistas com quem você poderá brincar.

Benjamin estava aliviado por não estarem tirando seu prêmio; por algum motivo ele achou que poderiam. Mesmo assim, esse acampamento parecia muito peculiar. Mesmo Benjamin, que nunca tinha acampado, e que tinha muito pouco senso de tempo, datas ou estações, sabia que as pessoas acampavam durante o verão, não durante o ano escolar, e certamente não era durante o horário escolar. Mas os estranhos eram adultos, portanto devia ouvi-los, e eles disseram que tinham a permissão especial da senhora Johnson, e prometeram levá-lo de volta para a escola no fim do dia.

Enquanto processava o que estavam dizendo, Benjamin quase não notou que estava sendo levado para fora pela porta dos fundos da escola.

Só depois que a limusine se afastou que ele se lembrou de outras instruções de sua mãe: nunca entre em carros com estranhos.

Percebendo que havia cometido um erro grave, olhou de volta para a segurança perdida da escola. O portão ainda estava aberto, e uma menina estava olhando para fora. Era Cassandra, a menina de orelhas grandes e pontudas que, por algum motivo, o fazia lembrar de um sorvete de menta com chocolate, com algum chocolate, mas essencialmente de menta. Seus olhos se encontraram por um instante e mentalmente ele gritou por ajuda. Infelizmente, por mais excêntrico que fosse o seu cérebro, ele não parecia capaz de fazer telepatia.

Um dos estranhos pôs um lenço em seu rosto e em seguida tudo escureceu.

Benjamin acordou ainda sentindo o gosto do sorvete de menta com chocolate.

Ele estava vestindo uma espécie de túnica branca e estava em uma cama em um quarto pequeno e desconhecido. O quarto era praticamente vazio, com paredes brancas, chão de pedra e uma janelinha no alto, perto do teto.

Havia algo indescritivelmente estranho sobre o quarto — o que seria? Era o silêncio, ele percebeu depois de um instante. Ele jamais havia experimentado a total ausência de som.

Ele coçou a cabeça e descobriu que estava completamente lisa, como um ovo. Ele estava careca.

Que lugar era aquele?

Só então ele percebeu a Moça Dourada ali perto, analisando-o.

— Eu estou sonhando? — perguntou, com dificuldades de falar com clareza.

Ela balançou a cabeça.

— Isso é um hospital? O que aconteceu?

— Você está em uma câmara de purificação — disse calmamente. — Agora, fique quieto e feche os olhos. Você não deve sofrer qualquer estímulo.

— E o acampamento de arte?

— Mais tarde, Benjamin. Mais tarde.

Quando abriu os olhos outra vez, estava sozinho e com medo. Ou não estava sonhando, ou estava sonhando e não conseguia acordar, o que era pior.

Quando a Moça Dourada reapareceu, ela não disse nada.

Benjamin disse que estava com fome e ela lhe deu uma espécie de bebida branca que parecia leite, mas não tinha gosto ou cheiro.

Na medida em que o tempo passou, a falta de estímulos começou a afetá-lo. Ele começou a imaginar coisas: sons, cores, cheiros. Estas sensações não estavam na frente da sua mente, mas lá no fundo — como quando você faz um teste auditivo e os apitos são tão agudos ou graves que quase não caem no alcance dos ouvidos humanos.

Quando um som de verdade finalmente penetrou a sala, ele estava tão perdido em sua própria mente que de início não percebeu o que era. Quando finalmente reconheceu o som de um motor de carro, ele se levantou e se pôs ao lado da cama; subindo no travesseiro, ele podia espiar pela janela do quarto. Já era noite lá fora, e ele conseguia perceber uma estrada através das árvores. A limusine estava passando.

Uma menina pressionava o nariz contra o vidro traseiro da limusine, e de repente a boca de Benjamin se encheu de gosto de sorvete de menta com chocolate. Era Cassandra, a garota que tinha ficado do lado de fora da escola enquanto ele era levado embora; e agora ele estava olhando para ela. Era como se fosse o inverso da cena. Ele pensou em acenar, ou gritar, mas concluiu que ela deveria ser fruto da sua imaginação. Quais eram as chances de ela estar ali?

Ele deveria estar mesmo sonhando.

CAPÍTULO VINTE E SETE

DENTRO DA PIRÂMIDE

L.
L, Dr. L
L de Luciano.
L de longamente sumido.
L de lunático doutor detestável.
L de lábia mentirosa aplicada o tempo todo.

Pensando retrospectivamente era óbvio. E que coisa horrível.

Cass não tinha contado a Max Ernesto, porque sabia que ele diria que não fazia o menor sentido, mas — secretamente — ela estava esperando salvar Luciano ao mesmo tempo em que salvasse Benjamin. Ela havia imaginado o irmão do mágico como um senhor frágil de longos cabelos grisalhos, preso em uma cela. Seu plano era libertá-lo. Dizer a ele o quanto Pietro o amava. Fazer com que seus últimos dias fossem felizes.

E o tempo todo esse prisioneiro imaginário tinha sido seu verdadeiro sequestrador?

A Srta. Mauvais, Cass sabia, havia transformado-o de algum jeito quando ele era um menino.

O voltado contra o próprio irmão. O transformado no que era hoje.

Mas isso não o eximia de culpa. Isso não era desculpa para sequestro — ou assassinato.

E pensar que Pietro havia passado a vida inteira procurando por um irmão que não era nada além de um traidor!

Cass sentia-se traída. Pessoalmente traída.

Max Ernesto concordava que o Dr. L merecia a pior espécie de punição. Mas ele deu tantas ideias para possíveis punições que

Cass teve que implorar para que parasse com isso e pensasse em maneiras de escapar.

Infelizmente, a segunda coisa era muito mais difícil que a primeira.

Nas duas horas e meia desde que o Dr. L havia sido informado de que "tinha que ser esta noite" (fosse o que fosse), o spa tinha avivado com tanta atividade.

A luminária no topo da pirâmide, antes fraca, agora piscava intermitentemente, inundando o spa com luzes, e claramente transmitindo alguma espécie de mensagem — apesar da mensagem não ser código Morse, Cass e Max Ernesto tinham certeza.

Através da janela do quarto de Cass, avistavam os altos portões da frente do spa. Eles observaram os portões abrirem algumas vezes, recebendo novos hóspedes atraídos pela luminária do Sol da Meia-Noite, como mariposas são atraídas por uma chama. Até agora já havia tido cerca de 40 novas chegadas, quase dobrando a população do spa, e preenchendo os arredores do jardim que cercava a pirâmide com uma espécie de festa estranha e não muito alegre.

À distância era difícil dizer se os novos hóspedes tinham alguma coisa em comum — além de aparentarem virem de lugares distantes, tempos distantes, ou ambos. Um homem usava uma cartola e um colete, e outro trajava um turbante árabe. Uma mulher entrou com um quimono antigo, e a outra com um sári. Alguns dos convidados chegaram em carros tão velhos que pareciam velhas carruagens. Outros chegaram cavalgando.

O que Cass e Max Ernesto poderiam afirmar era: fosse o que fosse acontecer naquela noite, era um evento há muito aguardado por estas pessoas. Alguns deles estavam tão desesperados para entrar na pirâmide que ficaram na ponta do fosso como se estivessem prontos para caminhar sobre a água.

A Srta. Mauvais, mais brilhante do que nunca, circulava entre os convidados como uma perfeita anfitriã — acenando, cumprimentando, gesticulando. Ela parecia estar implorando pela indulgência deles, agitando a impaciência de todos em um frenesi.

Finalmente, as grandes portas de bronze da base da pirâmide se abriram e a estreita ponte levadiça desceu sobre a água. Quando a multidão se aglomerou em direção à ponte, Cass teve uma visão melhor dos convidados, e notou que eles compartilhavam mais um traço perturbador:

— Ei, você está vendo aquilo... — ela disse a Max Ernesto.

— O quê?

— Estão todos de luvas.

Do outro lado da janela, de costas para Cass e Max Ernesto, Daisy e Owen assistiam a mesma cena. Cass estava tentando chamar a atenção de Owen há horas, esperando que ele pudesse ter alguma compaixão por sua súplica — que ela não tivesse apenas imaginado aquela faísca de amizade entre eles.

Agora que a atenção de Daisy estava focada na pirâmide, Cass tentou se comunicar com Owen novamente. Mas ele se recusou a prestar qualquer atenção a ela — apesar de, ela tinha certeza, ele conseguir enxergá-la com o canto do olho.

— Ele é tão ruim quanto o resto — resmungou Cass. — Eu não sei por que achei que ele fosse bonzinho.

Ela parou de falar para conseguir ouvir a conversa que estava acontecendo lá fora.

— A noite mais importante do ano — dizia Daisy —, talvez a noite mais importante das nossas vidas, e estamos presos aqui fora.

— P-pode ir, eu vigio as c-crianças — disse Owen.

— Mesmo?

— Claro. Um de nós dois deveria v-ver o q-que está acontecendo.

— Eu não sei...

— Oras, v-vá. Fique no f-fundo. Ninguém vai te ver. E eu não vou c-contar para ninguém.

— Tudo bem. Só por um instante. Mas eu volto antes de acabarem. E obrigada...

Assim que Daisy saiu, Owen entrou no quarto. Cass se recusou a prestar atenção a ele.

— Cara, hora de fugir — disse Owen. — Tem um telefone em uma velha cabine de guardas florestais a cinco quilômetros e meio daqui. Mas vocês têm que ficar longe da estrada até lá. Assim que Daisy voltar, eles vão atrás de vocês.

Cass encarou Owen confusa. Era como se fosse outra pessoa que tivesse entrado ali. Seu mordomo tinha passado de gago a surfista em 60 segundos.

— Quem é você? — ela perguntou. — Você é um espião ou coisa parecida?

— Ou coisa parecida. Aqui, me amarrem com isso, para eles não pensarem que eu os ajudei a fugir.

Ele entregou-lhes um longo pedaço de cabo telefônico (Cass estava feliz em ver a mão dele, a mão de um jovem, agora sem luva).

— Uau, eu nunca conheci um espião antes — disse Max Ernesto. — Mas eu sabia que eles existiam. Bem, eu não sabia mesmo...

— Apenas me amarrem e corram — disse Owen. — Do jeito que está diria que as chances são de dez por cento. Esperem ainda mais e vocês dois já eram!

Cass e Max Ernesto pegaram as respectivas mochilas. Já estavam prontas para uma fuga.

Mas Cass não estava muito preparada para seguir o plano de Owen.

— Não podemos ir ainda — disse Cass, enquanto ela e Max Ernesto começaram a enrolar a corda em torno de Owen. — Você sabe, o menino, Benjamin Blake, ele está na pirâmide, não está? Vão matá-lo, não vão?

Owen não disse nada. Ele não precisava.

— Ele é da nossa escola — disse Cass.

— E daí? Assim sobra mais leite para vocês dois.

Cass não sabia se ele estava falando sério.

— Foi por causa dele que viemos — ela disse.

— Bem, foi por causa dele que *ela* veio. *Eu* vim por causa dela — corrigiu Max Ernesto, olhando para Cass. — De qualquer forma ela tem razão, temos que salvá-lo — acrescentou rapidamente.

Owen zombou.

— Caiam na real. Vocês são crianças e têm umas cem pessoas lá dentro. E esses caras... eles são tão assustadores que vocês nem imaginam.

— Acho que imaginamos sim — disse Max Ernesto. — Sabemos sobre as lobotomias e tudo mais

— Cara, se eles te pegarem, você vai *desejar* que façam uma lobotomia.

Cass pegou um cachecol.

— Temos que te amarrar com isso?

Owen fez que sim com a cabeça. E antes que pudesse dizer mais alguma coisa, ela o amarrou.

— Obrigada, Owen.

— É, obrigado... cara — disse Max Ernesto.

Owen resmungou frustrado. As crianças tinham feito um trabalho tão bom amarrando-o que ele não conseguiria pará-los.

— A propósito — disse Cass, enquanto saía —, sua linguagem de surfista tem que melhorar. A gagueira parecia mais real.

O spa estava vazio; todos estavam dentro da pirâmide.

Mesmo assim, Cass e Max Ernesto tentaram não fazer barulho enquanto entravam no salão dos espelhos que era o escritório da Srta. Mauvais. Era melhor garantir.

Max Ernesto fez que sim com a cabeça — e centenas de reflexos fizeram o mesmo movimento. Ele e Cass começaram a andar pelo perímetro da sala — ele no sentido horário, e ela no anti-horário — examinando as pontas de todos os espelhos, até se encontrarem no meio da parede oposta à porta do escritório.

Max Ernesto encarou o espelho à frente deles.

— Quer parar de olhar para as minhas orelhas — disse Cass, que também não estava conseguindo evitá-las. — Eu não vou cortá-las, não me importa o que digam!

— Eu nem estava olhando para as suas orelhas. Eu só estava pensando... a pirâmide não é por aqui?

— É, acho que sim.

— Bem, você não ia querer uma janela aqui, para avistá-la? Quero dizer, a não ser que tivesse alguma coisa atrás do espelho...

Cass empurrou o espelho — ele abriu imediatamente.

Houve um flash de cabelos louros...

Ambos ficaram de queixos caídos — *Srta. Mauvais*!

Não, eles viram quando olharam outra vez: era só uma peruca na cabeça de um manequim.

— Deve ser uma reserva — disse Cass, ofegante.

— Ela usa peruca? — disse Max Ernesto, quase decepcionado.

— É, provavelmente um nariz falso também — disse Cass, quase feliz.

Cass fechou o painel e tentou abrir o próximo. Atrás dele havia um arquivo, igual aos que costumavam ter em um consultório médico no século passado.

No topo do arquivo estava...

— Eu *sabia* que eles tinham roubado — disse Cass.

A Sinfonia de Cheiros. Max Ernesto ia pegá-la, mas Cass o parou.

— É muito pesada. Vamos levar quando estivermos saindo.

— Tudo bem, mas você não quer espiar aqui...? — disse ele, apontando para o arquivo.

Antes que ela pudesse fechar o segundo painel, Max Ernesto abriu uma das gavetas e começou a remexer os arquivos.

— Veja: os irmãos Bergamo.

Ele pegou o arquivo e abriu em suas mãos. Velhos recortes de jornal caíram, mostrando Pietro e Luciano se apresentando no circo quando crianças.

Rapidamente, Cass e Max Ernesto remexeram o resto dos arquivos na gaveta. Havia mais ou menos uns 12, cada um contendo informações sobre uma criança diferente. Todos eram prodígios de alguma espécie: músicos, artistas, poetas, matemáticos, e alguns tinham nascido há 150 anos. Um dos arquivos tinha uma foto de uma linda menina chinesa tocando violino. Cass e Max Ernesto olharam tristes para aquilo, lembrando da menina descrita no caderno de Pietro. Anexadas às fotos e aos recortes de jornal, havia fichas detalhadas que descreviam as condições de saúde das crianças; quase todas acabavam com a palavra *falecido* ao lado de uma data.

— Você acha que ela matou todas elas? — perguntou Max Ernesto. — Por que será que não matou Luciano?

— Eu não sei, talvez gostasse muito dele. E depois ficou velho demais, ou qualquer outra coisa. Ou talvez ela quisesse um colaborador... Vamos, não temos tempo — disse Cass, fechando a gaveta. — Quem sabe o que eles estão fazendo com Benjamin lá dentro!

O painel seguinte era uma porta.

Atravessando-o, Cass e Max Ernesto se encontraram em uma pequena biblioteca que parecia um cofre, entupida de livros — pilhas e pilhas de livros — todos eles, dava para perceber no primeiro olhar, raros e de valor inestimável. Alguns eram decorados com joias, outros forrados com bronze e amarrados com faixas de couro. Alguns pareciam tão velhos que virariam poeira se alguém encostasse neles. Era como entrar em uma sala de tesouro cheia de livros e guardada por bibliotecários piratas.

Enquanto Cass procurava corredores e portas secretas, Max Ernesto não conseguia tirar os olhos dos livros; ele começou a analisá-los, quase contra a própria vontade. Enquanto muitos tinham capas de beleza incomensurável, os interiores continham verdadeiros horrores. Até a inspeção mais casual revelava criaturas tenebrosas, como homens com duas cabeças e dragões com três, mulheres com asas de morcego e monstros nascidos em vasilhas de vidro. Havia planetas em chamas e oceanos tempestuosos. Havia mapas antigos de lugares onde você nunca deve ir. Instruções para experimentos que você nunca deve realizar. E senhas de códigos secretos que deveriam ser esquecidos.

— Ei, Cass — sussurrou Max Ernesto por cima do ombro. — Você já ouviu falar em alquimia?

— Claro, é coisa de magia — respondeu Cass, do outro lado da sala.

— É, mas também existem alquimistas de verdade. Pelo menos havia pessoas que realmente tentaram. Ouça isso... — disse Max Ernesto. — *Alquimia diz que toda a vida é feita de Uma Coisa. Tradicionalmente, esta coisa é chamada de Pedra Filosofal, apesar de não ser exatamente uma pedra, e sim uma fórmula secreta. Se conseguissem encontrá-la, os alquimistas acreditam que poderiam transformar chumbo em ouro, e se tornariam imortais.* Não parece com aquilo que o Dr. L estava falando? Lembra, "a Verdadeira Ciência", onde tudo é uma coisa só?

— É, talvez — disse Cass, que não estava ouvindo de verdade. — Mas venha olhar isso aqui...

Ok, tenho uma confissão a fazer.

Max Ernesto não leu esta passagem em voz alta. Ele viu uma referência sobre alquimia em um livro, perguntou a Cass se ela sabia o que era, depois guardou o livro. Estas palavras descrevendo a alquimia eu mesmo escrevi. Você não vai encontrá-las em lugar nenhum, certamente não em um livro com joias cravejadas na capa em uma biblioteca perto de uma pirâmide.

A questão era que eu não sabia como inserir a informação, e você vai precisar dela para entender as próximas páginas.

Além disso, devo admitir, passei a gostar um pouco — um pouquinho — de você. E como é aquela expressão — quem avisa amigo é? Afinal de contas, entender o que está acontecendo em um livro é uma coisa, conseguir sobreviver a isso é outra.

Veja bem, o spa da Srta. Mauvais não é realmente um spa — ou não é somente um spa. Foi a casa de um dos mais antigos e poderosos, e certamente do mais sinistro grupo de alquimistas no mundo — eles que se autointitulam os Mestres do Sol da Meia-Noite.* E apesar de ainda não terem descoberto o Segredo, tinham diversos outros segredos — e alguns muito perigosos.

Se ao menos Cass e Max Ernesto tivessem a mesma vantagem que estou oferecendo a você! Eles poderiam ter aceitado o conselho de Owen e fugido enquanto tinham chance, ao invés de bancarem os heróis — quero dizer, tolamente, sem se preocuparem com segurança ou senso comum.

Você, imagino, não vai cometer o mesmo erro.

Agora, voltando à história:

— Tenho certeza de que leva até a pirâmide; tem que levar — disse Cass enquanto Max Ernesto se juntava a ela no fundo da biblioteca.

* Dito isso, nem todos os alquimistas são loucos ou criminosos. A química começou com a alquimia. A psicologia também. Isaac Newton — o homem que descobriu a gravidade — era um alquimista. Assim como o homem que inventou a medicina moderna. Na próxima vez que for fazer um check-up, pergunte ao médico ou à médica se eles acreditam em alquimia. Se a resposta for "não", diga que precisam mudar de profissão!

Ela estava na frente de uma porta de bronze marcada com hieróglifos egípcios...

Pensando bem, vamos dar um intervalo. Não sei quanto a você, mas eu estou precisando de um.

CAPÍTULO VINTE E OITO

DENTRO DA PIRÂMIDE PARTE II

— Tenho certeza de que leva até a pirâmide; tem que levar — disse Cass enquanto Max Ernesto se juntava a ela no fundo da biblioteca.

Ela estava na frente de uma porta de bronze marcada com hieróglifos egípcios. A porta não era escondida e nem secreta, mas era bem menor do que uma porta normal, e estava parcialmente bloqueada por livros. Parecia a porta de um cofre, ou talvez uma tumba — uma porta feita para manter as pessoas afastadas, impedi-las de entrar.

Exatamente no centro da porta havia um teclado cercado de letras do alfabeto: uma combinação de acesso.

— Deve haver uma senha secreta — ela disse. — Mas como vamos descobrir?

— Talvez tenha uma pista em algum lugar...

— Claro, se soubéssemos ler hieróglifos. — Cass já estava começando a se sentir desestimulada.

— Você consegue ler em inglês?

Max Ernesto apontou...

Ao redor dos hieróglifos, misturado às flores e escarabeus e diversos desenhos egípcios não identificados, havia palavras escritas não em egípcio antigo, mas em inglês.

Quando você as juntava, elas diziam:

COMO COMEÇA THERMOS?
E SE VOCÊ APAGASSE O FIM,
E O SUBSTITUÍSSE PELO CENTRO DO SOL?
AGORA ACABE COMO COMEÇOU.
POIS SEU NOME É UM ESPELHO. E VOCÊ
É O REFLEXO DE TODOS NÓS.

— É uma espécie de enigma, não é? — perguntou Cass, inclinando a cabeça para se certificar de que tinha lido tudo. — Como o Enigma da Esfinge?

Max Ernesto não disse nada. Ele estava com o rosto franzido de tanta concentração.

— Você acha que se decifrarmos teremos a combinação?

— Acho! Deixe-me pensar — disse Max Ernesto, irritado.

— Bem, é melhor se apressar, porque Benjamin Blake...

— Eu sei!

— *Como começa thermos*? — Cass leu em voz alta. — temperatura?

— Me deixa...

— Está vendo como é quando a outra pessoa fica... Bem, descobriu?

De repente, Max Ernesto estava sorrindo.

— Só a primeira parte, o truque mais velho do mundo.

— Certo, qual é?

— *Th*

— Th? "th"o quê?

— Só *th*. As primeiras letras de "Thermor": th.

— Não pode ser tão simples.

— Muitos enigmas são assim. Eu sei, já li mais de dez mil.

— Tudo bem, se você está dizendo — disse Cass, incerta. — Qual é a próxima parte? Substituir pelo centro do sol? Como alguém chega ao centro do sol? Talvez o Dr. L e a Srta. Mauvais...

— Eu não sei, se for como a primeira parte, é ligado às palavras, não ao significado.

— Então o que é? Benjamin pode estar morrendo agora! E eu não acho que ninguém vá substituí-lo por alegria!

— Eu sei, eu sei. Preciso pensar...

— Bem, pense rápido.

Max Ernesto cobriu as orelhas para não ter que ouvi-la — depois as retirou imediatamente.

— Espera, descobri, pelo menos acho que descobri. Acho que é O.

— Como assim?

— O *centro do sol*. A letra O, no meio da palavra sol.

— São as letras? Como você descobriu isso?

— Existem muitos enigmas com letras. Como, porque EL são as letras mais frias: Porque ficam no meio de *gelo*. Entendeu? EL são...

— Tudo bem, tudo bem, entendi. É um enigma bem tolo. Não perca a concentração! Então temos Tho?

Max Ernesto fez que sim com a cabeça.

— *Agora acabe como começou...* — ele leu.

— Começa outra vez com *tho*, talvez?

— Quer me deixar... na verdade, acho que é isso mesmo — disse Max Ernesto.

— Acha? Então temos T-H-O-T-H-O? Isso não é uma palavra.

— Vamos tentar assim mesmo.

Eles tentaram a combinação duas vezes, primeiro começando pelo lado direito, depois pelo esquerdo. Não funcionou de nenhum dos jeitos.

— Ah, espere, dã — disse Max Ernesto. — Esquecemos a última linha. "*Pois seu nome é um espelho e você é o reflexo de todos nós.*"

Ele voltou à sua pose de pensador, cobrindo as orelhas com as mãos outra vez. Cass batucou ansiosa. Ela estava tentando deixá-lo pensar, mas era muito difícil.

— Ei, Max Ernesto, como se chamava? Lembra daquela escrita do espelho que você falou?

— Palíndromos — disse ele, sem descobrir as orelhas.

— É, que tal isso aí?

— Pode ser — disse Max Ernesto, resmungando para si mesmo. — Vejamos, se for um palíndromo, não teria o H no fim, ainda faria sentido com o começo da primeira parte... Acho que então seria T-H-O-H-T, que soa estranho, mas...

Mas esta combinação também não funcionou.

Cass resmungou.

— Nós nunca vamos adivinhar. Será que tem outro acesso à pirâmide? Qual?! Responda! Responda! Você pensou em mais alguma coisa?

Max Ernesto estava olhando fixamente para a porta.

— Você está vendo aquele hieróglifo no meio? Aquele homem com cabeça de pássaro? Estava lembrando que o vi em um dos livros de alquimia.

— E isso nos ajuda como? — perguntou Cass, decepcionada.

Enquanto Cass esperava pacientemente, Max Ernesto pegou um dos livros que havia examinado anteriormente.

— É, ele está bem aqui — disse Max Ernesto, lendo rapidamente (desta vez ele estava lendo mesmo!). — Diz que ele é o deus egípcio da sabedoria e da magia e o inventor da escrita. Também o guardião dos registros dos mortos. Frequentemente retratado com a cabeça de um íbis, deve ser a cabeça do pássaro na porta. Os alquimistas acreditavam que havia reencarnado como Hermes Tris-me-g, deixa para lá, não sei pronunciar, mas era o pai da alquimia, que tal isso?

— Fascinante — disse Cass.

Max Ernesto sorriu.

— Adivinha qual é o nome do deus? É Thoth! Essa é a senha, T-H-O-T-H. Thoth.

— Thoth? — repetiu Cass, animando-se.

— Thoth.

— Thoth?

— Thoth!

— Thoth, Thoth, Thoth, Thoth, Thoth! — Cass o imitou, rindo. Era impossível dizer sem se atrapalhar.

A porta abriu com um satisfatório *click*.

Eles estavam no alto de uma escadaria. Cass pôs o dedo nos lábios e Max Ernesto conseguiu, momentaneamente, não falar nada.

Em silêncio, eles desceram a escada, até se encontrarem em um corredor pouco iluminado — tão estreito que nossos amigos tiveram que andar um atrás do outro.

— Acho que estamos embaixo do fosso — sussurrou Max Ernesto.

Cass fez que sim com a cabeça, pensando nervosa no seu sonho com a pirâmide. Ela sentiu uma onda de claustrofobia se abater sobre ela.

Mas o corredor não era tão longo e nem tão ventoso quanto o do sonho. Ao invés disso, ele acabava subitamente em uma parede de pedra.

— Ah, ótimo — sussurrou Max Ernesto. — E agora?

Ele estava a ponto de dar meia-volta quando viu Cass em pé contra a porta, olhando através de um buraco de espionagem em uma portinhola escondida. Ele a empurrou e se pôs ao seu lado — quase encostado — para que pudesse enxergar também.

Do outro lado da parede havia uma enorme sala: o interior da pirâmide.

CAPÍTULO VINTE E NOVE

PUNÇÃO PELO NARIZ

VISÃO/OLFATO/AUDIÇÃO/PALADAR

O buraco na porta não permitia que enxergasse a totalidade da sala de primeira, mas mudando de ângulos eles podiam montá-la mentalmente como uma colagem.

O chão era revestido por uma pedra translúcida da cor de um oceano tropical e se estendia longamente em mais direções do que se possa imaginar. As paredes, que eram cobertas por chumbo dourado, alongavam-se até o topo da pirâmide, onde uma abertura permitia a entrada de luz da luminária do Sol da Meia-Noite. Um altar montado encontrava-se no centro da sala, e em cima dele havia uma grande vasilha de ferro (menor do que um fusca, mas maior do que um caldeirão de bruxa) em que uma chama queimava com o mesmo fogo da luminária acima.

A plateia cercava o altar por todos os lados, criando uma espécie de teatro redondo. Retorcendo-se nos assentos, olhavam para o fogo com uma espécie de sede, como animais em um deserto perseguindo um oásis. Entre eles havia diversas pessoas que Cass reconhecia como hóspedes do spa — todos integrantes, ao que parecia, deste antigo culto alquímico.

Apesar de não conseguirem enxergá-la, Cass e Max Ernesto ouviam a voz gelada da Srta. Mauvais ecoando até o corredor onde estavam. A pirâmide tinha a acústica de uma grande arena internacional de shows. A Srta. Mauvais, no entanto, não estava apresentando um show. Longe disso.

— Eu sei o quão ansiosos estamos para começar — dizia ela. — Mas acho que temos alguns aniversários para celebrar esta noite.

Ficando nas pontas dos pés, Cass e Max Ernesto descobriram que podiam enxergar a Srta. Mauvais em cima do altar ao lado do fogo. Ela vestia dourado, como sempre, mas agora estava usando o que parecia uma toga egípcia, e seus olhos maquiados com pintura oriental preta. Ela parecia Cleópatra.

— Roxana, querida, levante-se, por favor, para podermos ver seu belo rosto?

Uma jovem mulher — pelo menos ao que parecia, não muito mais velha do que uma menina — se levantou e sorriu de forma tímida para o resto da plateia.

— Quantos anos está completando hoje, 97? Tão jovem ainda! Olhem para ela, não parece ser mais que uma adolescente!

Todos aplaudiram educadamente — e ela enrubesceu. Depois sentaram.

— Agora, Itamar, querido, onde você está? — perguntou a Srta. Mauvais, olhando para a plateia. — Será que você pode convocar seus velhos hábitos de estudante e se levantar?

Um velho se levantou com a ajuda de uma bengala. Ele era pálido como um fantasma e quase não tinha expressão, com se emoções humanas exigissem muito esforço de sua parte. Mas seus olhos eram vivos e observadores; trajava um terno preto riscado, feito sob medida de forma tão impecável que parecia por si só segurar sua figura esquelética.

— Hoje Itamar completa 489 anos! Vocês podem acreditar? Nosso próprio homem do Renascimento. Faça uma reverência, Itamar.

Os aplausos foram mais vigorosos desta vez. Itamar curvou-se — quase imperceptivelmente — e depois se sentou novamente.

— Todos vocês, todos vocês de alma corajosa são testemunhas do nosso sucesso. A cada ano nossos elixires se tornam mais fortes e nossas vidas mais longas. E mesmo assim... — o tom da Srta. Mauvais se tornou mais sombrio. — E mesmo assim, precisamos encarar, o maior de todos os triunfos nos escapou. Chamamos-nos de Mestres do Sol da Meia-Noite, mas ainda perseguimos o sol! Não vencemos... — seus olhos acenderam e ela proclamou com um floreio de braços — ainda!

No corredor, Max Ernesto balançava a cabeça.

— Não é possível. Simplesmente não é. Quero dizer, 150 talvez...

— Você viu a mão dela! — sussurrou Cass.

— Sim, mas as pessoas saberiam. Estaria escrito nos livros.

— Shhh...

A plateia havia se aquietado — o Dr. L estava assumindo o lugar do outro lado do fogo. Era por isso que todos esperavam.

— Para um bebê, não existem cinco sentidos, apenas um — anunciou o Dr. L em tom que era metade médico, metade padre. — O mundo é uma bagunça de visões, sons, cheiros, gostos e toque — e talvez de sentidos que nem saibamos. Na medida em que o bebê cresce, os sentidos se separam e esquecem que costumavam cantar a mesma música.

Enquanto falava, o Dr. L examinava a plateia, medindo as reações, certificando-se de que tinha a total atenção de todos; era como se ainda fosse o artista de circo da infância. E mesmo assim seu traje branco era mais adequado a um ritual de sacrifício do que a um truque de mágica.

— Pensamos este mundo adulto como "realidade". Mas e se for justamente a realidade o que se perdeu? E se o mundo real fosse o mundo do bebê, um mundo onde tudo e todos se interconectassem? — O Dr. L fez uma pausa dramática, em seguida acenou para um ponto atrás do fogo. — Existem alguns, como este menino aqui, que se mantêm presos a este mundo, o verdadeiro mundo real, durante a vida inteira.

Max Ernesto abriu a boca — e Cass cobriu seus lábios com a própria mão.

O Dr. L havia chegado para o lado, permitindo que o fogo iluminasse seu jovem paciente. Benjamin estava preso a um instrumento estranho e elaborado que combinava os aspectos mais sádicos de uma cadeira de dentista, e os mais letais de uma cadeira elétrica. A cabeça careca do menino estava presa em um ângulo estranho, e seus olhos tremiam sem parar. Um enorme labirinto de vidro o cercava como uma longa sonda.

Ele parecia estar dormindo — mas não parecia descansar nem um pouco.

— Estas pessoas de sorte experimentam a vida como um arco-íris de sensações chamado sinestesia — continuou o Dr. L. — Seus cérebros são verdadeiros tesouros vivos, pois guardam a chave para o Segredo que há tanto perseguimos.

Como que ilustrando as palavras do Dr. L, Benjamin tremia violentamente na cadeira. No corredor, Cass e Max Ernesto observavam, hipnotizados: era fácil imaginar que o cérebro de Benjamin estava vendo coisas indescritíveis.

— Durante séculos, nós, nós os seguidores da Verdadeira Ciência, procuramos a Pedra Filosofal, como é chamada, derretendo metais ou cavando o chão. Procuramos em todos os lugares, exceto no único em que poderíamos ter encontrado: na mente do próprio filósofo.

Dr. L segurou um palito. Era longo e fino, e curvado na ponta. Parecia muito antigo.

— Com este junco os egípcios aspiravam os órgãos internos dos mortos. Vamos utilizá-lo da mesma maneira, apesar de que, hoje não faremos uma múmia. Bem, não exatamente.

A plateia riu levemente, como se ele estivesse descrevendo um prato exótico, porém delicioso.

— Primeiramente, entraremos pelos seios da face, aqui... depois viajaremos para cima para extrair o líquido cérebro-espinhal do sistema ventricular do paciente, aqui...

O Dr. L encostou nas narinas de Benjamin, depois tracejou uma linha para cima e ao redor da parte de trás da cabeça dele. Inconscientemente, Max Ernesto encostou na própria cabeça; o Dr. L, ele se lembrou, tinha tido planos semelhantes para ele.

— Essencialmente, uma punção pelo nariz — resumiu o Dr. L. — Para este menino, temo que a morte cerebral seja praticamente um fato. Mas é um preço que vale a pena ser pago, acredito. Pois o que nós teremos em retorno é nada menos do que a própria vida. Vida eterna.

Ao dizer estas palavras, ele puxou um pequeno tubo de ensaio do bolso, e despejou o conteúdo no fogo ao lado. A chama cresceu, brilhante e amarela — e de repente a pirâmide se encheu com o cheiro de enxofre.

— Vida eterna — repetiu o Dr. L.

— Cass — sussurrou Max Ernesto.

— Shhh. Estou pensando.

— Mas...

— Estou tentando pensar em uma maneira de salvarmos Benjamin. Vão sugar o cérebro dele a qualquer momento!

— Eu sei...

— Então me deixe pensar! Lembra de como eu deixei...

— Eu só ia dizer que aquele frasco... parece que ele retirou da Sinfonia de Cheiros.

— É isso!

— O quê?

— É assim que vamos salvá-lo. Venha, vamos por ali... — ela apontou para o topo aberto da pirâmide.

Max Ernesto ficou olhando.

— Lá em cima? Como?

— Pelo lado de fora, agora venha comigo! — disse Cass, já retomando o caminho de volta.

Quando chegaram à sala da Srta. Mauvais, Cass parou para retirar a Sinfonia de Cheiros do armário.

— Achei que você tivesse dito que era muito pesada — disse Max Ernesto.

— É para o meu plano.

Estavam prestes a sair da sala quando ouviram passos vindo em sua direção.

Colocando o dedo sobre os lábios, Cass fechou a porta da sala silenciosamente.

— Olá? Tem alguém aí? — chamou a voz de Daisy.

Eles se agacharam atrás da mesa da Srta. Mauvais, com o coração retumbando. Se Daisy entrasse, seriam pegos — com certeza.

— Srta. Mauvais? Dr.? — disse Daisy para a porta da sala. — Precisei buscar comida para aquelas crianças, já estou voltando. Não levarei mais que um segundo.

A grandalhona hesitou. Em seguida, ao não ouvir nada, continuou andando.

Cass e Max Ernesto suspiraram aliviados.

— Acho que ela estava com medo de se encrencar — sussurrou Cass, reprimindo o que teria sido uma risadinha em circunstâncias mais calmas.

Um instante mais tarde, estavam na frente do fosso. A ponte levadiça tinha sido erguida.

— Ah, não — disse Max Ernesto. — O que vamos fazer agora?

— Isso... — disse Cass, empurrando-o no fosso.

— Mas eu não sei nadar...!

— Não precisa... viu, você está de pé!

— Estou?

A água só ia até a cintura. Mas isso não impediu Max Ernesto de reclamar que estava se afogando enquanto atravessavam.

— Vamos, depressa! — disse Cass. — Ele vai sofrer morte cerebral a qualquer momento!

Quando chegaram ao outro lado, começaram a subir na pirâmide sem pararem para se secar.

Os degraus de tijolos eram grandes e escorregadios, e às vezes Cass e Max Ernesto tinham que usar as mãos para subir. Mas de algum jeito levaram menos tempo do que costumamos para subir as escadas das nossas casas.

— Então, qual é o plano? — perguntou Max Ernesto, ofegando, quando chegaram ao topo.

CAPÍTULO TRINTA

UMA MENSAGEM DE CIMA

Como você já viu — ou ouviu, depende de como queira colocar — a acústica da pirâmide era especialmente boa. Este era um daqueles lugares em que você não quer fazer nenhum barulho embaraçoso. Não estou nem falando de tosse ou espirro — mesmo o menor "isso foi o café da manhã ou o almoço" arroto, ou o mais discreto "ninguém vai saber que fui eu" pum podia ser escutado do outro lado da sala.

O que me traz — mesmo que por um caminho não muito agradável — ao meu argumento.

O interior da pirâmide era um lugar onde não só *sons* reverberavam, mas também um espaço onde *cheiros* o faziam. Com tantas pessoas em um único cômodo, ventilado somente pelo topo, o ar se tornava um pouco, bem, úmido.

O cheiro de enxofre — aquele velho fedor de *ovos podres* — ainda pairava no ar quando a Srta. Mauvais se colocou em frente ao fogo e ergueu os braços, suas longas mangas penduradas como asas douradas. Ela parecia falar com o céu quando gritou:

— Hermes Três Vezes Grande, ouvi-me!

Com toda a plateia fixando a atenção nela, poucas pessoas notaram o pequeno objeto — um frasco de vidro — que caiu do nada, como que em resposta às palavras da Srta. Mauvais. E poucos outros perceberam a pequena chama violeta que se ergueu quando o frasco aterrissou no fogo.

Mas quase todos notaram o doce cheiro floral que inundou a sala. Quase todos olharam para os vizinhos de forma acusatória, como se alguém estivesse usando um perfume particularmente forte.

O Dr. L, que estava inclinado sobre Benjamin, preparando as narinas do menino para o procedimento, levantou brevemente a cabeça e respirou fundo. Em seguida voltou novamente o foco a Benjamin, presumivelmente chegando à mesma conclusão.

A Srta. Mauvais pareceu não notar o cheiro.

— Os egípcios o chamavam Thoth. Os gregos o chamavam Hermes. Os romanos o chamavam Mercúrio — entoava, com os braços erguidos em sinal de súplica.

O próximo frasco a cair do céu — um número maior de pessoas percebeu este — provocou uma chama verde clara quando caiu no fogo. Preencheu a sala com um odor leve de ervas, singelamente medicinal que, se você já tiver tido muitos resfriados, reconheceria como equinácea.

Novamente, o Dr. L levantou a cabeça, mas desta vez ele a segurou erguida um pouco mais e inalou pensativamente. Em seguida ele tentou espantar alguma fantasia sombria e começou a cutucar o nariz de Benjamin com o palito. Ele estava prestes a iniciar o procedimento.

A Srta. Mauvais gaguejou brevemente antes de prosseguir.

— Hermes Trismegistus, invocamo-lo agora. Revelai enfim vosso Segredo!

Quando o terceiro frasco caiu, diversas pessoas apontaram para ele — as atenções ignoravam completamente o altar. Quando uma chama azul escura ergueu-se do fogo, toda a sala exclamou. E, enquanto a fumaça curvilínea preta preencheu o ambiente com o cheiro de licopódio, todos inalaram em união.

Em seguida começaram a aplaudir. Era tudo parte do show do Dr. L. Ou foi isso que pensaram.

O Dr. L também havia afastado a atenção da operação iminente. Mas não estava aplaudindo. Ele parecia espantado, quase nauseado, como se tivesse acabado de receber uma péssima notícia.

— O que está acontecendo? — perguntou ansiosa a Srta. Mauvais. — Quem está fazendo isso?

Do topo da pirâmide, Max Ernesto olhou animado para Cass.

— Está funcionando! Que tal isso? Agora podemos fazer o *P*!

— Não estou vendo...

— Era Pasta de amendoim, lembra, H-E-L-P. Heliotrópio. Equinácea. Licopódio. Pasta de amendoim.

— Eu sei que era Pasta de amendoim. Mas não está aqui. Deveria estar no número 20.

Ela mostrou o estojo aberto da Sinfonia de Cheiros e apontou para o ponto vazio. Max Ernesto logo começou a pegar todos os frascos e ler os rótulos.

— Tem que estar aqui. Tem que estar...

— Ah, espere! — disse Cass. Ela abriu a mochila, enfiando o braço, tentando alcançar a parte mais profunda e puxou um saquinho cheio de frutas secas, castanhas, chocolate etc. esmagado. Dentro havia cinco gotinhas velhas sabor pasta de amendoim. Cass mostrou-as a Max Ernesto.

— Acha que vão funcionar?

— Não sei, não parecem grande coisa. Que tal misturá-las a um dos outros? — ele olhou os frascos e pegou um. — Esse aqui. Sabor manteiga.

— Experimente.

— Eu?

Cass fez que sim com a cabeça.

Ele enfiou as gotinhas no frasco, depois o segurou por cima da abertura.

— Lá vai. Ah, não!

No nervosismo, soltou um pouco antes do que pretendia.

O frasco desviou para o lado e parecia que ia errar o fogo completamente.

No último segundo, atingiu a ponta da vasilha e caiu no fogo.

Cass e Max Ernesto esperaram sem conseguir respirar até uma pequena chama amarelada emergir. Logo o cheiro de pasta de amendoim foi liberado, não tão forte quanto os outros, mas forte o suficiente para chegar até eles.

Nossos dois amigos respiraram aliviados.

Lá embaixo, o Dr. L cambaleou como se tivesse levado um tiro.

— *Pietro! Fratello mio! Venga qua!* — ele gritou. — *Quanto tempo devo aspettare?* Onde está você? Fale comigo!

Completamente agitado, ele rodou pelo altar, em seguida olhou em direção à abertura no topo da pirâmide.

Cass e Max Ernesto abaixaram a cabeça, saindo do campo de visão.

— Você acha que ele nos viu? — perguntou Max Ernesto, entrando em pânico.

— Não. Ele acha que somos o irmão dele. Com certeza.

Como se quisesse destacar o argumento de Cass, o Dr. L gritou novamente o nome do irmão.

— *Pietro! Pietro!*

— É ele mesmo? Você tem certeza? — perguntou a Srta. Mauvais, quase tão perturbada quanto o Dr. L. — Será que ele pode ter sobrevivido?

O Dr. L não respondeu. Ele correu para fora do altar — e para fora da sala.

— Por favor, fiquem calmos. Está tudo bem. Nós voltaremos num instante — a Srta. Mauvais disse à sua plateia. Em seguida correu atrás dele.

— Vamos. Temos que descer agora — disse Max Ernesto, prestes a descer a pirâmide.

— Sim. Mas não desse jeito.

Cass colocou a mão na mochila outra vez e retirou um rolo de corda. Trabalhando rápida e profissionalmente, ela enrolou a corda em torno de um dos suportes de aço da luminária e amarrou com dois nós, do jeito que o vovô Larry havia lhe ensinado uma vez.

Depois soltou a outra ponta da corda pela entrada. Balançou sobre o fogo, quase ao alcance da chama. Ela tentou não olhar.

Max Ernesto encarou, congelado.

— É o único jeito de chegarmos lá embaixo antes de nos alcançarem — disse Cass, com mais calma do que realmente estava sentindo.

Max Ernesto simplesmente balançou a cabeça.

— Vai ser fácil. É só balançar um pouquinho quando chegar ao fogo. Depois é só pular.

Ele balançou a cabeça outra vez.

— Tudo bem, pode ser capturado se quiser. Eu vou descer sozinha.

— Quer dizer sem mim?!

Sem responder, Cass começou a descer. Ela sabia que se hesitasse acabaria desistindo.

Pensando se deveria ou não segui-la, Max Ernesto olhou para a ponta da corda...

— Cass, pare! Olhe!

Cass olhou para baixo: a ponta da corda tinha sido atingida pelo fogo e, como um fusível, as chamas estavam avançando em direção a ela. A qualquer instante iriam alcançá-la, e ela cairia sofrendo uma morte trágica.

O mais estranho foi que Cass não entrou em pânico. Ou melhor, ela entrou em pânico, mas a parte dela que estava em pânico era como se fosse outra pessoa — uma criança gritando ao lado — enquanto ela pensava no que fazer. Ela era uma sobrevivóloga, fez questão de lembrar a si mesma; era para isso que treinava há tempos.

Cass tentou se lembrar do que tinha aprendido na aula de ginástica, sobre amarrar a corda em volta da perna, como um apoio — mas só conseguiu escorregar um pouco mais.

Então abandonou a técnica e seguiu os instintos.

Se você já tiver subido uma corda, sabe que é muito mais difícil do que descer por uma. Mas a possibilidade de ser queimada viva é um incentivo e tanto. Quando seus pés estavam começando a sentir o calor, ela subiu de volta ao topo e rolou para longe da abertura.

— Uau. Quase que você foi acrescentada à Sinfonia de Cheiros — disse Max Ernesto, que, pela cara, parecia que ele próprio tinha acabado de escapar da fogueira.

— Muito engraçado — disse Cass, caída de costas, e ainda ofegante.

Em seguida ela riu.

— Na verdade, até que foi engraçado. Maldoso. Mas engraçado.

— Sério? Foi engraçado?

— Foi.

— Então, quer dizer que eu fiz uma piada? — ele perguntou, começando a sorrir. — Que tal isso?

— É, e para isso eu quase precisei morrer — disse Cass, sentando-se novamente.*

Ela sorriu de volta para demonstrar que não estava chateada.

— A propósito, obrigada por salvar a minha vida.

— De nada — disse Max Ernesto, como se não fosse nada demais. Mas claro que era. Cass não agradecia com frequência.

— Eu não queria descer sem você, achei que fosse me seguir — acrescentou. — Mas eu não deveria ter ido mesmo assim. Quero dizer, somos colaboradores e tudo mais. Desculpe.

— Não se preocupe — disse Max Ernesto, como se isso também não tivesse importância. Mas claro que tinha. Cass se desculpava com menos frequência do que fazia agradecimentos.

Lá embaixo, o fogo havia se espalhado para as paredes da pirâmide. As pessoas estavam gritando e correndo para as saídas. Era um verdadeiro pandemônio.

— Certo, vamos descer — disse Cass. — Do seu jeito.

— Espere, e se o Dr. L estiver subindo?

* SÉRIO — É ISSO QUE FAZ DE UMA COISA ENGRAÇADA? A AMEAÇA DE MORTE? TALVEZ. MAS AQUI EU ACHO QUE TEM MAIS A VER COM O ENTENDIMENTO QUE EXISTE QUANDO DUAS PESSOAS PASSARAM PELA MESMA EXPERIÊNCIA — UMA EXPERIÊNCIA QUE NESTE CASO FOI MUITO PERIGOSA E ÚNICA. *POUCO PARA UM, IDEAL PARA DOIS, E DEMAIS PARA TRÊS* — ÀS VEZES COMPARTILHAR UMA PIADA É COMO DIVIDIR UM SEGREDO.

Eles espiaram o lado da pirâmide.

Obviamente, o Dr. L estava subindo os degraus de pedra, com a Srta. Mauvais logo atrás.

— *Pietro! Pietro!* — ele não parava de gritar.

Só havia uma coisa a fazer: descer pelo outro lado.

CAPÍTULO TRINTA E UM
FUMAÇA

Quando chegaram à base, a silhueta do Dr. L era visível no topo da pirâmide. Atrás dele, fumaça e fogo saíam pela entrada da pirâmide.

— Ei, parece que fizemos um vulcão, afinal — disse Max Ernesto, apontando para a pirâmide. — Talvez possamos entregar para ganharmos créditos extras. Que tal? — ele olhou para Cass para ver se ela ia rir desta piada também. Mas ela não tinha escutado.

Ela estava olhando para o Dr. L, que segurava algo nas mãos.

— Minha mochila!

— Você não pode se preocupar com isso agora, temos que correr — disse Max Ernesto. Se pararmos para pensar, a sugestão era bem razoável, dadas as circunstâncias.

— Mas a Sinfonia de Cheiros está lá!

— Vamos, temos que correr — repetiu Max Ernesto com um pouco mais de urgência.

— Eu sei, mas é que... ele vai saber que fomos nós!

— Vamos! — Max Ernesto repetiu novamente, dessa vez gritando.

— Tudo bem, tudo bem. Eles vão ouvir...

Cass e Max Ernesto correram pelo limite do fosso até chegarem à entrada da frente da pirâmide. As últimas pessoas ainda estavam saindo, e Cass e Max Ernesto tiveram que empurrá-los para conseguir entrar.

Até chegarem ao altar, a sala estava vazia.

A chama tinha subido a corda de Cass como se fosse um fio de vela gigante. O fogo agora estava ameaçando dominar toda a pirâmide. O cheiro de enxofre era tão forte que beirava o insuportável.

A comoção finalmente havia acordado Benjamin Blake. Ele olhava para as chamas à sua frente, a confusão e o terror eram evidentes em seu rosto.

— Ei, Ben. Tente relaxar, tudo bem? Vamos tirá-lo daqui — disse Cass, com a voz surpreendentemente calma.

Em resposta, ele resmungou alguma coisa que parecia uma pergunta, mas era completamente indecifrável.

Ou teria sido para qualquer um que não fosse Max Ernesto.

— Você está dentro de uma pirâmide — respondeu Max Ernesto enquanto começava a soltar os cintos que prendiam Benjamin à cadeira. — Não uma pirâmide de verdade, bem, tipo um uma pirâmide de verdade. Tem a forma de uma pirâmide de verdade, mas não é no Egito. E nem nos outros lugares onde existem pirâmides, como o México ou o Peru. Seja como for, a pirâmide está pegando fogo, conforme você pode ver, e há pessoas lá fora que querem sugar seu cérebro. Mas não se preocupe com isso, você vai ficar bem! — concluiu Max Ernesto com o tom mais tranquilizador que conseguiu.

Os últimos cintos caíram — e Benjamin caiu no chão. O que quer que o Dr. L tivesse feito com ele, havia deixado-o muito fraco.

Cass e Max Ernesto o levantaram com dificuldade. Quando conseguiram colocá-lo de pé, ele resmungou outra vez.

— O que ele está dizendo agora? — perguntou Cass.

— Eu não sei. Alguma coisa sobre sorvete de menta com chocolate?

— A gente compra sorvete depois, um montão — Cass disse a Benjamin. — Mas agora temos que andar, tudo bem? Depressa.

Eles metade puxavam, metade empurravam e metade carregavam Benjamin pelo chão (eu sei, são três metades, o que é impossível, mas tirá-lo dali também era).

Quando chegaram perto da entrada, Benjamin começou a resmungar outra vez e a balançar a cabeça.

— Ele disse que a gente tem que parar. Tem muita fumaça, não podemos passar pela porta — disse Max Ernesto.

— Mas o fogo é aqui dentro, não lá fora.

— Ele disse que não é *esse* tipo de fumaça. Fumaça cinza. A fumaça é... a *Srta. Mauvais*? É isso mesmo, Ben?

Benjamin fez que sim com a cabeça com toda a força que podia, dada sua condição.

Então ouviram a Srta. Mauvais gritando do lado de fora da pirâmide.

— Como você pode ter sido tão idiota? Cair num truque destes!

— Cale a boca! Ou vou matá-la também, logo depois daquelas crianças malditas! — o Dr. L gritou de volta.

As crianças foram direto à porta dos fundos da pirâmide.

Eles fecharam a porta assim que o Dr. L e a Srta. Mauvais entraram na sala.

Benjamin resmungou alguma coisa.

— Ele disse "ufa" — disse Max Ernesto.

— É, eu sei. Dessa vez eu entendi — disse Cass.

Através do buraco, eles observaram a Srta. Mauvais vasculhando a sala à procura deles. Atrás dela, o Dr. L agarrava a mochila de Cass como se fosse rasgá-la em pedacinhos.

— Vamos — disse Cass. — Antes que nos vejam!

* * *

Tossindo, as crianças correram pelo corredor esfumaçado. As luzes piscavam.

— Fiquem abaixados. Assim não respirarão muita fumaça — instruiu Cass.

Na biblioteca, os livros já estavam começando a queimar: pedacinhos de texto flutuavam para cima enquanto se transformavam em cinza. Retratos de monstros medievais eram devorados pelas chamas. E pedacinhos de asas de morcego em gravuras voavam através da fumaça. Tinha sido a melhor biblioteca do gênero para cá de Budapeste. Agora estaria destruída para sempre — e ninguém sequer parou para olhar.

Quando conseguiram levar Benjamin lá para fora, Cass e Max Ernesto estavam quase tão exaustos quanto ele.

Ao redor: caos.

Todo o complexo estava em chamas, e hóspedes em pânico corriam para todos os lados, ignorando os esforços dos funcionários para conduzi-los em uma única direção. Dois cavalos, agora sem cavaleiros, recuaram, depois dispararam pela fumaça.

— Por aqui — disse Cass em um sussurro alarmado. — Peguem minhas mãos para não nos separarmos — ela ofereceu uma mão a Benjamin e outra a Max Ernesto, e eles partiram juntos na direção da entrada da frente do spa.

Com toda a comoção, ninguém parecia particularmente preocupado em vê-los correndo pela multidão.

Ao passarem por seu quarto, Cass apontou para o corpo caído no chão ao lado da porta. Era Daisy, amarrada no lugar de Owen.

— Aposto que ficou surpresa! — disse Cass, admirada. — Como será que Owen escapou? Nós o amarramos com tanta força.

Cass acenou. Daisy os encarou em uma ira silenciosa enquanto lutava para se livrar.

O portão aberto se erguia em frente a eles. Estavam a poucos segundos de escapar.

Então ouviram Daisy gritando.

— Pare-os! Eles estão com o menino! Fechem os portões!

Em algum lugar, alguém a obedeceu — o portão fechou.

Dezenas de funcionários e hóspedes furiosos começaram a dirigir-se a eles.

Eles olharam de volta para a pirâmide. O fogo estava dominando tudo. Não tinha mais volta.

A multidão enfurecida gritava "Peguem-nos!" e "Não deixem eles escaparem!" e "Joguem-nos no fogo!"

Então ouviram o som de um motor de carro.

As crianças se prepararam para o pior: a limusine do Sol da Meia-Noite vinha na direção deles.

— O que os irmãos Bergamo disseram? — perguntou Max Ernesto. — Quero dizer, quando acharam que o leão ia comê-los?

— *Arrivederci.* — Cass apertou a mão dele.

A limusine parou, não os atropelando por pouco.

— Cass! Max! Entrem, garotos!

As crianças levaram um segundo para perceber que era Owen se inclinando para fora da limusine, falando agora como irlandês.

E mais um segundo para perceberem que não tinham sido pegos, mas estavam recebendo uma oferta de carona.

Cass e Max Ernesto mal conseguiram colocar Benjamin na limusine antes de Owen começar a dar ré.

— Chegou na hora certa — ela disse.

— É, foi mesmo — disse Owen, com o que poderia se passar por um sorriso arteiro irlandês.

Cass e Max Ernesto olharam para trás pela janela traseira da limusine e viram o Dr. L e a Srta. Mauvais contornando a pirâmide.

— Parem aquela limusine! — gritou a Srta. Mauvais. — Agora!

Mas àquela altura o fogo já tinha passado da ponte e chegado aos prédios de fora — e os funcionários, assim como os hóspedes, estavam correndo por todas as direções.

— Se vocês não forem atrás deles, eu corto o abastecimento. Não dou mais elixires para nenhum de vocês!

Ninguém a acatou.

Quando a limusine arrebentou os portões do spa, a Srta. Mauvais cerrou os punhos com ódio. Sua pele perfeita estava tão esticada que parecia que seu rosto ia rasgar ao meio.

Desgostoso, o Dr. L atirou a mochila de Cass nas chamas.

Na limusine, Cass franziu o rosto, como se uma parte dela tivesse sido atirada ao fogo.

Owen desceu as estradas escuras da montanha a toda velocidade, certo de que estavam sendo seguidos.

Mas, gradualmente, ele e seus passageiros começaram a relaxar. E o trajeto passou a parecer-se mais com uma viagem do que com uma fuga do presídio.

— Então, você vai continuar falando como se fosse irlandês? — perguntou Cass. — Eu só quero saber, porque se eu encontrar alguém falando alemão ou rastafári ou coisa do tipo, vou querer saber se é você.

— Então eu estou fingindo que sou irlandês? Você acha que não sou irlandês de verdade?

— É, isso mesmo.

— Ela é muito espertinha, não é? — disse Owen, virando para olhar de volta para os outros. Max Ernesto fez que sim com a cabeça, sorrindo.

Owen olhou para Benjamin.

— Então, você se chama Ben, não é? Qual é a história, Ben? Você parece completamente fora de sintonia. O que será que te deram lá dentro?

Benjamin resmungou incoerentemente.

— Ele disse que não deram nada a ele — traduziu Max Ernesto. — O problema é você dirigindo.

— Disse isso, foi?

— Não. Eu só estava brincando — disse Max Ernesto.

— Não teve graça — disse Owen.

— Eu acho que teve — disse Cass, rindo.

— Jura? — perguntou Max Ernesto.

Ela fez que sim com a cabeça.

Max Ernesto sorriu.

— Que tal isso?

Cass olhou para Benjamin.

— Quer saber? Meu sorvete preferido é de menta com chocolate. Vamos comprar um logo, logo, eu prometo.

Benjamin sorriu — e apagou.

Até Cass e Max Ernesto começaram a ficar tontos na medida em que a adrenalina dos eventos da noite começou a sumir.

Percebendo que há meses não ouvia "música de verdade", Owen ligou o rádio — hip-hop com letras que as crianças ficaram felizes por seus pais não estarem presentes para ouvir.

Como a estrada era cheia de curvas, eles nunca poderiam ter visto um veículo que estava alguns metros à frente; com a música alta do jeito que estava, também não poderiam tê-lo ouvido.

Então foi quase um milagre quando Benjamin sentou-se durante o sono e gritou com grande clareza:

— Pare!

Owen pisou fundo no freio. A limusine parou bruscamente.

A alguns metros de distância, uma caminhonete estava parada ocupando toda a extensão de uma estrada estreita, buzinando em alto e bom som.

— Quem é? São do spa? — perguntou Max Ernesto, totalmente acordado.

— Bem, não vamos ficar esperando para descobrir, vamos? — disse Owen. — Segurem-se firme, garotada, vamos torcer para essa limusine aguentar batidas!

Ele começou a recuar.

A buzina ganhou a companhia de um latido familiar e extremamente alto.

— Espere! — disse Cass. — É o Sebastian!

Owen freou novamente e todos olharam para a caminhonete. Ao lado dela estavam o vovô Larry e o vovô Wayne, acenando como dois malucos.

CAPÍTULO TRINTA E DOIS

FINAL FAÇA VOCÊ MESMO

Só livros ruins têm bons finais.

Se um livro é bom, seu final é sempre ruim — porque você não quer que o livro acabe.

E mais importante — pelo menos para mim — finais são difíceis de escrever.

Tente concluir sua história, mostrando como as personagens cresceram, costurando qualquer buraco que possa ter aparecido, e acentuando o tema — tudo em um único capítulo!

Não, sério. Tente.

Porque eu não vou fazer.

(Vou te dar uma dica sobre o tema desse livro — não tem nada a ver com o valor do trabalho árduo. Não é "se não conseguir de primeira, tente outra vez" ou nada honroso e inspirador desse tipo.)

Bem, não te deixar completamente desamparado. Há níveis de crueldade que nem eu sou capaz de cometer.*

Como material de escrita, vou destacar alguns incidentes-chaves: coisas que aconteceram depois que Cass e Max Ernesto foram resgatados, e que teriam que aparecer no final do livro, se ele tivesse um final.

Para facilitar as coisas para nós dois, eu vou organizar o material de acordo com as pessoas envolvidas. Quando estas páginas chegarem às suas mãos, você pode reorganizar os eventos da maneira como quiser.

Owen

Vamos nos livrar dele primeiro.

O que eu imaginaria para Owen seria uma tocante cena de despedida em que ele provocasse as crianças de brincadeira

* Quando você assumir este capítulo, é melhor reescrever esta última frase para que ela diga "Há níveis de crueldade *os quais* nem eu sou capaz de cometer." Os professores não gostam quando você escreve as coisas de maneira muito coloquial. Mas, de qualquer jeito, você não deve mostrar este livro para nenhum professor.

por o terem amarrado, e diria para que tomassem cuidado, pois voltaria para pegá-los quando menos esperassem. Depois ele iria embora acenando com o chapéu, prometendo mais aventuras no futuro.

Tudo isso, não se esqueça, com um novo sotaque divertido — indiano ou coreano, por exemplo.

Gostou desta cena? Por favor, use-a.

Mas não foi o que aconteceu.

O que realmente aconteceu foi que Owen foi embora assim que soube que as crianças estavam seguras com os avôs de Cass. Ele foi tão silencioso que ninguém percebeu nada até que a limusine já tivesse partido. Eu não sei por que ele foi sem dizer "tchau" — não foi muito educado, e feriu os sentimentos de Cass mais do que ela gostaria de admitir. Talvez ele não quisesse interromper o momento de Cass com os avôs. Ou talvez não tivesse conseguido escolher o melhor sotaque para se despedir. Ou talvez espiões sejam assim mesmo.

Os avôs

Se você não se importar, vou pular a parte do fim em que Sebastian pula do caminhão de Wayne, corre para Cass e começa a lamber o rosto dela.

E Cass abraça os dois avôs de uma só vez, e depois abraça cada um.

E ela diz que sabia, simplesmente *sabia* que eles viriam, e que imagina (corretamente) que os pais de Max Ernesto disseram a eles onde procurar.

E, se você não se importa, vou pular a parte em que as crianças sobem na traseira da caminhonete do vovô Wayne e começam a descer a montanha, e todos estão muito cansados, mas muito felizes.

Você sabia que todas estas coisas iriam acontecer na hora em que Cass ouviu Sebastian latir.

Mas ocorreu um evento no caminho de volta — bem, na verdade foi mais uma conversa — que gostaria de contar a você.

Imagine um velho posto de gasolina de beira de estrada. O vovô Wayne estava sentado no banco do motorista da caminhonete, estudando um mapa, enquanto o vovô Larry estava enchendo o tanque da caminhonete de gasolina. Cass e Max Ernesto estavam sentados na parte de trás, com Benjamin, que estava dormindo ao lado deles em um cobertor tão velho e destruído que deveria ser de Sebastian. Sebastian, enquanto isso, estava ao lado da entrada do tanque da caminhonete, cheirando a gasolina no ar, como se fosse uma ameaça detectável.

Eles já tinham abordado os eventos ocorridos no Sol da Meia-Noite umas cinco ou seis vezes quando Max Ernesto olhou para Cass e disse:

— Acho que meu médico estava errado.

— Sobre o quê? — perguntou Cass.

— Sobre você só ser uma sobrevivóloga porque o seu pai foi atingido por um raio, e que você não se importa realmente em salvar os outros. Porque foi isso que você fez, você salvou uma pessoa. — Ele apontou para Benjamin, que continuava dormindo.

— É, acho que sim — disse Cass, soando estranhamente incerta.

— Raio, hein? — perguntou o vovô Larry com uma sobrancelha erguida. Aparentemente ele estava ouvindo tudo do tanque de gasolina.

— Você não sabe nada a respeito! — disse Cass, com os olhos ficando vermelhos.

— Bem, eu sei sobre boas histórias, e gosto muito delas — disse Larry diplomaticamente, voltando ao banco da frente da caminhonete.

Lá dentro, ele sussurrou alguma coisa no ouvido de Wayne. Wayne fez que sim com a cabeça de forma sombria e guiou a caminhonete de volta para a estrada.

— Acho que devo contar, quero dizer, agora que estamos vivos e tudo mais — disse Cass, falando com Max Ernesto, mas olhando para os avôs —, eu não contei a história toda, sobre o meu pai.

— Quer dizer que tem mais, além de ele ter sido atingido por um raio? — disse Max Ernesto com os olhos arregalados.

— Bem, eu não tenho *certeza* de que ele foi atingido por um raio — Cass hesitou. — Na verdade, não sei nem se ele está morto.

— Quer dizer que você inventou a história? — perguntou Max Ernesto, incrédulo.

— Eu ouvi na TV...

Max Ernesto olhou fixamente para ela, depois abriu um largo sorriso.

— Então, basicamente, você mentiu — disse ele, como se aquela fosse uma ótima notícia. — Isso anula o fato de ter contado ao meu médico! Estamos quites! Que tal isso?

— Você não precisa ficar tão feliz com isso.

— Então quem era o seu pai verdadeiro? — Max Ernesto perguntou depois de um tempo.

— Eu não sei — disse Cass.

— Não sabe? Sua mãe não te contou? — Max Ernesto não conseguia esconder o choque.

Cass balançou a cabeça.

— Bem, você nunca perguntou?

— Perguntei, quando era pequena. Mas ela dizia que ia me contar quando eu crescesse. E desde então, sei lá, eu fico com medo de perguntar. Como se fosse machucá-la ou coisa do tipo.

— Bem, acho que você deveria perguntar de novo...

— Deixe-a sossegada — disse o vovô Larry, inclinando a cabeça para fora da janela. — Ela vai perguntar quando estiver pronta para isso.

— Tudo bem — disse Max Ernesto. — Eu só estava dizendo...

Mas ele não disse mais nada.

A mãe de Cass

Como você pode imaginar, a mãe de Cass ficou em estado de extrema ansiedade quando a filha não atendeu ao telefone no horário habitual. Orgulhosa de seu autocontrole, ela esperou um minuto inteiro antes de ligar para os avôs de Cass para perguntar onde ela estava. Quando não conseguiu falar com eles, calma e racionalmente ela foi até o aeroporto — e gritou a plenos pulmões até conseguir pegar o primeiro voo de volta para casa.

Mais tarde naquela noite, enquanto a caminhonete do vovô Larry estava estacionada na frente do Corpo de Bombeiros, um táxi estava se afastando. A mãe de Cass estava na entrada. Sua expressão se tornou severa quando viu Cass pular da traseira da caminhonete.

— Cassandra! O que você estava fazendo na traseira desse negócio, você sabe o quanto é perigoso? Sem falar que é contra a lei. E vocês dois... — disse ela, apontando para os avôs de Cass. — Vocês prometeram!

Agora, em minha opinião, a mãe de Cass brigar por ela estar na traseira da caminhonete — quando ela estivera fazendo coisas muito mais perigosas pouco antes — é ao mesmo tempo engraçado e realista. Mas talvez você queira deixar isso de lado e ir direto ao seguinte:

Então a mãe de Cass — ela não aguentou mais — pegou a filha no colo e não soltou por um minuto e meio (eu sei que não parece tanto tempo assim, mas tente contar — um minuto e meio é um longo abraço).

— Eu senti tanta saudade — ela disse.

— Eu também — disse Cass.

Então Cass — ela não conseguiu evitar — chorou pela primeira vez desde que as aventuras começaram, como se tivesse guardando as lágrimas para agora, e utilizando todas de uma vez.

Os pais de Max Ernesto

Os pais de Max Ernesto são personagens secundários que servem basicamente para trazer um efeito cômico (efeito cômico para nós, quero dizer. Para Max Ernesto eles não eram nem um pouco engraçados, sem dúvida). Mesmo assim, merecem uma menção:

Quando ele voltou mais tarde naquela noite, Max Ernesto naturalmente esperava que seus pais fossem enchê-lo de perguntas. Ele começou a explicar, mas seus pais o pararam.

— Não, não diga nada — disse o pai.

— Não, nem uma palavra — disse a mãe.

Uma coisa estranha havia acontecido durante a ausência de Max Ernesto: seu desaparecimento reaproximou seus pais. A preocupação com o filho fez com que superassem as diferenças — e concordassem em se separar.

A partir dali, eles prometeram, seriam pais divorciados normais. Cada um teria uma casa — separadas uma da outra.

— Você fugiu para nos passar um recado — disse o pai.

— E nós entendemos perfeitamente — disse a mãe.

Max Ernesto achou melhor não corrigi-los.

Amber

Não há motivo algum para voltarmos a Amber a essa altura, ela provavelmente diria que "não tem problema nenhum, quero dizer, eu também não te colocaria no meu livro".

Mas eu retiro o que disse. Existe uma razão para voltar a Amber. Nem que seja só para relatar o que Cass disse na próxima vez que Amber ofereceu um batonzinho.

Cass disse:

— Não.

Uma única palavrinha, é verdade, mas, para Cass, era uma grande coisa.

Sra. Johnson

Se o Dr. L e a Srta. Mauvais são os verdadeiros vilões deste livro, então a Sra. Johnson é o quê? Se eu tivesse que escolher, diria que a sra. Johnson representa *a lei*. Ela é como uma policial no universo da nossa história — aquela que faz as regras e aplica as punições quando você as quebra.

O que nos aproxima muito do final do nosso final.

A essa altura, os leitores estão imaginando o quanto Cass e Max Ernesto confessaram sobre a viagem ao Sol da Meia-Noite.

A resposta é: tudo e nada.

Bem, eles tentaram.

Mas toda vez que descreviam a experiência, as reações variavam de ceticismo educado à descrença total.

Você acha que Benjamin Blake teria ajudado. Por que ele teria raspado a cabeça, perguntava Cass, se ninguém quisesse sugar o cérebro dele? Mas as pessoas não enxergavam dessa maneira. Havia diversas razões, diziam. Como talvez ele quisesse parecer com um integrante de uma banda de rock. Ou talvez tivesse piolho.

O que era mais frustrante, o próprio Benjamin só tinha lembranças muito vagas do ocorrido. Pelo que poderia ser dito de seu relato resmungado, Cass e Max Ernesto haviam-no levado em uma viagem para o Egito, onde sentaram ao redor de uma fogueira e comeram sorvete de menta com chocolate.

No dia seguinte ao retorno de Cass e Max Ernesto, uma equipe de bombeiros e investigadores de polícia foi examinar o sítio do Sol da Meia-Noite, e as crianças aguardaram esperançosas pelo relatório. Mas o fogo havia destruído todo o spa. Incrivelmente, não havia nenhum sobrevivente além das crianças. Ou não havia sobreviventes dispostos a se identificar. Era como se o Sol da Meia-Noite nunca tivesse existido. Os investigadores só disseram que suspeitavam de incêndio criminoso.

Após ouvir o relato policial, as pessoas não estavam mais descrentes quanto ao relato de Cass e Max Ernesto; estavam desconfiadas.

Em um livro mais emocionalmente satisfatório do que esse, a diretora teria chorado quando Cass voltasse. Teria se desculpado por ter duvidado, e teria implorado pelo perdão da menina. Teria havido uma espécie de reunião de celebração, e Cass e Max Ernesto poderiam até ter recebido medalhas — por "melhor sobrevivóloga" e "melhor decifrador de códigos", por exemplo.

Bem, a essa altura você já conhece bem este livro.

(E não, eu não vou ceder).

A Sra. Johnson não podia provar, mas ela tinha certeza de que Cass e Max Ernesto eram responsáveis pelo desaparecimento de Benjamin Blake, e não por seu resgate.

Não vou entrar em detalhes sobre as horas de detenção e trabalho árduo porque este assunto é irritante demais para o meu senso de justiça (sim, eu tenho um senso de justiça, apesar de não ser sempre ativo, eu admito). Se você for uma pessoa sádica, pode explorar este assunto um pouco mais. Caso contrário, faça como eu e ignore o sofrimento deles.

Por sorte, depois de tudo que Cass e Max Ernesto passaram, qualquer punição que a diretora aplicasse seria fácil de ser suportada em comparação a tudo que viveram.

O mais difícil de suportar era o fato de que ninguém no mundo acreditava neles.

Dr. L e Srta. Mauvais

Você não acreditou realmente que eles se foram com as chamas, acreditou?

Eu não posso falar muito sobre as ações dos nossos vilões depois que nossos heróis escaparam. Não sei quantos de seus hóspedes eles deixaram morrer queimados (provavelmente a maioria), ou que preço absurdo cobraram dos que salvaram (provavelmente altíssimo). Não sei quais materiais sinistros de alquimia conseguiram salvar antes de fugir. Menos ainda posso falar sobre os nefastos planos futuros da dupla, mas seria capaz de apostar a vida que eles tinham vários; criaturas como o Dr. L e a Srta. Mauvais não desistem após uma batalha perdida, isso é uma regra geral — eles juram vingança.

O que posso afirmar, com certeza, é que foram vistos pela última vez no topo de uma montanha não muito longe de onde havia sido o Sol da Meia-Noite. Estavam montados a cavalo (lembra dos cavalos correndo soltos durante o incêndio?), e pausaram para absorver a vista e se despedir de sua antiga fortaleza disfarçada de spa. Depois, com um grito que ecoou por quilômetros, guiaram os cavalos e desapareceram pela montanha.

Para onde quer que estivessem indo, era perto demais, e quando quer que voltassem, seria cedo demais.

CAPÍTULO TRINTA E DOIS
SUA VERSÃO*

* Por favor escreva a caneta de tinta azul ou preta. Anexe páginas extras na medida em que for preciso.

FIM

BEM,
NA
VERDADE
NÃO.

CAPÍTULO ZERO

O DESFECHO

Não, o último capítulo não era na verdade o último capítulo.

Não se sinta mal se tiver se esforçado muito; o trabalho não foi em vão. Muitas coisas importantes aconteceram naquele capítulo — pelo menos é o que eu acho.

Vamos fazer o seguinte, se você está muito irritado, ponha o livro de lado e esqueça tudo sobre este capítulo — e sobre Cass e Max Ernesto, tudo sobre o Segredo, e sobre mim também.

Foi bom enquanto durou, certo?

Não, você quer continuar lendo?

Já sei, que tal esse acordo: por que não considerar o seu capítulo — o Capítulo Trinta e Dois — o último capítulo? Quanto a este capítulo — faremos dele o Capítulo Zero. Se alguém perguntar, ele não existe. É o capítulo nada. O não capítulo. Simplesmente não conta.

E também não o chamaremos de *o fim*. Este grande título deixaremos para o seu capítulo. Esta aqui chamaremos de *o desfecho*.

Um dicionário define desfecho como "uma parte final em que tudo é esclarecido e nenhuma pergunta ou surpresa persiste". Por essa definição, é precisamente a palavra errada para descrever este capítulo. Este capítulo não vai esclarecer nada; levantará muitas perguntas; e pode até conter uma ou duas surpresas. Mas vou dizer que se chamará desfecho assim mesmo, pois esta palavra soa sofisticada.

Veja bem, há mais uma ocorrência na vida dos nossos dois heróis que devo transmitir antes de encerrar. E esta ocorrência...

duvido que lhe transmita o que as pessoas chamam de "assunto encerrado". Se você for um pouquinho parecido comigo — e temo que seja, se leu até aqui — você vai achar mais irritante do que qualquer outra coisa.

Minha intenção não é torturá-lo. Quero simplesmente mostrar que há mais do que está escrito — que nossa história não começa e termina com este livro.

Ou com Cass e Max Ernesto.

Ou mesmo comigo e com você.

Numa tarde chuvosa de quarta-feira, não muito depois da aventura no Sol da Meia-Noite, mas tempo o suficiente para que ela já estivesse cansada de tentar convencer as pessoas de que a experiência que vivera tinha sido real, Cass estava no andar de cima do Corpo de Bombeiros tomando chá com o vovô Larry — como fazia toda quarta-feira, há anos.

Dessa vez, no entanto, não estavam sozinhos. Para a alegria do vovô Larry, que adorava uma plateia nova para suas histórias, o ritual de quarta-feira tinha ganhado uma adesão recentemente, incluindo o novo amigo de Cass, Max Ernesto, e hoje tinha como convidado especial Benjamin Blake.

O chá desta semana era chá preto — um chá que Benjamin insistia que tinha o nome errado, pois tinha gosto de azul-claro (Benjamin tinha uma reclamação parecida quanto ao chá de laranja, este tinha gosto de verde azeitona; já o chá verde tinha gosto de amarelo brilhante). Vovô Larry tentou explicar que o chá tinha esse nome não por causa da cor, mas por causa de Charles Preto, também conhecido como Visconde Howick. Contudo, esta jovem plateia não parecia ligar muito para o Visconde. Então o vovô Larry mudou de assunto corajosamente e começou a relatar uma velha lenda chinesa, bastante sangrenta, sobre a origem do chá.*

Foi então que ouviram Sebastian latindo lá embaixo: um cliente havia chegado.

— É a Glória. Ficarei atrás! — gritou o vovô Wayne lá de baixo.

Como sempre, Glória chegou ao Corpo de Bombeiros com uma caixa enorme cheia de coisas. As crianças esperaram impacientemente enquanto o vovô Larry carregava para ela.

— Glória, estes são Max Ernesto e Benjamin. E você se lembra de Cass... — disse o vovô Larry depois que finalmente encontrou um espaço para repousar a caixa.

— Acho que sim — disse Glória. — Ela não estava aqui da última vez?

Cass esperou um pouco mais, mas Glória apenas sorriu vagamente, como se mal se lembrasse dela.

— Sim, e também nos encontramos no Sol da Meia-Noite — disse Cass, caso Glória estivesse pensando que Cass não queria que mencionasse.

— O Sol da Meia-Noite? Você está falando do spa?

Glória parecia verdadeiramente surpresa.

— Você deve estar me confundindo com alguém — disse ela. — Levei um tombo horrível pouco antes de ir. Pergunte a Larry, ele vai te contar. Passei uma semana no hospital. Eles acham que eu posso ter amnésia, coisa de novela! Mas como foi? Estou louca para saber! Eu não sabia que eles permitiam crianças...

* A lenda envolvia um monge budista que caía no sono toda vez que tentava meditar. Ele ficou tão frustrado que eventualmente cortou as próprias pálpebras (eu sei — aiiiiiii). De acordo com a lenda, as primeiras plantas de chá nasceram no lugar onde as pálpebras do monge caíram. E é por isso que, até hoje, tomar chá ajuda as pessoas a se manterem acordadas quando estão cansadas.

Cass olhou fixamente para Glória, esperando alguma comunicação secreta — um olhar ameaçador, ou uma piscadela manhosa. Mas o rosto de Glória estava neutro. Ou ela realmente achava que estava falando a verdade, ou era ótima atriz.

— Hum... foi... tudo bem — disse Cass lentamente. — Mas não está mais lá... agora...

— Não? — perguntou Glória, confusa. — Como assim?

— Cass, você pode colocar Sebastian lá fora, por favor? Ele está a ponto de roer essa caixa — interrompeu o vovô Larry antes que Cass pudesse responder.

— Que estranho — disse Cass enquanto amarrava Sebastian em um poste nos fundos do Corpo de Bombeiros. — É como se eu tivesse sonhado tudo. O spa. A Srta. Mauvais. Tudo.

— Bem, você não sonhou, e mesmo que tivesse sonhado, como eu teria sonhado a mesma coisa? — protestou Max Ernesto. — A não ser que tenhamos uma espécie de mente vulcana fundida. Ou, espere aí, eu já sei, talvez nós dois sejamos duas personalidades divididas em um cérebro esquizofrênico! Isso explicaria tudo...

— Eu não estava dizendo que realmente achava que tinha sonhado tudo — disse Cass, interrompendo-o (por mais que ele tivesse sido supostamente curado, ainda tinha uma tendência a falar sem parar se você não o interrompesse).

Benjamin, que lutava silenciosamente para acompanhar a conversa, resmungou alguma coisa e apontou de volta para o Corpo de Bombeiros.

— Ele disse para ficarmos quietos e prestarmos atenção. Ele acha que pode ser importante — traduziu Max Ernesto.

Lá dentro, Glória estava contando uma história a Larry. Por mais alto que falasse, eles só conseguiam acompanhar cerca de metade das palavras dela:

— ... Nunca tão surpresa... em toda a minha vida... o jardineiro... e lá estava eu tentando mostrar a casa...

Enquanto ouvia, Cass foi ficando cada vez mais animada.

— Ela está falando sobre a casa do mágico! Você acha que ela descobriu alguma coisa?

Eles não puderam perguntar imediatamente para Glória, pois a mãe de Benjamin Blake havia chegado para buscá-lo. Mas assim que ele foi embora, Cass e Max Ernesto imploraram para que Glória recomeçasse a história. Ela não entendeu por que eles se importavam tanto, mas ficou feliz em atendê-los (Glória tinha perdido a memória, não o amor e a solicitude). A história é a seguinte:

Glória estava mostrando a casa do mágico para possíveis compradores quando, como às vezes ocorria em alguns momentos desagradáveis, a "natureza a chamou" e ela teve que pedir licença para "se recompor". Quando estava prestes a entrar no banheiro, a porta se abriu e um velho com chapéu de palha saiu de lá de dentro, carregando uma caixa.

Desnecessário dizer que Glória "teve um ataque do coração".

Calmamente, como se estivesse esperando por ela, ele explicou que era o jardineiro — o que reportara o desaparecimento do mágico — e que ele estava apenas limpando a sala do mágico. Ele chamou a atenção para o fato de que ela havia deixado passar algumas coisas quando estava tirando as coisas da casa.

Ele perguntou a Glória se ela se importaria em levar a caixa que ele estava segurando para o Corpo de Bombeiros — *el Cuerpo de Bomberos*, como ele chamava. Glória estava tão afobada que concordou na hora.

Só depois que saiu da casa que Glória começou a imaginar como ele sabia sobre *el Cuerpo de Bomberos*.

— E foi isso — disse Glória, passando a mão na caixa que havia acabado de trazer. — É a história toda.

— Bem, tenho que dizer, você não piorou nada com a experiência, você está ótima — disse o vovô Larry, olhando para a corretora agora esbelta. — Não é mesmo, Wayne?! — ele gritou para o vovô Wayne, que estava no fundo da loja, brigando furiosamente com uma velha vitrola.

— Ótima — concordou Wayne sem sequer levantar a cabeça.

— É o que todos estão dizendo — disse Glória com a expressão confusa. — Desde o tombo. Quer saber, não consigo deixar de pensar que alguém me hipnotizou enquanto eu estava inconsciente. É quase como se eu tivesse ido mesmo para o spa ao invés do hospital!

Depois que Glória saiu, o vovô Larry deixou Sebastian entrar outra vez. O vovô Wayne ressurgiu — na verdade a velha vitrola não precisava tão desesperadamente de um conserto — e todos, inclusive o cachorro, subiram para tomar mais chá, e para examinar a caixa que o jardineiro havia mandado.

Imediatamente assumindo a liderança, Cass abriu a caixa com uma faca de cozinha, insistindo que deveria examinar todo o conteúdo da caixa antes de qualquer outra pessoa (dava para perceber que seus avôs acharam seu comportamento um pouco egoísta, mas eles não disseram nada — provavelmente porque não queriam reprimi-la na frente de Max Ernesto). A caixa estava lotada com pequenos itens cobertos por jornais. Cass desembrulhou-os ansiosamente, inspecionando cada um a procura de pistas ou mensagens secretas. Mas quanto mais inspecionava, ficava mais claro que não havia pistas a serem encontradas. A caixa só continha louças — pratos, vasilhas e xícaras.

Cass estava decepcionada. Ela estava prevendo, ou pelo menos esperando, alguma coisa. Algo que não havia mencionado para seus avôs, ou sequer para Max Ernesto. Algo sobre o jardineiro do mágico. Mas agora, ao que parecia, ela estava enganada. O jardineiro era exatamente quem ele dizia ser. A caixa de coisas não era nada além de uma caixa de coisas.

Seus avôs, por outro lado, não conseguiam acreditar na própria sorte.

— Você pode acreditar que tem alguém se livrando disso? — perguntou o vovô Larry, segurando um prato pastel. — Você sabe quanto vale uma peça de Russel Wright atualmente?

Pegando algumas louças de amostra, Larry e Wayne desceram correndo para compará-las a fotos de livros que tinham. Cass sabia que ficariam horas fazendo isso. O jardineiro não poderia ter escolhido nada melhor para mandar se quisesse dar os itens que mais distraíssem seus avôs no mundo.

— Então, o que você quer fazer agora? Porque eu tenho alguns deveres para fazer — Cass disse a Max Ernesto. Ela não estava com muita vontade de fazer deveres, mas queria ficar um pouco sozinha.

— Eu não sei... Ei, o que ele está farejando? — perguntou Max Ernesto. — Não tem mais nada ali.

Cass seguiu o olhar de Max Ernesto, que estava voltado para Sebastian, que estava farejando a caixa vazia e abanando o rabo.

— Deve ter algum inseto esmagado embaixo de alguma coisa — disse Cass, recusando-se a se interessar.

Mesmo assim, ela pegou a caixa e espiou embaixo — nada.

Mesmo assim, havia algo diferente a respeito daquela caixa.

— De que ela é feita? Por que é tão pesada? — perguntou Cass, sacudindo-a em suas mãos.

Ela repousou a caixa novamente e espiou o interior. Depois olhou o exterior. Depois o interior novamente.

Desta vez ela pôs a mão — e começou a puxar o papelão.

A caixa tinha um fundo falso.

Escondido sob o papelão havia dois pacotes embrulhados em papel e amarrados com um barbante. O pacote maior era endereçado a Cass, e o menor a Max Ernesto.

Em um momento mais sereno, Cass poderia ter refletido melhor sobre os perigos de abrir um pacote inesperado de um estranho. Mas este não era um momento sereno.

Tanto ela quanto Max Ernesto rasgaram os pacotes de uma só vez.

Felizmente, os pacotes não continham explosivos; não eram nem armadilhas.

O de Cass tinha uma mochila.

Eu gostaria de conseguir descrever a aparência da mochila. Mas existem grandes chances de ela ainda carregá-la consigo, e não quero lhe dar mais maneiras de conseguir identificá-la do que já dei. De qualquer forma, não era a aparência da mochila que fazia dela especial. Aliás, quando a viu pela primeira vez, Cass quase ficou decepcionada por parecer tão normal.

Dentro dela, a história era outra. A mochila estava cheia de equipamentos de sobrevivência ultramodernos — tudo muito leve e compacto, e feito para suportar o uso mais pesado e as circunstâncias mais severas.

Os melhores atributos da mochila ela não notou até que ela estivesse vazia. Eram coisas que a mochila *fazia* — e não coisas que continha. Por exemplo, se você puxasse uma corda, um paraquedas se abria. Se puxasse outra corda, as alças inflavam e a mochila se tornava um colete salva-vidas. Se você virasse a mochila do avesso e abrisse todo o zíper, ela se transformava em uma barraca enorme.

Cass sabia que sua mãe ficaria insatisfeita de ver a filha carregando uma mochila outra vez (recentemente sua mãe vinha tentando convencê-la a carregar uma bolsa), mas Cass tinha a sensação de que essa era uma mochila que ela jamais iria querer tirar.

O pacote de Max Ernesto também foi decepcionante quando ele abriu. Continha o que parecia um dispositivo familiar do tamanho de um punho — um tipo de coisa que você vê todos os dias, e não era nem mesmo uma versão especial. Mas ele não demorou muito a entender que aquele dispositivo não era o que parecia — não era mesmo. Nem mesmo aceitava cartuchos de jogos (Oops! Quase disse o que era, por mais disfarçado que estivesse).

Tinha uma frente falsa que levantava ao acionar um botão escondido. Embaixo havia um pequeno computador/scanner feito especialmente para decifrar códigos secretos — o ULTRA-Decodificador II. Como Max Ernesto aprenderia depois de explorar por um tempo, o decodificador incluía chaves para desvendar todos os sistemas de código conhecidos, e ferramentas para decifrar os desconhecidos. A memória continha dicionários completos e um programa de reconhecimento de caracteres de mais de mil línguas incluindo aramaico, sânscrito e navajo. Lia até hieróglifos egípcios.

Uma coisa que o decodificador não fazia era contar piadas.

Mas Max Ernesto adorou assim mesmo.

— Vocês estão bem aí em cima? — perguntou o vovô Larry.

— Estamos! — respondeu Cass.

Eles estavam prontos para esconder os pacotes se Larry subisse, mas, aparentemente, ele e Wayne ainda tinham que pesquisar as novas louças.

Um instante mais tarde, Max Ernesto estava ocupado traduzindo a palavra *pum* em todas as línguas que conseguia imaginar (alguém havia dito a ele que piadas de pum eram engraçadas), e Cass estava examinando outra vez sua lanterna — não só uma lanterna, mas uma sirene de aviso, um dispositivo de monitoramento e um walkie-talkie.

Entre a chuva e o vapor do chá, a janela da cozinha tinha embaçado tanto que já não dava mais para enxergar através dela. Toda vez que a luz passava pelo vidro, milhares de gotículas se iluminavam brevemente e depois desapareciam. Isso deve ter se repetido umas 12 vezes até que Max Ernesto levantasse os olhos do decodificador e visse...

— Veja! — disse ele, mas até lá a luz já tinha se apagado novamente.

Ele teve dificuldades para fazer com que Cass mirasse a lanterna no ponto certo, mas ela acabou acertando.

E agora Cass também podia ver.

Alguém tinha escrito uma mensagem no vidro — do mesmo jeito que alguém escreveria, por exemplo, na janela embaçada de um ônibus. Mas esta mensagem não tinha sido escrita com o dedo. Na verdade, parecia que alguém tinha utilizado uma espécie de instrumento de escrita. E não dizia nada do tipo "Joe esteve aqui" ou "Terry + Samantha = amor". Na verdade, nem parecia ter sido escrita em inglês.

Era um código.

Quando começaram a decifrar a mensagem, a névoa estava desaparecendo da janela, e a mensagem desaparecia junto.

Max Ernesto pegou um bloco de notas no balcão da cozinha. Começou a escrever como se estivesse delirando — aquele tipo de coisa que só acontece quando você come muitos doces no Dia das Bruxas ou quando você está tentando copiar uma mensagem oculta antes que ela desapareça para sempre.

Max Ernesto segurou o papel assim que terminou de copiar a mensagem.

Aqui vai a primeira linha exatamente como estava na janela:

RTOLP RTPPTKCOT SJTX SOKSPQL:

Por vários minutos, as crianças estudaram as letras embaralhadas com crescente frustração.

Então Max Ernesto olhou para cima e sorriu.

— O que J-T-X espaço S-O-K-S-P-Q-L parece?

Cass deu de ombros. Ela não fazia a menor ideia.

— Bem, e se o X for X, quero dizer, a letra X, mesmo no código...

— É o seu nome: Max Ernesto! — disse Cass.

— Isso mesmo, que tal isso?

— O que significa que J é M e T é A.

— S é E, e O é R, e K é N, e P é S, Q é T, e L é O.

Utilizando uma das canetas vermelhas do vovô Larry (Larry ainda guardava um monte da época em que dava aulas para o terceiro ano), Max Ernesto reescreveu a primeira linha da mensagem, substituindo as letras de acordo com a fórmula que tinham acabado de descobrir. Isso foi o que obteve:

RAROS RASSANCRA E MAX ERNESTO:

— "*Caros Cassandra e Max Ernesto*" — leu Cass, preenchendo as lacunas. — É uma carta para nós dois!... Ei, você não deveria estar usando o decodificador?

Era um código quase simples demais para o decodificador. Depois de ter chegado tão longe, Max Ernesto poderia ter decodificado a mensagem sozinho, mas teria levado mais tempo. O decodificador fez o trabalho em menos de um segundo.

Também disse a eles que a palavra-chave do código era "TERCES".*

— *Terces*? O que significa isso? — perguntou Max Ernesto. — Acho que nem é uma palavra.

— Não sei, talvez a gente descubra lendo a carta — disse Cass, que se sentia como se estivesse esperando há anos, e não há alguns minutos, para ler a carta.

É difícil descrever os sentimentos experimentados por nossos amigos enquanto Max Ernesto lia a carta na tela do decodificador. Mesmo que você fosse bom em ter sentimentos — e eu, como você sabe, não sou — acho que teria dificuldades para nomear esta mistura de emoções.

Tinham alguns sentimentos mais fáceis e conhecidos, como: felicidade, animação, orgulho, ansiedade e medo. Mas havia outros sentimentos mais vagos e difíceis de explicar, como um frio na barriga que significa que alguma coisa é muito boa, muito ruim, ou as duas coisas. Uma sensação de ser jovem e velho ao mesmo tempo. Uma certeza de que a sua vida está mudando, mas uma incerteza quanto a como está mudando e se você quer ou não essa mudança.

Havia também o sentimento que combinava confusão, reconhecimento e diversão ao mesmo tempo.

Essa sensação vinha da maneira através da qual a carta era escrita.

O mais engraçado era: mesmo depois que a carta foi decodificada, continuava não parecendo estar escrita em inglês. Parecia uma língua estrangeira.

Estrangeira de um jeito familiar.

* SE VOCÊ QUISER APRENDER A DECIFRAR UMA PALAVRA-CHAVE DE UM CÓDIGO, VERIFIQUE O APÊNDICE.

Estrangeira de uma maneira que parecia a Cass e Max Ernesto como um velho amigo.

Incluí a carta abaixo com uma pequena, porém necessária exclusão. A carta, acredito eu, fala por si mesma.

Então, até logo, por enquanto.*

Caros Cassandra e Max Ernesto,

Meus parabéns por terem escapado do Sol da Meia-Noite.

Ao resgatarem o menino, Benjamin Blake, vocês não só salvaram a vida dele, vocês fizeram um grande serviço a todo o mundo — evitaram que os vilões chegassem ao grande poder.

Infelizmente, a Srta. Mauvais e o Dr. L também escaparam. Neste instante, estão reunindo seu exército. E todos os dias se aproximam ainda mais do Segredo. O Segredo não é o que eles pensam que seja, mas isso é apenas mais um motivo para o protegermos deles.

Temos muito pouco tempo. Muitas vidas estão em risco.

Em reconhecimento à sua coragem e talentos únicos, gostaria de convidá-los a se tornarem membros da Sociedade Terces — e para se alistarem à nossa luta contra os Mestres do Sol da Meia-Noite.

Entendam isso: quando fizerem o Juramento de Terces, suas vidas nunca mais serão as mesmas. Vocês enfrentarão perigos e dificul-

* Viu só? Eu te alertei sobre finais.

dades, e deverão obedecer todas as ordens sem questionamentos.

Se aceitaram se unir à nossa nobre causa, deixe uma xxxxx xxxx nesta janela na próxima quarta-feira.

O homem que vocês chamam de Owen vai encontrá-los e trazê-los a nós.

Enquanto isso, por favor, observem cuidadosamente o menino, Benjamin. Ele é muito mais valioso do que vocês imaginam.

Imploro para que se juntem a nós. Sem vocês, temo que não consigamos suceder.

Tenho certeza de que não preciso lhes dizer — não falem a ninguém sobre essa carta. Pois vocês agora fazem parte do Círculo do Segredo. E qualquer um que sabe sobre o segredo — sua vida corre grave perigo.

Com grande admiração e respeito,

P.B.

APÊNDICE*

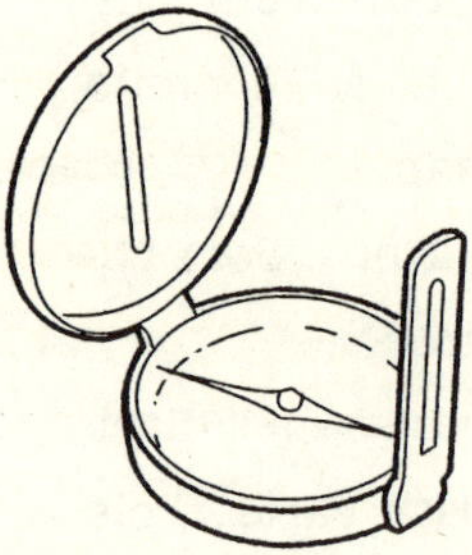

Receita da Bússola do Vovô Larry

Para fazer uma bússola em uma vasilha com água, você precisa de um imã, uma rolha e um alfinete (ou agulha fina). Segure o alfinete por uma das pontas e esfregue o imã no alfinete de uma ponta até a outra — em uma única direção. Nunca passe o imã em dois sentidos. Repita vinte vezes ou mais até que o alfinete esteja inteiramente magnetizado. Depois enfie o alfinete na rolha. Levemente, ponha a rolha na vasilha de água. A rolha boiando vai girar até que o alfinete esteja apontando para o norte. Era assim que os marinheiros navegavam antes da invenção da bússola moderna. Sinta-se livre para compartilhar esta informação; não é nenhum segredo. Só não conte a ninguém onde aprendeu.

Mix de Frutas Secas, Castanhas, Chocolates etc. de Cass

Nota do autor: nunca experimentei essa receita, mas Cass jura de pés juntos que é boa.

* Apêndice geralmente significa "pequena extensão do intestino grosso", mas neste caso significa "informações adicionais que acompanham o texto principal". Ou será que ambos significam a mesma coisa? Pense bem antes de insultar este livro.

Ingredientes:

¼ xícara de gotinhas de chocolate
¼ xícara de gotinhas de pasta de amendoim
¼ xícara de banana seca
¼ xícara de chips de batata.
... sem passas, nunca!

Instruções:

Esfarele a banana seca e os chips de batata em uma vasilha, depois esmague-os com uma xícara (tente deixar todos os pedaços do mesmo tamanho, mais ou menos 2,5mm). Depois, misture as gotinhas de chocolate e as de pasta de amendoim. Ponha em um saco com zip-lock. Feche. Coma em emergências ou quando não gostar do que estiver sendo servido no jantar.

Glossário de Circo

Aqui vai parte do jargão que os irmãos Bergamo aprenderam enquanto estavam no circo. Mas cuidado: se utilizar estas palavras de forma incorreta, um verdadeiro circense vai saber que você é apenas um aldeão!

Fim de papo — Quer dizer que o show acabou (ou, no nosso caso, o livro).

Bally — A plataforma em que um artista de circo fica em pé quando está tentando atrair a plateia para o espetáculo. O nome vem de ballyhoo: "Venha! Prepare-se para se divertir e se impressionar!" Como tudo no circo, bally e ballyhoo foram projetadas para um propósito: fazer com que a plateia gaste o máximo possível.

Picadeiro — A principal tenda do circo. Onde os irmãos Bergamo viram o diretor do anfiteatro pela primeira vez, ele que mais tarde venderia os irmãos por alguns dólares.

Blowdown — Quando uma tempestade derruba a tenda principal — e de repente, todos na tenda parecem palhaços.

Atrações secundárias — Um show especial no final da tenda do circo. A ideia é fazer com que as pessoas comprem outro ingresso na saída.

Circense — Um funcionário do circo. Às vezes sem dente. Sempre manipulador. É claro, um circo e uma feira não são exatamente a mesma coisa (um funcionário de circo às vezes é chamado de artista). Mas o circo ao qual os irmãos Bergamo se juntaram tinha elementos dos dois — pode-se dizer que era o pior dos dois mundos!

Rixa — Uma briga com os locais.

Jump — O jump é a distância que um circo viaja entre as apresentações.

Espectador — Um membro da plateia — i.e., um otário.

Número telepático — Uma apresentação de leitura de mentes, como a dos irmãos Bergamo.

Praça — A área entre a saída do circo e a entrada até o picadeiro. É onde as bancadas dos shows secundários e concessões se alinham.

Roustabout — Um trabalhador no circo. E uma palavra legal.

Aldeão — Um aldeão é exatamente o que você é se você não sabe o que é a palavra *aldeão*. Em outras palavras, um perdido. Uma pessoa da cidade, ou outro novato no mundo do circo.

Figurante — São pessoas que trabalham para o circo mas fingem ser pessoas comuns impressionadas com as atrações secundárias — para que pessoas comuns se impressionem o suficiente para gastar mais dinheiro. Pense em pais em uma apresentação de escola. Eles sempre batem palmas com fervor mesmo quando seus filhos cantam fora do tom ou erram a fala. Pais são péssimos figurantes.

Cacarecos — Coisas inúteis que você compra de vendedores do circo, como bichinhos de pelúcia e estatuetas artesanais. Também conhecidos como prêmios e brinquedos.

Bobagens — Ver cacarecos.

Povo — Plateia ou multidão. "Chamar o povo" significa fazer com que a plateia pague para entrar em um show.

Ligado — Antenado com o circo. Um circense. Ou você está ligado, ou não.

Chaves de códigos

A carta secreta que Cass e Max Ernesto receberam da Sociedade Terces tinha uma palavra código. Se você quiser tentar codificar ou decodificar uma carta com uma palavra código, é assim que se faz:

Em uma palavra código, as primeiras letras do alfabeto são substituídas por uma palavra secreta. Por exemplo, se TERCES é a sua palavra código, A é substituído por T, B por E, C por R, D por C e E por S (você pula o segundo E em TERCES porque não pode repetir letras). Depois das letras do código, o alfabeto prossegue normalmente — menos as letras que já foram estabelecidas. Portanto, neste caso, F é substituído por A e G por B. H, no entanto, não é substituído por C, porque você já usou C para D; ao invés disso, H é substituído por D.

No final, seu código fica assim.... Ou melhor,

PSU RLCFBL AFRT TPPFJ:

T	E	R	C	S	A	B	D	F	G	H	I	J	K	L	M	N	O	P	Q	U	V	W	X	Y	Z
A	B	C	D	E	F	G	H	I	J	K	L	M	N	O	P	Q	R	S	T	U	V	W	X	Y	Z

Uma recomendação pessoal

Os leitores cujo conhecimento de egiptologia é tão baixo quanto o de Cassandra poderiam fazer coisa pior do que comprar uma cópia do *Livro Egípcio dos Mortos*, também conhecido como *Papiro de Ani*. O guia para o próximo mundo inclui muitos feitiços importantes e instruções para o sucesso na vida após a morte — uma introdução útil à vida no Egito antigo!

O truque de cartas dos irmãos Bergamo.

Este é um dos truques de cartas que os irmãos Bergamo executavam quando estavam aprendendo a fazer mágica. É claro que o faziam no deque de um navio, utilizando cartas de verdade, mas você vai captar a ideia.

Escolha uma das seis cartas abaixo e se concentre nela.

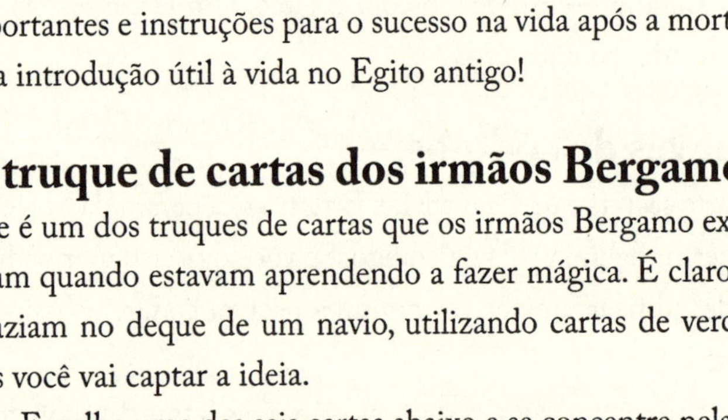

Agora continue se concentrando enquanto troca de página. Todas as cartas vão aparecer novamente, exceto a que você está pensando.

Sua carta não está aqui, está?

Acha que foi mera coincidência? Tente novamente. Volte para a última página, escolha uma carta diferente e se concentre nela. Depois volte a esta página e veja se ela está aqui...

Quer enganar alguém? Entregue este livro a pessoa e oriente-a a escolher uma carta. Melhor ainda, esqueça o livro. Pegue um baralho e monte uma apresentação.

Se você ainda não descobriu o segredo, vou te dizer como ele é feito. Mas lembre-se: a primeira regra de um mágico é nunca revelar a ninguém seus truques. Então não conte para ninguém, não importa o quanto peçam, implorem, ou ameacem.

O que você vai precisar: um baralho e uma cartola (um chapéu de cowboy também serve. Um boné? — nem tanto. Pense em *estilo*).

Antes que sua plateia chegue:

Separe todas as cartas de figura do baralho.

Depois divida as cartas das figuras em dois grupos de seis.

Cada grupo de seis deve incluir: um rei preto e um rei vermelho, uma rainha preta e uma rainha vermelha, um valete vermelho e um valete preto.

Retire uma carta de um dos grupos e devolva ao restante do baralho. Agora você tem um grupo de cinco cartas e outro de seis.

Esconda o grupo das cinco cartas no seu chapéu. Se houver um laço no interior do chapéu, tente guardá-las embaixo do laço. Assim você pode vestir o chapéu sem derrubar as cartas.

Espalhe as outras cartas na mesa, com as figuras viradas para cima.

Você já está pronto para começar.

Diga a alguém em sua plateia, de preferência algum irmão que você queira irritar, para escolher uma das cartas que está na mesa. Diga a essa pessoa para não dizer em voz alta qual é a carta. Ao invés disso, ele ou ela deve se concentrar na carta — muito.

Se você estiver vestindo o chapéu, retire-o — com muito cuidado para não deixar que as cartas escondidas caiam. Depois pegue as cartas da mesa, e coloque-as no chapéu. Certifique-se de que os dois grupos de cartas estão separados.

Depois de um intervalo adequado que permita que a mágica aconteça, em que você finge se concentrar nas cartas, e talvez até coloque o chapéu outra vez, pegue o grupo de cartas escondido (o que tem apenas cinco cartas), e reponha-as à sua frente.

Pergunte à sua vítima, quero dizer, sua escolha da plateia, se a carta dele ou dela está na mesa.

Nenhuma das cartas originais estará lá — pois elas estão no seu chapéu. Mas a plateia vai pensar que a carta em questão estará faltando.

Et voilá!

FIM

DE VERDADE.

Este livro foi composto na tipologia Calson Pro,
em corpo 11/15,9, impresso em papel off-white 80g/m²,
no Sistema Cameron da Divisão Gráfica
da Distribuidora Record.